LA SECONDE LAME

LA SECONDE LAME

SÉBASTIEN JULLIAN

L'OISEAU
NOIR

« Nos cicatrices ont le mérite de nous rappeler que le passé n'a pas été qu'un rêve. »

Dragon Rouge

PROLOGUE

Tout commence par des cris.

Perdu en pleine nature, loin de la folie de notre société, j'avance en explorant l'inconnu, en dehors des sentiers battus.

La terre humide et fraîchement retournée ralentit mes pas et semble vouloir me retenir. Sous cet océan de boue réchauffé par le printemps, résonnent des cris sourds.

Ces cris, semblables à ceux d'animaux enfermés dans un sac, émanent en réalité de bouches humaines tentant de refaire surface.

Enfouis sous une épaisse couche d'injustice, les corps ne se débattent plus, mais hurlent à qui veut bien tendre l'oreille :

« Ne m'avais-tu pas dit que tu m'aimais ? As-tu oublié ce qu'ils m'ont fait ? »

Tel un bourgeon arrivé à maturité, le désir de vengeance cherche à éclore. Je ressens alors comme une sorte de palpitation dans ma poitrine, l'envie soudaine de le déterrer.

Je bouillonne d'impatience à l'idée que ma lame affûtée ne leur laissera aucune seconde chance de nuire.

Un vent de justice et de vengeance vient caresser ma chevelure.

Étendu sur le sol, je tends l'oreille, j'écoute encore et encore la colère de ceux qui ont souffert.

Si la justice n'est pas parvenue à étouffer leurs gémissements, je suis prêt à crier, à hurler de plus en plus fort.

Pour ne plus avoir à les entendre...

1

Lundi 13 septembre 2021 – 12 h

Peu rassuré et méfiant, Patrick avance à vive allure dans la rue presque déserte, passant devant les rideaux des commerces qui s'abaissent un à un dans vacarme assourdissant.

Midi. L'heure de la pause déjeuner pour une grande majorité de riverains. La petite ville de Pusignan, dans le département du Rhône, ne fait pas exception. Les trottoirs exigus bordent une route nationale où les chauffards inconscients dépassent en toute impunité la vitesse maximale autorisée.

Il marche seul, percevant le bruit irrégulier de ses pas contre le bitume écorché, puis se dirige vers l'entrée de son petit deux-pièces vétuste et bruyant.

Chaque jour de la semaine sonne comme un éternel recommencement. Une vie d'ouvrier, étriquée et discrète. La contrainte de se lever tôt pour travailler le matin a l'avantage de lui permettre de profiter de ses après-midis. Sans savoir exactement ce qu'il pourrait en faire. Il a besoin de cette vie-là, de ressentir le quotidien de monsieur Tout-le-monde. Une manière de rendre des comptes à la société.

Alors qu'il n'a plus que quelques mètres à faire, un homme arrivant en sens contraire éveille sa curiosité. Il hésite à la vue de ce passant qu'il va devoir croiser à l'endroit le plus étroit du trottoir. Puis, il se plaque contre le mur pour libérer le passage. Sans formule de politesse inutile, il fait un petit signe de la main, histoire de dire « Allez-y ».

Pourtant l'individu ne bouge pas.

Il se plante face à lui et le fixe à travers ses immenses lunettes de soleil. Patrick se sent intimidé, cherche à s'élancer, lorsque son regard s'accroche soudain sur ce que l'homme tient dans sa main.

Un livre, LE livre.

Cette couverture et son titre oppressant : *Cinq minutes de trop*.

Patrick blêmit.

Habituellement, il ne sort jamais sans sa casquette et ses lunettes, mais celles-ci sont restées dans la boîte à gants de sa 206.

Se sentant comme nu et observé de toutes parts à travers les fenêtres des habitations, il tente de faire bonne figure et d'avancer comme si de rien était. Mais ses jambes ont du mal à obéir, paralysées par ce regard à la fois curieux et angoissant qui vient de se poser sur son visage décomposé.

A-t-il été reconnu ? Et si oui, quelle peut être la réaction à craindre ?

Il avance péniblement, fixant le coin de la rue adjacente qui se profile devant lui.

Trop tard. Après seulement quelques mètres, il est interpellé par une petite voix, synonyme d'angoisse.

— Excusez-moi, je peux vous poser une question ?

Faut-il répondre ? Se retourner ? Fuir ?

Pas le temps de résoudre l'équation, il est là, revenu à sa hauteur, jouant collé- serré sur le bitume. Sous sa longue chevelure blond foncé et sa paire de fausses Ray-Ban achetée au marché du coin, se dessine un quadragénaire aux traits fins et au visage lisse, rasé de très près. Un jean troué, un tee-shirt noir délavé, il a le profil de Monsieur Tout-le-monde, celui qui inspire à Patrick à la fois la confiance par sa normalité mais également la peur morbide d'être observé par autrui.

Il faut réagir. Si Patrick attend trop, cela peut être perçu comme un signe de faiblesse ou de culpabilité.

— Oui, marmonne-t-il timidement tout en se détournant de ces imposantes lunettes.

— Je suis désolé de vous importuner, mais c'est bien vous ? reprend l'individu en brandissant un bouquin qui affiche une photo en noir et blanc d'un jeune homme, le regard livide et inquiet.

Patrick se fige, hébété, devant ce portrait de lui qui a désormais plus de vingt ans. Il a beau l'avoir vu et revu, il dégage toujours la même signification. Et la même image qui trotte dans sa tête : le flash du journaliste qui est venu le questionner en ce jour de printemps de 1987.

Le temps défile à une vitesse incontrôlable, mais il faut qu'il sorte de sa torpeur pour répondre à l'homme qui patiente en souriant.

— N'ayez crainte, enchaîne-il d'un ton calme et rassurant. Je ne vous veux aucun mal. J'ai juste besoin... je veux dire, j'ai besoin de savoir si c'est vous. J'ai lu ce livre et j'en suis encore bouleversé. J'ai eu l'impression que votre histoire, c'était la mienne.

L'homme retire ses lunettes. Ses yeux étincelants percent le regard de Patrick, ahuri, qui ne trouve pas les mots pour confirmer que ce visage en couverture est bien le sien.

— Pourquoi donc ?

— Eh bien, sans vouloir donner tous les détails, nos histoires sont quelque peu similaires, même si pour moi ce n'est pas allé aussi loin que dans votre affaire. Mais si quelqu'un aujourd'hui peut comprendre ce par quoi vous êtes passé, c'est bien moi. Dites, c'est bien vous, n'est-ce pas ?

— Oui, réplique Patrick timidement après une hésitation, finalement rassuré par le ton bienveillant qui se dégage de ce discours presque amical.

Les yeux ne trompent pas. Il est persuadé de pouvoir lui faire confiance, sans pour autant trouver un sens et une continuité à cette discussion.

— Pardon de vous demander ça, je sais que vous n'êtes pas vraiment l'auteur de ce livre, mais c'est tout de même votre histoire. Vous accepteriez de me le dédicacer ? Je fais partie de ceux qui sont dans votre camp. Et je pense que votre expérience m'aidera à me reconstruire…

Intrigué, Patrick ne sait pas comment il doit prendre cette proposition. Il n'a jamais signé quoi que ce soit, ni même rencontré un lecteur. Cela aurait été une prise de risque incontrôlée.

Alors que faire ? L'envoyer bouler ?

Se « reconstruire » ? Mais pour quelle raison ?

La réponse lui semble évidente, et pourtant elle ne sort pas de sa bouche. Une part de lui qui veut en savoir plus. Mettant de côté sa méfiance, il se transforme en hôte improvisé et lui propose de l'accompagner jusque chez lui.

—Écoutez, se lance Patrick, je n'ai pas de stylo sur moi, je n'ai pas l'habitude de faire ça. J'habite au bout de la rue. Venez avec moi. Si vraiment nos vies sont similaires, alors nous pouvons apprendre l'un de l'autre. C'est avec plaisir que je vous invite à venir échanger quelques minutes.

Le visage de l'homme s'illumine. Enthousiaste, il remet ses lunettes noires et sourit. Pas d'un air stupide, mais plutôt heureux et soulagé.

Patrick sait que si ce qu'il dit est vrai, cet homme doit avoir peu de contacts sociaux, et personne à qui parler de ses maux.

Il doit sans doute souffrir chaque jour que Dieu fait.

Les deux hommes avancent d'un pas décidé le long de la rue étroite, puis arrivent devant une petite porte en bois étroite et délabrée qui jouxte une fenêtre donnant sur la rue. Les volets métalliques paraissent centenaires, rongés à petit feu par la rouille.

Après le hall de l'immeuble, se trouve un corridor amenant devant la porte de l'appartement de Patrick. Il perçoit derrière lui le pas léger et régulier de l'inconnu dont le malaise est pourtant trahi par sa respiration lourde et les mots inaudibles qu'il prononce.

Patrick sort une clé de sa poche et la tourne de sa main tremblante et moite dans la serrure, à côté d'un interphone bon marché dont les fils dénudés pendent dans le vide. Étonnamment, la porte d'entrée semble moderne et robuste. Le genre à faire fuir les cambrioleurs équipés comme des amateurs.

—J'ai choisi cet appartement car il est muni d'une porte blindée. Pas inutile quand on sait que les voisins du dessus se sont fait agresser en pleine journée il y a deux ans. L'ancienne locataire est morte il y a quelques mois, j'ai eu le tuyau par quelqu'un de l'usine où je travaille.

Patrick invite son hôte à entrer, puis à s'installer autour de la petite table située dans le coin cuisine. Une gazinière, un petit frigo/table top qui fait un boucan infernal et, dans un évier en inox, quelques assiettes tachées de gras.

L'homme ne semble pas déconcerté et fixe Patrick d'un regard bienveillant, ses yeux dans ceux de son hôte.

Face à eux, une petite télévision et un fauteuil en simili cuir troué de toutes parts. Le genre d'appartement que l'on peut s'offrir avec l'équivalent d'un SMIC à temps partiel, en priant pour ne pas perdre son emploi du jour au lendemain.

— Au fait, je ne vous ai pas demandé votre prénom...

— Marc. Je m'appelle Marc.

— Asseyez-vous, reprend Patrick tout en passant un coup de torchon sur un coin de table de manière à ce que chacun puisse prendre ses aises, et surtout, afin de ne pas souiller le livre avec les gouttes de café qui parsèment encore l'endroit.

— Merci. Je peux vous appeler Patrick ? J'espère que ça ne vous embête pas. On peut se tutoyer ? Nous ne sommes plus devant un juge ou un tribunal.

— Bien sûr. Tu dis « nous » ? J'en déduis que tu as aussi été dans cette situation ?

Marc attrape le livre, feuillète les pages puis frotte la couverture avec ses deux pouces. Une émotion soudaine le prend à la gorge et semble vouloir s'opposer à son récit. Après voir dégluti et repris sa respiration, il se décide à s'asseoir et à vider son sac.

— J'ai été condamné. Ça s'est passé il y a huit ans. Je n'ai fait que quatre ans de taule, alors que j'aurais pu en faire le double. C'est arrivé deux fois pour moi...

— Je… comprends. Est-ce que tu veux boire quelque chose ? Je n'ai que de l'eau ou du café, il a été fait ce matin.

— Un verre d'eau, je veux bien. J'ai la gorge nouée.

Patrick, déstabilisé par cette révélation, remplit au robinet deux vieux pots de moutarde sur lesquels on distingue encore des traces de tartre et de produit vaisselle mal rincé. Il boit une grande gorgée, puis claque le verre pendant que Marc garde les mains crispées sur son livre. Pourtant il disait avoir soif…

— Le pire, reprend Marc, c'est le jugement des gens. Une fois sorti, dès que tu as fait un pas dehors, tout te tombe sur la gueule. En prison, les matons me protégeaient. Les promenades étaient régulées pour qu'on reste entre nous, qu'on ne nous mélange pas avec les caïds ou dealers. Ils nous auraient troué le bide. Mais dès que j'ai remis les pieds dehors, plus le choix. J'ai dû quitter ma région, ma famille. Impossible de reprendre une vie normale. Qui sont-ils pour nous juger ? Nous condamner à l'isolement social à perpétuité ? Donc quoi ? On me laisse sortir pour que je passe ma vie à me cacher ?

Sur ces dernières paroles révoltées, Marc corne la couverture de son bouquin tout en tapant du pied. Il semble nerveux, encore marqué par cette nouvelle vie qui paraît l'agacer.

Il n'arrive toujours pas à maîtriser le balancement intempestif de ses jambes et le martèlement de son pied sur le sol.

Son verre à la main, Patrick reste stoïque, hésitant à se livrer à un récit aussi intime. Mais il veut en savoir davantage.

— Je comprends mieux, réplique-t-il, tout en remplissant de nouveau son verre. J'ai vécu une expérience similaire après ma sortie. Et puis, il y a eu ce livre. Pas facile de replonger dans toute cette affaire ; j'avais presque réussi à ranger ça dans un coin de mon esprit.

— Qui a eu l'idée d'écrire ce bouquin ?

— C'est Romain Corazzi, le journaliste. J'avais l'interdiction d'écrire sur l'affaire et encore moins de parler des victimes et de leurs familles. Lorsqu'il m'a proposé le projet, j'ai commencé par refuser. Puis j'ai accepté, en imposant que mon nom ne figure pas dans les témoignages. En gros, il parlait de ce qu'il savait, selon ses propres sources. En fin de compte, ce n'est pas mon problème, ni même mon livre, c'est lui qui essuie toutes les polémiques. Il m'a proposé un gros dessous de table, j'en avais besoin pour me refaire. J'étais à poil financièrement, il fallait que je trouve un logement, des meubles, une voiture. Je n'ai plus aucun contact avec mes proches depuis le procès.

— Tu as bien raison ! Qui s'en serait privé ? À ta place, j'en aurais fait autant. Les gens sont tous les mêmes, des enfoirés de vicieux voyeuristes ! Ils nous traitent de monstres mais courent lire nos histoires dans les journaux. Ton livre, enfin je veux dire ce bouquin, raconte l'histoire telle qu'elle s'est produite ?

— Elle suit mot pour mot ma défense au procès. Je n'ai pas changé de version. Je maintiens que je ne me souviens de rien… et que je n'étais pas maître de mes actes au moment des faits. Et toi, comment ça s'est passé ?

— Moi ? Que veux-tu savoir au juste ?

— Comment tu as franchi la ligne rouge ?

Patrick sent une chaleur intense parcourir son corps. Son sang bouillonne, ses muscles se tendent, l'excitation change peu à peu de camp avant d'écouter ce que son hôte va lui raconter.

— J'ai merdé, tout simplement. Je savais que je n'étais

pas bien dans ma tête à cette période. J'avais divorcé peu de temps avant, mes gamins ne voulaient plus me voir. Mon ex me mettait des bâtons dans les roues, je prenais râteau sur râteau. Je m'endettais à payer des restos à des poufiasses de luxe qui se gavaient à mes frais avant de me jeter comme un Kleenex après l'addition. « Je te rappellerai », « j'ai passé une bonne soirée, merci ». Mon cul, oui ! Je rentrais chez moi comme un con, la queue à la main, à mater des films en mangeant des pâtes pour le reste de la semaine. Et puis, il y avait ce boulot de merde ! Avant d'être inculpé, j'étais technicien hotline. Tu passes ta journée à répondre à des connards qui t'expliquent que parce qu'ils ne peuvent pas faire un clic, leur journée est foutue, limite la Terre va s'arrêter de tourner parce qu'ils ne pourront pas envoyer un putain d'e-mail. Tu passes ta vie à torcher le cul de types et de nanas payés à prix d'or pour devenir des assistés. Quand tu vis ça, tu n'as plus confiance en rien, la vie n'est qu'un enchaînement d'absurdités qui te plonge dans une routine que tu cherches à fuir à tout prix. Tu peux résister quelque temps, mais une fois que cela devient ton quotidien, tu te sens attaqué par des idées immorales. Celles-là même qui te faisaient gerber lorsque tu avais une vie normale deviennent une échappatoire. Tu comprends ?

Patrick écoute attentivement ce qui ressemble à un copier-coller du récit de sa propre vie. Ne plus être capable de s'assumer au milieu de la normalité, fuir vers l'extrême, au risque de tout perdre, même ce qu'on ne possède plus. Flirter avec l'interdit pour mieux le provoquer et montrer que l'on existe.

— Je suis passé par toutes ces émotions. Je sais ce qu'on ressent lorsque chaque jour, face à la glace, ton reflet réclame vengeance. Et que tu te laisses entraîner vers les plus faibles. Comment tu as craqué ?

—Tous les soirs à la sortie du boulot, je passais devant un collège. C'était le seul avantage de ce boulot-là. Dehors à dix-sept heures, pas une minute de plus. J'avais repéré celles qui rentraient seules. Je les ai suivies de loin pendant plusieurs jours, sans vraiment savoir ce que j'avais en tête. Une manière de rallonger le trajet qui me ramenait chez moi, donc seul face à mes emmerdes. Puis un jour, je me suis décidé. J'ai pris la plus jeune, une sixième qui devait avoir dans les douze ans. Je l'ai forcée à me sucer. Je voulais juste voir ce que ça faisait avec une gamine. Pour être sûr de ne pas craquer, j'avais picolé. Je lui ai tellement foutu la trouille qu'elle n'a rien osé dire.

—Mais comment tu t'es fait choper ?

—Deux semaines après, j'ai remis ça, et comme je te l'ai dit, j'ai merdé. Elle avait deux ou trois ans de plus. Elle ne s'est pas laissé faire alors je l'ai plaquée au sol et emmenée dans la voiture. Elle, je l'ai baisée en la menaçant avec un couteau. Je lui avais dit de fermer sa gueule en rentrant chez elle, mais ses fringues étaient déchirées et sa bouche entaillée. Sa mère lui a tiré les vers du nez et elle a fini par avouer. Le lendemain, il y avait un portrait-robot qui circulait, et la première gamine a refait surface. Ses parents sont allés porter plainte chez les gendarmes du coin. Ils n'ont pas mis longtemps à me tomber dessus.

—Tu veux dire que tu as fait ça à visage découvert ? Sans prendre la moindre précaution ?

—J'étais à deux doigts de me foutre en l'air... Je n'avais rien à perdre. J'avais envie de jouer au méchant, de devenir un monstre, de punir et de m'exclure de ce monde qui ne voulait pas de moi ! Me dire que je ne serai pas le seul à vivre une vie de merde. C'est malheureux, mais elles ont payé pour les autres. J'aurais pu aussi péter un plomb et buter du monde : mon ex-femme, mon enfoiré de patron, mon proprio. Qu'est-ce que j'avais fait de mal dans ma vie avant ça pour mériter que le sort s'acharne sur moi ?

Médusé, Patrick semble scotché à sa chaise et incapable d'exprimer la moindre émotion. Du moins, extérieurement… Ces mots réveillent en lui son propre combat intérieur entre sa conscience et ses pulsions. Un combat inachevé, tout juste endormi… Lui aussi a déjà ressenti cette haine du monde qui l'entoure. Une haine capable de générer les penchants les plus cruels et les plus vicieux. Lui aussi a dû faire ce choix : souffrir dans la normalité ou sublimer dans l'immoralité. Lutte perfide. Qui résisterait à se sentir l'égal de Dieu ?

— Et toi ? Pourquoi as-tu craqué ? Comment as-tu fait ce choix d'assassiner cette gamine, il y a presque vingt-cinq ans. Pour les mêmes raisons, j'imagine ? Comment s'appelait-elle déjà ?

Le regard de Patrick est perdu dans le vide, figé sur le plafond maculé de mouches écrasées et de toiles d'araignées. Quelques secondes de flottement, avant que son regard ne se fixe à nouveau sur son interlocuteur.

— Marine, elle s'appelait Marine, murmure Patrick qui sent ses mains s'agiter et ses doigts trembler. Les souvenirs le ramènent vers un sentiment incontrôlable, au-delà de toutes les règles sociales.

— C'est ça, Marine. Tout s'est passé comme tu le décris dans ton livre, vraiment ?

— Oui, répond Patrick qui semble reprendre ses esprits. Je n'ai jamais changé ma version des faits. Je n'ai pas souvenir de ce qui s'est passé. À l'époque, je buvais beaucoup, je faisais la fête, il y avait de nombreuses drogues qui circulaient dans mon entourage. J'étais comme toi, dans une période sombre de ma vie. On m'a accusé du meurtre, mais je n'en garde aucun souvenir, y compris de ce qui a précédé. C'est ce que mon avocat et moi avons toujours clamé haut et fort. Même aujourd'hui, après plus de vingt ans passés derrière les barreaux. Je ne changerai jamais d'avis...

—Ah oui, les avocats ! Le tien était un bon. Le journaliste le cite à de nombreuses reprises dans le bouquin. Avec tous les vices de procédure qu'il a réussi à sortir de son chapeau, on peut dire qu'il t'a évité la guillotine de peu. Surtout que Ranucci était passé par là quelques mois auparavant. Et puis cette admirable plaidoirie au nom de la vie, de la dignité humaine. « Tout homme a le droit de se racheter de ses fautes. » Il a fait fort. Tu sais comment le mien m'a sorti de la merde ?

Patrick est surpris par le ton nerveux, presque agressif de Marc, qui semble perdre la maîtrise de ses émotions. Sa jambe droite fait des bonds sous la table, et il se frotte la cuisse, comme pour lutter contre à un mauvais toc ou une réaction épidermique.

—Non, je ne sais pas. Je ne connais pas ton affaire. Comment as-tu orienté ta défense ?

—Orienté ? Mais... en la leur mettant profond à tous. Victimes, juges, magistrats et autres pantins. Je les ai fait danser au bout d'un fil et ils n'y ont vu que du feu.

L'anxiété fait soudain transpirer Patrick à grosses gouttes. Il n'a pas eu le temps de se doucher après sa journée de travail. Une odeur âcre se répand dans la pièce.

—Et donc, reprend Marc, survolté et tapant du poing sur la table, premier entretien, l'avocat rentre et me dit : « Vous voulez vous en sortir ? » Forcément, je lui dis que oui. Il me demande de tout lui raconter point par point. La vérité et rien d'autre. Et ensuite, il me parle de mon enfance et pose tout un tas de questions sur ma vie... Des dizaines d'heures à tout déballer, pire qu'avec le psy. Celui-là aussi, il m'a fallu cinq minutes, guère plus, pour le rouler dans la farine. Bref, trois jours après, l'avocat se pointe de nouveau face à moi, avec un document de plusieurs dizaines de pages. Il me dit : « Il faut que vous connaissiez tout ça sur le bout des doigts, sans la moindre faille. »

— Qu'est-ce qu'il contenait ?

— La bonne version. Celle qui permettait de limiter la casse... De nos jours, si tu dis que tu as craqué parce que la gamine t'a excité, tu es foutu. Explique devant un tribunal que tu as fantasmé sur une fille de douze ans et tu prendras le max, c'est sûr. L'avocat avait tout compris. Il fallait que je devienne une victime, que j'arrive à retourner la situation. C'était l'acte désespéré d'un homme à l'agonie, abandonné de tous. Je devais insister sur tout ce que j'avais perdu, ces êtres chers qui m'avaient délaissé, l'administration qui m'enfonçait... J'avais agi sous l'emprise d'un délire dépressif. Mais surtout, il y avait le plus important...

— Quoi donc ?

— J'ai violé car j'avais été moi-même une victime de viol dans mon enfance. Tout comme toi, finalement.

— Tu as été violé ?

— Non, mais il fallait le faire croire. Et il a su trouver le bon fusible. J'avais un oncle, le frère de ma mère, qui était violent et alcoolique, il est mort alors que j'avais onze ans. Ma mère et lui ne se sont pas quittés en bons termes. Ils en sont même venus à se détester. Tout ceci est véridique... Mais donc, ce qui a joué en ma faveur a été de dire qu'à deux reprises, il m'avait imposé des attouchements et forcé à lui en tailler une. Par pure vengeance…

— Et c'était vrai ?

— Non ! Mais l'important, c'était de le faire croire.

— Mais tu n'avais aucune preuve alors !

— Bien sûr que non… mais on s'en fout. L'important, c'est de jeter un doute, de semer la confusion dans la tête des gens. Qui pourrait prouver que j'avais dû céder à un gros dégueulasse à l'abri des regards, dans une petite campagne, il y a plus de trente-cinq ans ? Personne ! Il fallait juste que mes parents ne viennent pas me contredire… et accentuer avec des phrases du genre : « Pourquoi tu ne nous en as pas parlé ? », « On n'était pas tout le temps présents » et tout le blabla… et moi de renchérir : « Je n'ai jamais pu parler de ça à quiconque », « Bien sûr que j'ai été traumatisé… » Comme je le répète, l'important, c'est de semer le doute. La question n'est plus « Pourquoi a-t-il fait ça ? », mais « Est-ce à cause de son passé d'enfant violé ? ». Ils veulent une réponse. Donne-leur celle qui t'arrange !

Patrick sent des frissons parcourir son échine. Il entend comme une petite musique envoûtante qui murmure des mots interdits. L'atmosphère de la pièce vient soudain brasser un passé sulfureux au creux de ses pensées perverties. Cette partie de sa vie qu'il avait réussi à dominer refait surface. Le visage de la petite Marine, abusée et suppliciée, prend forme dans le reflet de son verre d'eau… et l'excite à nouveau. Il faut réagir, reprendre le contrôle avant que la raison ne l'abandonne.

Il se lève brusquement, et d'un ton ferme, tente de couper court à cette discussion.

— Marc… si vous le voulez bien, j'ai beaucoup à faire. Je

vais vous dédicacer le roman, puis je serai obligé de vous quitter.

— Bien sûr ! s'exclame Marc, qui fait mine de s'excuser. Je suis désolé, je t'embête avec toutes mes histoires. J'imagine que ça n'évoque pas que de bons souvenirs pour toi. Ces petites garces alléchantes... toutes les mêmes. Parfois, je me demande pourquoi je ne les ai pas enterrées. Qui sait ? Peut-être qu'on ne les aurait jamais retrouvées, et que j'aurais eu la paix. Mais tu sais, le jour où j'ai recommencé, j'ai fait plus attention, et j'ai su comment leur faire tenir leur langue...

Patrick, abasourdi, est de nouveau déstabilisé par cette dernière réplique détonnante. « Enterrées », comme la petite Marine qu'il a jetée six pieds sous terre après avoir souillé et brûlé son corps meurtri. Il a toujours dit ne pas s'en souvenir, pourtant les images défilent en boucle. Et depuis quelques minutes, elles ont pris le monopole de son champ de vision. Il entend des bruits de succion étouffés, sans parvenir à en identifier la source. Ses jambes tremblent et ses yeux se braquent sur les battements de pieds de Marc qui deviennent incontrôlables.

— Tu as un stylo ?

La réponse ne vient pas. Marc s'impatiente en montrant des signes d'agacement. Il se lève et passe la main devant le visage de Patrick, perdu dans ses pensées.

— Eh, oh, Patrick ? reprend-il. Tu as un stylo ? Pour me signer le livre !

— Je... euh... oui, marmonne-t-il, troublé, tout en se dirigeant vers un petit bureau dans le coin de la pièce.

Cette rencontre avec Marc est de plus en plus intrigante et son discours dérive au fil des minutes. Pianotant discrètement sur son téléphone, Patrick tente de faire une recherche sur Google et tape « Marc pédophile condamnation ».

Mais les résultats n'affichent que des pages entières de détails sur l'affaire Dutroux en Belgique. Impossible d'exploiter quoi que ce soit. Impensable également de lui demander son nom de famille, Marc trouverait cela suspect.

— Alors, tu le trouves ?

— Oui, c'est bon, réplique Patrick qui vient de mettre la main sur un Bic quatre couleurs.

Patrick ne parvient plus à tutoyer ce visiteur de plus en plus déconcertant. Il se sent totalement ébranlé, à la fois pressé de se retrouver seul, déconcerté par les paroles qu'il vient d'entendre, mais aussi pris à la gorge par un tourbillon d'émotions qu'il ne parvient pas à dominer. Celles-là même qui, de temps à autre, prennent possession de son âme depuis son adolescence.

Il faut en finir...

Il s'installe de nouveau sur sa chaise, puis gribouille une grosse rature sur un papier qui traîne afin de vérifier que le stylo fonctionne bien.

Une manière comme une autre d'extérioriser la tension nerveuse qui le gagne.

Il saisit le livre des mains de Marc, tout en le faisant claquer sur le Formica. Il fixe cette couverture qui agit tel un miroir sur les péchés de son passé. Puis il l'ouvre à la première page, la main tremblante de stress et d'excitation.

Intérieurement, une petite voix lui martèle :« Fais-le partir, FAIS-LE-PARTIR ! »

Il ne sait absolument pas à quoi peut ressembler la dédicace d'un auteur reconnu, ce qu'il n'est pas, lui qui joue simplement le protagoniste principal d'une histoire qui a été celle de son crime. Celle écrite par un autre, et qui avait pour but de le réhabiliter aux yeux du monde.

Il inscrit le lieu et la date sur la première page, sans être certain du jour. Le titre résonne encore et encore. *Cinq minutes de trop.*

Peut-être comme aujourd'hui ?

— Qu'est-ce que j'écris ? « Pour Marc » ?

— Oui, s'il te plaît. Si tu peux mettre « Pour mon ami Marc, en souvenir d'une belle rencontre ».

Patrick s'exécute sans réfléchir. Il s'apprête à refermer le livre et à lui demander de débarrasser le plancher, mais le jeu ne semble pas totalement terminé...

— Attends, reprend Marc. Peux-tu ajouter un petit texte, s'il te plaît ?

— Oui, dites-moi.

— Alors, juste en dessous, est-ce que tu peux écrire ça ?

Marc sort de la poche de son jean un petit papier qu'il dépose sous les yeux de Patrick, intrigué. Il ne se pose même pas la question de savoir comment Marc a pu préparer une dédicace pourtant improvisée, fruit d'une rencontre inopinée.

Il saisit le papier et fronce les sourcils, le temps de le lire et le relire encore...

Son rythme cardiaque flirte avec la ligne rouge, malmené par des pulsations beaucoup trop rapides. Proche du vertige, sa quiétude habituelle est en PLS.

— Que... Qu'est-ce que ça veut dire ?

— Il y a un problème ? répond Marc, qui affiche un petit sourire en coin.

— Vous voulez vraiment que j'écrive ça ?

— Oui, c'est bien ce que je t'ai demandé. Attends... je t'ai donné le bon texte ? Tu peux le lire à haute voix ?

— C'est écrit : « La vie, ça craint... »

Marc fait un signe du pouce pour acquiescer et dans la foulée, Patrick écrit ces quelques mots, la tête baissée, sans en mesurer la portée.

— OK, c'est fait. C'est bon ?

— Tu peux retourner la feuille, s'il te plaît ? Il y a une autre partie sur le message, demande Marc, désormais moqueur.

Découvrant l'inscription au verso, le visage de Patrick se décompose. Cette dernière phrase, qu'il se répète intérieurement, lui écorche les oreilles. Il fait un pas en arrière, comme victime d'un *Uraken*[1] en pleine face. Il fixe Marc de ses yeux écarquillés et avides de compréhension.

— Que... Qu'est-ce que ça veut dire, bon sang ? Où veux-tu en venir ?

Marc baisse les yeux, puis secoue la tête tout en continuant d'un rire qui ressemble de plus en plus à celui du Joker dans *Batman*.

Soudain, il saisit une arme de la poche intérieure de sa veste et la pointe en direction de Patrick, qui reste figé. Ses muscles frémissent puis se raidissent, au bord de la tétanie. On peut deviner aisément à travers son pantalon qu'il est en érection depuis plusieurs minutes.

Marc ne lui laisse que quelques secondes de répit avant de lui envoyer le coup de grâce.

— J'espère que ma petite histoire t'a plu. En tout cas, elle semble avoir réveillé le pervers que tu as toujours été. La question n'est pas où je veux en venir, mais où ton cul va aller. Pour toi, le plus dur, c'est maintenant. Tiens, c'est de la part de la mère de la petite Marine.

---

1. Technique de karaté réalisée avec le revers du poing.

Le coup fend l'air dans un bruit sourd.

Pas de balle ni de sang. Juste de quoi l'endormir.

Un vent de justice qui propulse Patrick en arrière. Sa tête heurte le sol juste avant que sa conscience ne l'abandonne. Le papier s'envole, puis tombe contre un carreau de carrelage cassé et souillé par l'humidité. Peu à peu, les lettres disparaissent.

Juste le temps de les lire une dernière fois.

Je ne peux plus vivre. Que Dieu me fasse payer ma monstruosité. Adieu.

2

Mardi 14 septembre 2021 – 23 h
À proximité de la station du métro 8, Créteil-L'Échat

Depuis presque une heure, les véhicules de police multiplient les trajets afin de finaliser les interpellations en masse. L'atmosphère est chaotique, surréaliste, digne d'une émeute *made in USA* après l'arrestation d'un gang.

L'opération a été préparée minutieusement depuis des semaines par les policiers de la sûreté territoriale du Val-de-Marne, le fruit d'un travail long et anxiogène, en lien avec de nombreuses équipes locales en renfort, spécialisées dans les interpellations à domicile en zone urbaine dense, et d'un équipage de la brigade cynophile, formé à la recherche d'armes et de drogue.

Des heures de perquisitions, de planque, d'auditions et

de gardes à vue pour parvenir à maîtriser ce qui aurait pu se transformer en un véritable bain de sang.

Le lieutenant Franck Atlan vit ce quotidien en première ligne, lui qui a effectué ses classes au commissariat de Créteil et ne l'a plus quitté depuis sept ans. Arrivé comme un bleu maladroit et curieux, il aborde dorénavant ses trente-cinq ans avec sérénité et une forme de routine qui lui colle à la peau. Sous son air encore juvénile et ses traits lisses et soignés, se cache un véritable flic de conviction, prêt à mouiller sa chemise en toute circonstance.

Chaque jour, il observe la rue s'enliser dans la violence, victime de ses propres démons et d'un clivage social qui ne génère que barbarie et humiliation. Les agresseurs jouent aux victimes et inversement. Tout n'est qu'une affaire de poker menteur et de surenchère. Au milieu, une police dépassée, contrainte de faire des concessions et de se taire.

Cette enquête a débuté quelques semaines plus tôt. Sur fond de chasse aux territoires liée au trafic de drogue, deux cités rivales s'affrontent par réseaux sociaux interposés. Quelques jours auparavant, la situation a totalement dégénéré. Un adolescent d'à peine treize ans s'est retrouvé pris au piège dans un guet-apens qui a tourné au pugilat. Roué de coups, pratiquement laissé pour mort aux abords d'un local à poubelles, il a subi pendant plus de deux heures humiliations et actes de torture, le tout dans un *happy slapping*[1] diffusé sur Snapchat.

Un geste fort, destiné à montrer qu'il n'y a pas de place pour tout le monde.

Son tort ? Être le dernier d'une fratrie de six enfants,

1. Vidéolynchage ou vidéoagression, pratique consistant à filmer l'agression physique d'une personne.

dont le cadet était devenu ces derniers temps beaucoup trop ambitieux dans sa prétendue carrière de caïd local. Son grand frère, Yacine Elraoui, s'était fait un nom dans le milieu en multipliant les actes virils aux allures de coups d'éclat : braquages, home-jackings, expéditions punitives au sein de la concurrence avide de casser les prix sur la vente de stupéfiants.

Les rivaux d'en face, sur la défensive et exaspérés par ces multiples provocations, avaient vu rouge après l'installation d'un « drive », à seulement quelques centaines de mètres de leur Q.G. La goutte d'eau qui a fait déborder le vase. Un coup de sang qui s'est transformé en un acte insensé, commandité par les grands chefs. Ils ont méticuleusement recruté une douzaine d'adolescents inconscients, appâtés par l'argent facile et désireux de prouver qu'ils étaient prêts à tout.

La suite a fait la une de tous les grands quotidiens de la région parisienne et au-delà. Un enfant entre la vie et la mort, handicapé à vie, victime de son nom et de son adresse. Et rien d'autre...

Un acte ignoble qui appelle forcément une réponse et une vengeance.

La théorie des représailles massives de la rue : touchez l'une de mes brebis et je viendrai égorger votre troupeau.

Franck reste sur ses gardes au milieu de la rue déserte mais néanmoins agitée. Le voisinage observe à travers les fenêtres et on entend au loin des cris et des klaxons indicateurs de rodéos. Plusieurs projecteurs ont été disposés tout autour des véhicules interceptés, restés plantés au milieu de la chaussée.

Des dizaines de flics en tout genre s'activent à finaliser les derniers détails et les C.R.S. ont bouclé le quartier. Il est évident que la situation ne pourra pas s'éterniser. Il faut conclure les arrestations, rapatrier les bolides et placer tout le monde en garde à vue. Trois commissariats différents sont déjà mobilisés afin de pouvoir accueillir tout le monde sans risquer une émeute.

Le commandant Jean-Baptiste Portet, toujours présent sur les lieux, semble fier de son coup. Il multiplie les conversations téléphoniques pour tenir informé son commissaire, pour que l'information remonte bien aux bonnes oreilles.

Il est conscient que rien n'est gagné d'avance, et que ce genre d'opération pourrait échouer ou virer au drame à tout moment.

Des semaines que les flics traquent les préparatifs de ce convoi qui devait rendre justice à Amine, l'adolescent massacré par le gang adverse.

Beaucoup d'informations ont fuité par des indics positionnés aux endroits stratégiques dans la cité où vivait la famille de l'enfant. Son grand frère réside désormais dans un quartier plus luxueux depuis sa réussite, mais il reste connu et craint comme le loup blanc par les habitants.

Deux box ont été réquisitionnés pour stocker un arsenal d'armes destiné non pas à faire de l'argent, mais à mener un combat. Habituellement, les trafics se font à flux tendu : pas de stock ou de réserve inutile. Les armes sont vendues ou réservées bien avant la livraison. Or, depuis plusieurs jours, le matériel s'entassait, signe qu'un gros coup se préparait. Les indics sont tous des anonymes : gardiens, techniciens ou simples résidents. Il faut une bonne connaissance des lieux et des codes de conduite pour avoir ce type de renseignement.

Depuis le drame et l'hospitalisation du jeune Amine, les habitants vivent dans la peur, se doutant que les représailles peuvent être sans fin et aboutir à un chaos total. Ensuite, les politiques locaux s'empresseront de se dédouaner en chargeant le manque de soutien du gouvernement.

Le dernier tuyau a filtré plus tôt dans la matinée, confirmé par plusieurs sources. Les mots prononcés étaient sans confusion possible : « C'est pour ce soir ! »

Le convoi a de quoi faire vaciller : quatre SUV en provenance d'Allemagne, avec à leur bord treize personnes équipées d'armes de guerre.

L'époque où on utilisait des kalachs est révolu car c'était devenu trop banal, pas assez mémorable, alors on est passé au niveau supérieur. Plusieurs « bijoux », nom donné à des armes de guerre automatiques provenant d'ex-Yougoslavie, capables de perforer n'importe quel véhicule et de déchiqueter tout ce qui se trouve derrière, font partie de la cargaison. La cible annoncée : la sortie d'un combat local de boxe dans un gymnase situé aux abords de la cité voisine. Plusieurs figures étaient attendues pour l'événement. L'objectif était clair : attraper tout ce qui sort au moment de rejoindre le parking, peu importe le pourcentage d'innocents dans les victimes collatérales.

Intercepter un tel convoi a mobilisé plusieurs dizaines de policiers, des brigades qui d'habitude ne se croisent que dans les couloirs d'un commissariat ou au vestiaire lors des rotations. Le dispositif mis en place est exceptionnel. Pour marquer un grand coup, il n'y avait pas le choix, il fallait les prendre en flag', les armes à la main et en dehors de la cité pour éviter une insurrection.

Au final, un bilan plutôt flatteur : quelques coups de feu, deux blessés légers chez les malfrats et quelques dégâts matériels. L'opération de police a permis de faire barrage et d'attaquer les pneus des véhicules.

Une vendetta programmée, mais tuée dans l'œuf. Les caïds ne peuvent pas se permettre de répliquer et de lancer une guerre ouverte avec la police, risquant ainsi de filer au trou pour plusieurs années, ce qui laisserait le champ libre à leurs rivaux pour implanter leur business.

Après quelques tentatives de révolte, ils ont fini par abdiquer, conscients d'avoir été piégés par les forces de l'ordre.

Peu à peu, les tensions s'apaisent et le quartier tente de retrouver son calme.

Franck, le regard en alerte, guette au loin Isabelle, dont il ne parvient pas à capter l'attention. Située de l'autre côté de la rue, son équipe est en charge de canaliser les membres du gang les plus virulents en tête de cortège. Bien entendu, tous se murent dans le silence, niant en bloc les intentions de ce convoi de la mort, chargé comme pour attaquer un camp de talibans en plein désert. Ils connaissent parfaitement les codes de l'arrestation et de la garde à vue : contester sans en rajouter, se taire, tomber des nues, gagner du temps afin que les avocats puissent jouer leur rôle.

« Les armes ? Elles servent à nous défendre si on nous attaque. Vous n'avez pas vu les actualités dans le quartier ? Si on nous braque, alors on tirera les premiers. C'est un crime ? »

Isabelle reste sur ses gardes. Lorsqu'elle est en opération, elle cherche systématiquement à masquer sa féminité et à fuir les réactions des mâles face à son physique avantageux. C'est important également pour éviter les remarques machistes des petites crapules auxquelles elle est confrontée. Pas maquillée, treillis large, bombers et queue de cheval, elle garde une allure militaire qui dégage une assurance et une détermination sans faille.

Portet a toujours eu le béguin pour elle, mais son grade de commandant lui exclut toute perspective de rapprochement avec un membre de son équipe.

À une époque où la plupart des femmes flics revendiquent le fait d'être considérées comme les hommes, trop d'attention de la part d'un gradé divorcé et carriériste ne serait pas bien perçu par les équipes.

Franck est également sous le charme de son équipière et il a bien du mal à le cacher, voire à maîtriser ses émotions. Il a bossé quelques mois dans la même équipe qu'Isabelle, et c'est assez naturellement que ces deux célibataires endurcis se sont rapprochés.

Lui est introverti et maladroit avec les femmes, incapable d'engager une conversation dans un bar ou une boîte de nuit. Il est cependant plus à l'aise avec les dialogues sur Internet, mais sans jamais parvenir à dénicher la perle rare.

Le sexe pour le sexe ne l'intéresse pas vraiment, il a tendance à considérer beaucoup de femmes comme superficielles et sans intérêt. Un jugement souvent infondé qui ne lui sert que de prétexte pour passer à la suivante.

Son boulot de flic est clairement un handicap pour séduire, et il y a bien longtemps que les caïds ont plus de succès que les « condés », dont le quotidien s'articule autour d'un climat délétère et anxiogène. L'image du protecteur qui n'a peur de rien est quelque peu périmée.

Franck vit avec ses doutes et ses angoisses, et il a souvent besoin de se confier pour les dominer.

Il est presque deux heures du matin, la rue commence à libérer ses pions. Les abords de la salle de boxe ont été sécurisés afin que certains itinéraires ne puissent être empruntés. Très rapidement, tout le monde a rejoint son Q.G. sans faire de grabuge. Le bruit d'une vendetta avortée a déjà fait le tour des réseaux.

Franck, posté à côté d'un véhicule de police, attend de pouvoir quitter la zone. Il vient d'être rejoint par son équipier, le lieutenant Éric Bourgoin. Originaire du Havre, il est rattaché au commissariat de Créteil depuis son transfert vers la région parisienne, deux ans plus tôt.

Transpirant et le visage marqué par ses efforts du soir, Éric profite de ces quelques moments de répit pour s'allumer une clope et respirer un bon coup.

— Quelle chaleur ! s'exclame-t-il tout en expirant la fumée toxique. On se croirait en été.

— On est encore en été ! réplique Franck tout en lui tapant sur l'épaule.

— Eh ! Ne me touche pas. Je colle tellement que ma peau et mes fringues ne font qu'un. En principe, en septembre, il ne fait pas si chaud en soirée, on se croirait au Lavandou au mois d'août. Je ne te dis pas l'odeur dans les bagnoles ! Avec deux couches de fringues, nos protections et nos gilets pare-balles, ça sent le bouc jusque dans les coffres. Les gardes à vue vont être sympas, on aura de la buée dans tous les coins, histoire de prendre des notes sur les fenêtres.

— En tout cas, jamais vu une prise pareille depuis que je suis ici. Ceux d'en face vont baliser quand ils vont découvrir ce qui avait été mijoté pour eux.

— On aurait mieux fait de les laisser faire...

— Dis pas de conneries ! Tu veux quoi ? Une guerre ouverte ?

— Parce que tu crois qu'on l'a évitée ? Que ce soit aujourd'hui ou demain, eux ou d'autres, ça finira par exploser. Ce ne sont pas les têtes brûlées qui manquent dans les quartiers. On paie des années de laxisme, à fermer notre gueule pour ne pas risquer l'anarchie. Ces types sont prêts à tout pour protéger ce qu'ils ont. Crois-moi, tous ces loustics seront dehors dans moins d'un mois, et ils planifieront un autre coup. On ne sera pas toujours au bon endroit au bon moment. Bientôt, on ramassera les cadavres à la petite cuillère...

Sur ces dernières paroles prononcées par Éric, Franck se sent balayé par ce constat aussi noir que réaliste qui ébranle son légendaire optimisme professionnel. Être flic, cela signifie à ses yeux se battre pour un monde meilleur. Est-ce que vraiment tout est voué à l'échec ?

Ne parvenant pas à trouver la réponse, il se contente d'observer Isabelle qui vient de monter à l'arrière d'un véhicule et s'apprête à rejoindre le commissariat pour déclencher la suite des opérations.

Sans se retourner, sans un regard.

Pourtant, un simple sourire d'elle lui permettrait de fuir cette atmosphère étouffante.

Un refuge temporaire, pour oublier le poids de la solitude.

3

Mercredi 15 septembre 2021 – 11 h
Quartier de la forêt de Fontainebleau, Seine-et-Marne

Les rayons du soleil illuminent la véranda et viennent s'écraser contre de superbes plantes tropicales, arrosées et bichonnées par la femme de ménage. L'odeur du café chaud se mêle à celle des produits d'entretien, dont un infâme relent de savon noir et cristaux de soude.

Tasse en main et confortablement installé dans son fauteuil, François Lacroix se concentre sur la lecture de journaux boursiers et financiers en tout genre. Il peste toujours lorsque le grand nettoyage est effectué juste avant son petit déjeuner car cela lui donne des maux de tête insupportables. Retraité depuis trois ans, cet ancien cadre supérieur profite chaque minute de cette solitude exquise qui lui permet de s'adonner à ses loisirs favoris. Après avoir vécu toute sa carrière à un rythme effréné à raison de soixante-dix heures de travail par semaine, il peut enfin se satisfaire d'une vie paisible et harmonieuse.

Beaucoup de grands dirigeants ont laissé leur santé dans la jungle du business, qu'elle soit physique ou mentale. Mais pas François...

Cet ancien directeur général a évolué au milieu des « grands requins » et avait été élevé à la dure, conscient que dans la vie, « soit on bouffe, soit on se fait bouffer ». Il savait briser net la concurrence, la discréditer, l'affaiblir...

Sa réputation lui a collé à la peau toute sa vie, celle d'un manager considéré comme un tyran, un bourreau de travail qui électrocutait ses fournisseurs.

À l'époque, les salariés vivaient dans la peur du licenciement et du chômage. Les soutiens des RH et les protections juridiques n'étaient pas aussi poussés que maintenant. À tout moment, un fou furieux pouvait virer un employé pour un simple dossier égaré.

Lacroix savait user de cette pression. Il le disait chaque jour dans ses réunions : « Sans sacrifice et sans vice, aucune gloire. »

Et Dieu sait que la gloire était au rendez-vous. Une ascension fulgurante, qui faisait de lui le directeur général d'un grand groupe à seulement quarante ans.

Aujourd'hui, à soixante-cinq ans, cette vie est derrière lui, mais il n'arrive pourtant pas à décrocher de ce milieu si enivrant. La plupart de ses fonds personnels sont investis dans l'immobilier et la Bourse, faisant de lui un multimillionnaire.

Il a toujours eu un bon contact avec la presse et les journalistes. Lorsque son assistant lui soumettait une demande d'interview pour un grand quotidien français, il répondait invariablement : « Il faudrait être fou pour refuser ! »

En cette matinée ensoleillée ou l'automne semble encore bien loin, il se sent plein d'un enthousiasme inhabituel. Il attend d'ici quelques minutes la visite d'un reporter qui l'a contacté la veille au soir. Le journaliste s'est présenté avec de nombreuses recommandations, dont celle d'une bonne connaissance de Lacroix, avec qui il a effectué par le passé de nombreux entretiens pour des magazines comme *Investir* ou *La Tribune*.

La raison invoquée à cette rencontre a été la perspective d'un projet de hors-série du magazine *Valeurs actuelles* qui serait consacré aux plus grandes réussites françaises des cinquante dernières années.

En prime, trois pages consacrées à la carrière de Lacroix, avec de nombreuses anecdotes sur ses expériences et ses réussites de chef d'entreprise. Mais aussi une place accordée aux difficultés rencontrées et aux moyens mis en place pour les surmonter.

L'ex-financier a mordu à l'hameçon à l'annonce de ce scénario alléchant. Il adore narrer avec une forme d'arrogance et de sublimation ses différents exploits professionnels.

La sonnerie déclenche un bruit retentissant jusque dans le living-room. Le journaliste est devant le portail. La caméra est défectueuse depuis trois jours mais le service de maintenance a promis de venir au début de la semaine suivante. Confiant et détendu, François Lacroix déverrouille l'entrée sans prendre la peine de décrocher l'interphone.

Quelques secondes plus tard, l'homme est face à la porte, déjà entrouverte.

— Entrez, je suis dans la véranda...

Des pas sourds se font entendre après que le journaliste a pris la peine d'essuyer ses chaussures sur le paillasson. Les averses matinales ont rendu l'allée trempée et glissante.

L'homme s'approche de François, qui fait signe à son hôte de venir s'asseoir juste en face de lui. Une chaise et une table de bureau ont été prévues pour l'occasion.

— Bonjour, et merci de me recevoir chez vous.

L'homme affiche une quarantaine bien tassée et un teint hâlé. Sans doute un fond de substance artificielle y est-il pour quelque chose. Chevelure châtain clair, vêtements *casual*, relativement bien habillé et mis en valeur, il ressemble à l'un des nombreux directeurs des ventes que Lacroix avait nommés par le passé. Ceux qu'il a foutus à la porte et qui sont partis la queue entre les jambes, avec rides précoces, cheveux blancs, tachycardie et une bonne dose d'addictions en tout genre.

— Donc, vous êtes journaliste, et votre nom, c'est Maxime...

— Jaillant ! Maxime Jaillant. Je suis journaliste freelance. Comme je vous l'ai expliqué au téléphone, je suis rentré en France seulement depuis un an, après avoir travaillé dans de nombreux pays francophones... Au Canada, en Belgique, mais aussi en Afrique du Nord, au Maroc. C'est un plaisir de vous rencontrer. Le rédacteur en chef tient à ce que vous soyez dans le quinté d'honneur qui formera la couverture de cette édition exceptionnelle. Trois pages vous seront consacrées et un budget conséquent a été alloué pour la campagne de publicité. Si vous le permettez, je m'installe.

— Allez-y... Pendant ce temps, je vais vous chercher un café. Il est tout juste chaud, ma femme de ménage vient de terminer son service. Je la fais venir à cinq heures du matin car je ne supporte pas sa présence en journée. D'ailleurs, je ne supporte personne, je déteste le bruit dans la maison. Il y a aussi de quoi grignoter si vous avez faim...

—Je comprends ce besoin de calme... C'est tellement important pour se concentrer. Merci, un café suffira. J'ai déjà pris un petit déjeuner ce matin avant de finir de préparer l'interview.

Pendant que le retraité se déplace jusqu'à la cuisine, Jaillant prépare le terrain : magnétophone, appareil photo, mini caméra dernier cri, carnet de notes et un dossier de presse de plusieurs centaines de pages avec des photos illustrées haute définition. Le journaliste souhaite être pris au sérieux et ne surtout pas être décrédibilisé en passant pour un bleu.

À son retour, Lacroix dépose une tasse avec double paroi sur un dessous de verre en cuir. Maxime semble décontracté et serein, prêt à mener la plus importante entrevue de sa carrière.

La suite est un véritable récital. La vie de l'homme d'affaires, décortiquée, est mise en lumière au fil des énumérations de succès et témoignages le plaçant sur un piédestal. Difficile de synthétiser en quelques minutes le fruit de nombreuses années à cravacher dans des conseils d'administration interminables, fixer les objectifs et orientations au cœur d'un marché en perpétuelle métamorphose.

Le journaliste écoute avec attention et prend des notes. Il ne peut dissimuler sa profonde admiration devant une telle carrière. Elle se lit sur son visage enthousiaste. Plusieurs fois, il marque une pause, passant la main dans sa chevelure épaisse tout en se titillant l'oreille. Puis, il se frotte le bout du nez. Une nervosité déguisée, liée à la crainte de ne pas être à la hauteur de l'événement. Pas toujours simple à dissimuler...

Entre deux récits d'expérience, Lacroix est photographié sous divers angles et postures, de quoi donner l'impression d'un jeune retraité heureux et épanoui, affichant un capital sympathie destiné à séduire la nouvelle génération d'entrepreneurs.

Après quarante-cinq minutes d'échanges et de complicité, Jaillant peut lancer la dernière partie du débat, axée sur un trait particulier du comportement de l'homme d'affaires, souvent décrié mais aussi passé sous silence.

— M. Lacroix, j'aimerais aborder un point très important et en perpétuelle évolution depuis le début des années 2000 : le management ! Pour réussir, il faut des idées, mais aussi savoir s'entourer et gérer l'humain. Quelle était votre marque de fabrique pour tirer le meilleur de vos collaborateurs ?

Le retraité se redresse sur sa chaise, puis affiche un air parfaitement décontracté, cherchant ses mots tout en fixant l'horizon à travers les vitres de la véranda.

— Je dirais seulement ceci. Dans ce métier, pour réussir, il faut les meilleurs autour de vous, ce qui signifie recruter les meilleurs ou former les meilleurs. Si vous avez le choix, recrutez ! Surtout s'il vous faut des résultats immédiats. Et bien entendu, il ne faut pas faire de sentiments. Lorsque vous arrivez dans un contexte tendu avec six mois pour réussir, vous ne pouvez pas en perdre trois à apprendre à connaître les employés en place pour savoir s'ils sont compétents ou pas. D'entrée, il faut les électrocuter ! En une semaine, il vous faut les noms des brebis galeuses et des points faibles. Et les remplacer vite et bien. Travailler en entreprise, c'est accepter un point essentiel :

celle-ci est plus importante que tout. J'étais du genre à faire mes choix très rapidement, que ce soit pour embaucher ou virer. L'instinct ! Ce métier, c'est de l'instinct avant tout !

— Et la communication interne, elle est essentielle, non ? Comment informiez-vous vos collaborateurs de leurs succès et échecs ?

— En général, ceux qui me donnaient satisfaction avaient droit à un dîner privé dans un restaurant chic. L'occasion de les asseoir à la table d'un échelon supérieur, et de leur montrer ma reconnaissance. Ceux qui merdaient étaient convoqués dans mon bureau un vendredi soir à dix-neuf heures. Ça ne me prenait pas plus de quinze minutes à leur mettre les points sur les i. Ils pouvaient ensuite se considérer en week-end prolongé.

— Le message est clair... En revanche, si je peux me permettre, ça a failli vous jouer des tours, non ? Vous avez plusieurs fois fait l'objet d'accusations, notamment de la part de certaines de vos assistantes. Vous ne craigniez pas les attaques en justice ? Les prud'hommes ? Voire un procès ?

En un fragment de seconde, le visage de Lacroix se liquéfie, avant de virer à l'écarlate.

— D'où vous tenez des inepties pareilles ?

— J'ai cru comprendre que de nombreux témoignages internes au milieu des années 1990 faisaient état d'une oppression maladive et de harcèlement. Je me trompe ?

— Alors c'est ça, votre connerie de boulot de journaliste ? Faire parler les hystériques plus de vingt ans après ? Tout ceci n'était que des rumeurs totalement infondées. Bien entendu, quand vous virez des incapables, ce n'est jamais leur faute mais celle du méchant patron qui les tyrannise. Bon, j'espère que ce qu'on se dit là ne figurera pas dans l'article, vous m'aviez l'air d'aplomb, mais là, vous ne marquez pas de points, je tiens à vous le dire !

— Attendez... J'ai une solution pour nous éclairer, regardez.

Le journaliste fouille dans son sac et sort quelques feuillets pliés qu'il tend au propriétaire des lieux, visiblement bien échaudé.

Les documents à peine saisis et lus en diagonale sans prendre la peine de mettre ses lunettes, Lacroix les fait voler en l'air comme les plumes d'un oiseau. Sa réaction violente s'accompagne d'un geste de la main pour dire « Tirez-vous ! ».

Impassible et serein, le journaliste prend la peine de les ramasser avant de commencer à les lire calmement, marquant son indifférence totale face à cette attitude colérique.

— Pour votre secrétaire, une certaine Hélène, je cite : « qu'elle avait un beau cul pour une femme ménopausée, mais que vous n'en pouviez plus de ses absences pour s'occuper de son fils handicapé, que vous traitiez de résidu de capote. » Très classe ! Ou alors Christine, que vous menaciez de foutre à la porte car elle avait le « Q.I. d'une huître », et à qui vous demandiez d'aller faire vos courses parce que soi-disant c'était la seule chose qu'elle faisait correctement.

— Dehors ! C'est clair ? Dehors ! hurle le retraité tout en se montrant menaçant, le doigt pointé vers Jaillant.

— Je crois que celle-ci est ma préférée. Quand vous avez balancé devant vingt personnes en réunion à l'une de vos collaboratrices, mariée à un Sénégalais : « Pas étonnant de ne plus être capable d'articuler correctement lorsqu'on vit avec un mangeur de bananes... » J'imagine qu'à l'époque ça a dû bien faire marrer vos petits copains énarques.

Ne le laissant pas compléter sa tirade, Lacroix se lève et balance une gifle monumentale sur la joue et le nez de Jaillant. Puis, sa main lourde vient s'écraser sur la table dans un vacarme assourdissant.

Visiblement secoué, le journaliste se frotte la pommette d'une main, tout en saisissant de l'autre un objet dans son sac.

— Fous le camp !

Le vieil homme braille à pleins poumons et glapit tous les noms d'oiseaux possibles.

Jaillant sort de sa sacoche une massette avec un manche en fibre de verre, et pilonne à trois reprises la main de Lacroix, qui hurle alors de terreur et de douleur.

L'homme est tétanisé, le souffle coupé à la vue de ses phalanges en charpie.

Une radio du carnage laisserait pantois n'importe quel médecin : carpe, métacarpe, scaphoïdes, tout est en miettes.

Incapable de la toucher et encore moins de la soulever, Lacroix ne peut que contempler sa main déchiquetée et couverte de sang.

Il manque de s'évanouir et de tomber à la renverse, mais le journaliste le saisit par le col pour le stabiliser. Quasiment inconscient, il se contente de marmonner :

— Que…Qu'est-ce que vous voulez ?

— Qu'est-ce que tu as à m'offrir ?

— Vous n'êtes pas journaliste…

Jaillant l'agrippe et le prend dans ses bras pour lui murmurer à l'oreille :

— Je suis venu pour tous ces gens que tu as pris, François. Tu dois me les rendre… Ces hommes que tu as écrasés. Ces femmes dont tu as brisé l'existence. Je suis là pour ceux et celles qui ne se sont pas relevés. François, tu me les dois…

Qu'est-ce qu'on est bien chez toi, dans cette campagne où tu aimes te retirer seul, au calme. Personne ne nous entendra. Tu peux avoir confiance, tu vas garder ta dignité... Je ne suis pas un monstre, n'est-ce pas, François ?

— Qui es-tu ? Prends l'argent et va-t'en, répond Lacroix, exténué.

Souriant et arrogant, le bourreau termine son exposé en broyant les restes de la main qu'il tient du bout de ses doigts, puis sort de nulle part une seringue chargée qu'il braque au niveau de la carotide de son hôte, dont le visage larmoie de douleur.

— C'est l'heure de dormir, on va aller faire un petit tour, François. Je suis persuadé que tu adores les bananes...

4

Mercredi 15 septembre 2021 – 21 h 45
Saint-Maur-des-Fossés

La sonnette de la porte d'entrée retentit dans tout l'appartement. Un bruit strident, sec, et bien souvent inquiétant.

Mais pas ce soir.

Franck est au téléphone, affalé sur son lit. Il se redresse avec enthousiasme, le sourire aux lèvres, puis se dirige vers le hall.

— Attends, ne quitte pas, on vient de sonner chez moi.

Après avoir demandé à son interlocuteur de patienter, il déverrouille la porte d'entrée, puis l'entrouvre sans vérifier l'identité de ce visiteur nocturne.

Il la connaît déjà. Son sang bouillonne et son cœur s'emballe. Il montre le mobile et se dirige vers la chambre pour finir sa conversation.

— Installe-toi dans le salon, j'arrive...

Son hôte reste sur place quelques instants avant d'ôter ses chaussures, puis sa veste, et enfin, son bonnet. Une chevelure châtain clair épaisse émerge et illumine la pièce de toute sa féminité. D'un œil aguerri, Franck guette les faits et gestes de cette élégante invitée.

Elle fait le tour des lieux, scrutant chaque recoin de cet appartement si banal, dépourvu de la moindre touche personnelle. Aucune photo, affiche ou trace d'une existence passée. Quelques bibelots bon marché et impersonnels ne parviennent pas à égayer le lieu.

Elle tend l'oreille pour écouter la conversation qui se termine dans la pièce d'à côté, essayant d'en capter quelques bribes.

« Ça me fait plaisir d'avoir de tes nouvelles. »

« À mes yeux, tu es toujours plus qu'un collègue, tu es un pote. Et tu le sais. »

« Fais une grosse bise à Émilie de ma part. »

Franck cherche à conclure cet appel sans se montrer impoli. Troublé, il cherche ses mots. Il ne s'attendait pas à la voir débarquer si rapidement.

Dépêche-toi, idiot, avant qu'elle se tire !

Il raccroche sur des banalités, puis se regarde dans le miroir pour remettre ses cheveux en ordre. Il aurait aimé pouvoir passer à la salle de bains, mais plus de temps à perdre et à la faire attendre.

Elle est là, chez lui, assise dans son canapé, à feuilleter ce qui traîne sur sa table de salon. Il arrive discrètement derrière elle. Le plus dur maintenant, c'est de ne pas merder...

C'est pourtant sa grande spécialité.

— Je ne pensais pas que tu viendrais. Je te sers un verre ?

Isabelle se retourne, l'œil pétillant.

— Tout dépend. Tu proposes quoi ? Au fait, tu vis dans cet appart' ? Vraiment ? Tu sais que tu as le droit de l'aménager un peu.

— C'est provisoire... Je n'ai pas prévu de rester indéfiniment ici.

Plusieurs cartons non déballés sont empilés sur une étagère. Franck n'a pas envie de se lancer dans le pourquoi du comment, d'expliquer qu'il y a quelques mois, il est parti vivre sur un coup de tête chez son ex, une instit divorcée rencontrée sur un site de rencontre. Soi-disant que ça matchait !

Sur le papier.

Les loisirs, la gentillesse, la bienveillance, peut-être aussi un peu d'affection au rendez-vous. Mais qu'y a-t-il de plus opposé que la vie d'une enseignante et celle d'un flic ?

Les planques, les interpellations au petit matin, les week-ends parfois tronqués et les nuits écourtées. Elle, emplie d'espoir et de discours positifs, passait son temps à instruire la nouvelle génération pendant que lui cherchait à lutter contre le passé et sa mauvaise graine. Une vision des choses un peu différente. Pas prête à affronter son monde, Franck l'a vite compris à ses dépens.

Cinq semaines après son emménagement, elle le quittait en lui demandant de se trouver un nouveau logement.

Exit le petit pavillon bien coquet pour atterrir d'urgence dans ce T3 sordide qui lui pompe pourtant une grande partie de son salaire de flic.

Sa rupture l'a rapproché d'Isabelle. Il n'a jamais oublié ces quelques mois à travailler ensemble, deux ans plus tôt. Un soir, après le pot de départ d'un lieutenant d'une unité voisine, ils avaient flirté et promis de se revoir.

Mais les bulles de champagne ont un effet euphorique, puis amnésique.

Le quotidien de flic dans le même commissariat les avait rattrapés puis plaqués au sol dès le lendemain.

— Alors, tu m'offres quoi ? reprend Isabelle pendant que Franck se perd dans ses pensées.

— Euh... alcool, sans alcool ? Tu sais je ne pensais pas que tu allais accepter quand je t'ai envoyé ce message hier.

— Il n'y a rien à la télé, alors pourquoi refuser ? Sinon, pour te répondre, alcool ! J'ai prévu de rentrer en Uber, alors je prends ma conso gratuite avec l'entrée.

— Bière ?

— Tu me prends pour une étudiante ? Ou un de tes potes qui vient mater un match de foot ?

— Bon... whisky ? Vodka ?

— Vodka, mais pas pure. Ajoute une douceur.

— Je vais voir. Je ne m'appelle pas Tom Cruise, mais avec un reste de jus d'ananas et de citron vert, je peux te faire quelque chose de sympa.

— Vendu !

Franck disparaît aussitôt dans l'espace cuisine, pendant qu'Isabelle continue de lui faire la conversation.

— Tu dis que c'est provisoire... Tu as prévu de déménager ?

— Prévu oui, mais sans savoir encore quand ni où aller... mais je dois me poser ces questions d'ici peu, ça doit être écrit sur un Post-it du frigo.

Isabelle pouffe et son rire parvient jusqu'à Franck à travers la cloison.

L'ironie ou l'autodérision a toujours été un bon allié pour lui afin de détendre l'atmosphère, et surtout se décoincer. Il ne veut vraiment pas que cette invitation soit seulement perçue comme une opération séduction de dernière minute. Et en même temps, un homme qui invite sa collègue chez lui pour un tête-à-tête, à quoi peut-elle bien s'attendre ?

Pour cesser de penser au plan drague, il la lance sur les sujets chauds du moment, en la questionnant sur les arrestations de la veille. Franck et Éric avaient été envoyés en début de matinée dans un quartier proche du commissariat pour une affaire de violence conjugale, ils avaient donc raté l'épilogue sur le gang de la mort envoyé par le clan Elraoui.

— Garde à vue pour tout le monde ! enchaîne Isabelle. Ce coup-ci, il y aura de la détention provisoire pour certains au vu des casiers et des récidives.

— Tu parles ! Ça finira en queue de poisson comme d'habitude.

— Non ! Tout le monde veut taper fort. Artigo, le procureur, et tous les maires locaux font pression. Ça va trop loin, les gens ont peur que ça canarde dans les rues sans prévenir.

Julien Artigo, le grand patron, est le nouveau directeur territorial de la sécurité de proximité du Val-de-Marne depuis juin. Quelques mois auparavant, cet ancien du ministère de l'Intérieur avait fait le tour des commissariats et réclamé plus d'effectifs. « Il faut des enquêtes, un point c'est tout. Un grand nombre de nos délinquants sont récidivistes. Le but est de les confronter à l'ensemble de leurs infractions. Il nous faut les ressources humaines pour investiguer davantage ! »

Le message était clair : avancer ses pions sur le terrain, avoir un coup d'avance et ne pas attendre bêtement que les délits se présentent, mais les anticiper et être proactif.

Cette vision justifiait l'opération de la veille qui avait permis d'éviter un carnage. Dans la même situation, d'autres auraient peut-être laissé faire pour envoyer tout le monde aux assises après un bain de sang et une partie des criminels à la morgue.

Mais ce n'était pas la vision d'Artigo qui souhaitait rendre à la police deux de ses missions principales : maîtriser et protéger.

Après ce petit intermède professionnel, Franck recentre les débats sur l'essentiel : sa ravissante coéquipière qui sirote un cocktail en face de lui, affalée sur ses coussins, et qui lui fait beaucoup d'effet. Sous cet air de femme flic déterminée et endurcie se cache autre chose qu'il aimerait découvrir.

— On n'a jamais reparlé de cette soirée, lance-t-il en l'air tout en trempant ses lèvres dans son verre de rhum arrangé.

— Quelle soirée ?

— Tu le sais très bien... Ne fais pas l'ignorante. Le lendemain, tu as fait comme si je n'existais pas.

— Je ne voulais pas te donner de faux espoirs sur toi et moi.

— Et pourtant ce soir, tu es venue.

Isabelle sourit, cherchant la bonne repartie.

— Il ne faut pas m'en vouloir. Mon histoire, tu la connais. Je ne veux pas sortir avec un flic, et dès que je le pourrai, je me tirerai de la région parisienne pour rentrer chez moi.

Franck se rappelle ses premiers échanges avec Isabelle, lorsqu'elle était arrivée dans son unité. Tout juste nommée lieutenante, elle avait déjà œuvré dans plusieurs commissariats de la région parisienne, sans réussir à trouver sa place. Originaire du Pays basque, la vocation de flic lui venait de son père, un ancien de la PJ de Bayonne qui avait malheureusement dû quitter son poste brutalement. Victime d'un cancer du pancréas foudroyant, il était décédé en quelques semaines, juste avant qu'Isabelle n'obtienne sa première affectation. Cette perte soudaine avait renforcé son envie de réussir dans ce milieu, pourtant machiste et sans pitié. Tout ce qu'elle détestait durant son adolescence et ses études de droit.

Le destin avait rétréci sa route pour n'afficher qu'un sens unique.

Devenir flic en région parisienne a certainement été la meilleure des expériences pour se former et apprendre. En quelques années, elle a déjà quasiment tout vu et tout appréhendé : agressions sanglantes, affaires de mœurs, grand banditisme. Tout lui semblait démesuré à côté de son petit village d'enfance d'Espelette.

— Cette vie n'est pas la mienne, reprend-elle, troublée. Je suis venue ici pour faire ce que j'ai à faire, et ensuite, je partirai. Je ne veux pas de relation sérieuse et encore moins avec un collègue.

— Qu'est ce qui te fait croire que c'est ce que je veux ? J'ai l'air sérieux ?

Isabelle secoue la tête avec une moue ironique.

— Tu as un regard qui ne trompe personne et encore moins une femme. Regarde donc ton appart' ! Tu n'as rien déballé car tu n'as qu'une envie, aller t'installer avec la fille de tes rêves, avoir des gosses et bâtir une famille. Je me trompe ?

— Tu vas un peu vite. Avant ça, il y a des étapes. C'est vrai que je suis repassé plusieurs fois par la case départ, mais je ne me monte pas la tête avec ça.

— S'il te plaît, à d'autres... Les échecs amoureux te pèsent sur la tronche, ça se voit. Et je suis persuadée que tu colles tout ça sur ton boulot, sur le fait d'être dans la police. Tu imagines qu'elles ne pourront pas comprendre. Donc tu fais comme beaucoup, tu te dis que la solution c'est de te caser avec une femme flic. Mais tu vois, c'est justement ce que je ne veux pas. Un mec avec les mêmes emmerdes que moi ! Je n'ai pas envie qu'on regarde mes gosses de travers dans le quartier parce que les dealers ont pris possession des jardins publics. Ou que des cailleras les emmerdent à l'école pour leur faire payer le fait d'être des gosses de flics. Vivre cachée, cloîtrée dans un petit cocon, ce n'est pas mon truc. Je veux retourner chez moi, au Pays basque, auprès de ma mère, de ma famille. Si quelque chose doit arriver dans ma vie amoureuse, ce sera là-bas...

Qui sait ? Peut-être qu'un jour, je viendrai avec toi...

Franck l'a pensé fort, mais les mots sont heureusement restés bloqués au fond de sa gorge. Isabelle n'a pas tout à fait tort dans son analyse, mais est-ce vraiment le plus important ce soir ?

L'affection, la tendresse sont des émotions éphémères. Parfois suffisantes pour apaiser un esprit meurtri ou tourmenté.

— Et donc, tu es venue pour quoi au juste, ce soir ?

— J'avais envie de voir ou tu vivais. Autant te dire qu'il n'y a rien d'exceptionnel.

Franck esquisse un sourire nerveux, à la fois gêné et lucide.

— Chaque chose en son temps, comme on dit. Je te sers quelque chose d'autre, ou maintenant que tu as vu cet appart' pourri et ruiné mes espoirs, tu veux t'en aller ?

— Non, pas tout de suite, je te rassure. Je suis partante pour un autre verre, c'était plutôt bon. Comme quoi, je sais aussi faire des compliments.

La sonnerie du téléphone portable de Franck se fait entendre dans la chambre. *Nutshell*, du groupe *Alice in Chains*.

— Tu ne vas pas décrocher ?

— Ça peut sûrement attendre. Il me semble que tu as soif, non ?

— C'est peut-être ta copine de tout à l'heure ?

— De quoi tu parles ?

— Quand je suis arrivée, tu étais au téléphone avec quelqu'un, non ?

Franck acquiesce, déstabilisé par cette supposition. Il se sent obligé de fournir une justification :

— Erreur sur la personne, c'était un ami, il s'appelle Walter. Un flic, d'ailleurs. On a bossé au commissariat ensemble, puis il est parti en 2018 dans la région grenobloise, peu de temps avant ton arrivée. Satisfaite ?

— Je n'en demandais pas tant, c'est ta vie ! rétorque Isabelle.

Elle s'amuse de torturer psychologiquement son équipier qui ne parvient pas à cacher toute l'attirance qu'il a pour elle.

— Bon, je vais te préparer ton cocktail. Ne bouge pas.

La sonnerie retentit de nouveau.

Tiens ! En voilà un qui insiste !

En allant vers la cuisine, il s'arrête dans la chambre pour prendre son mobile et regarder l'origine des appels.

La télévision située en face de son lit est restée allumée, avec le volume au plus bas. Il bloque sur les images, puis tente de se remettre les idées en place. Son cerveau fait un 360 degrés, balayé par un tourbillon vertigineux.

Il s'effondre en arrière sur son matelas, puis se redresse

aussitôt en écrasant les coudes sur ses genoux. Il a l'œil hagard et ses mains tremblent.

Ne le voyant pas revenir, Isabelle l'appelle plusieurs fois avant de se décider à le rejoindre dans la chambre.

Son propre mobile sonne à son tour. Aucun doute sur le numéro, ça vient du commissariat.

Franck, la télécommande à la main, zappe frénétiquement sur les différentes chaînes nationales. L'information tourne en boucle.

Il se tourne vers Isabelle, bouche ouverte, encore abasourdi.

— Merde… Merde, c'est chez nous.

5

Mercredi 15 septembre 2021 – 21 h 50
Grenoble – Quartier des Eaux-Claires

Walter vient juste de raccrocher le téléphone. Sans réfléchir, il le balance sur le fauteuil du salon et peste intérieurement.

Ras-le-bol de ce truc ! Ras-le-bol de tout, et du reste !

L'appartement quasiment vide paraît immense. Presque autant que le jour de la première visite. Il regarde la mezzanine. Émilie avait eu un vrai coup de cœur.

La solitude est cruelle lorsque le silence résonne.

Ça pue ! Ces murs sentent la mort !

La saleté se faufile dans les coins aussi vite que la poussière recouvre les meubles, et la merde en tout genre s'entasse sous le tapis.

Combien de temps que la femme de ménage n'est pas venue ? Sans doute depuis qu'il ne la paie plus.

Son bandage à la main suinte. La peau est en train de ne faire plus qu'un avec le pansement de fortune qui est juste là pour comprimer la plaie.

Est-ce qu'il s'est encore battu la nuit dernière après s'être attaqué à de la viande saoule ?

Franck ! Bon sang, mais tu veux quoi ? Pourquoi tu m'appelles si souvent ? On ne bosse plus ensemble.

Il repense à la conversation avec son ancien collègue, en se demandant s'il doit l'appeler « ami » ? Quelle est véritablement la définition de l'un et de l'autre ? La différence entre les deux ?

Ils ont passé tellement de temps ensemble. Les planques, les perquisitions, les interventions de nuit. Cette saloperie de banlieue parisienne ! Créteil et toutes ses emmerdes qu'il n'a pas oubliées.

Avec Franck, il s'est confié comme il ne l'avait jamais fait auparavant.

Comme il ne le fera jamais plus...

Quand tu passes des heures assis dans une bagnole par deux degrés à te peler le cul devant un café dégueulasse et un jambon-beurre, il te reste quoi à faire à part causer au type à côté de toi qui est dans la même galère ?

Alors oui à cette époque, chacun savait tout de l'autre. Est-ce que cela faisait d'eux des amis ? Et si oui, pour combien de temps ?

Le jour où tout s'arrête, ou l'un doit s'en aller, il nous reste quoi au juste ? Le téléphone ? Les e-mails ? Un profil Facebook anonyme ou un groupe WhatsApp à la con ? Franck continue de l'appeler une à deux fois par mois, mais le constat est amer : ils sont devenus des étrangers, n'ayant plus que leurs souvenirs comme points communs. La vie a modifié ce qu'elle devait masquer.

Walter ne tient pas en place. Son cœur cogne dans sa poitrine, prêt à éclater.

Il fait chaud dans cet appart', bordel ! 30 degrés toute la journée en plein mois de septembre, et le soir, tu étouffes. Putain de ville en forme de cuvette !

L'air pollué stagne au milieu de la moisissure urbaine.

Il n'a plus rien à donner aux autres et plus rien à leur prendre. Les appels de Franck le laissent totalement insensible, comme insignifiants à ses yeux. Cette attention ou intention amicale explose en plein vol à chaque échange. Le contact humain glisse sur sa peau avec le même effet que celui du vent sur un cadavre.

Si jamais il rappelle, il lui expliquera que c'est la dernière conversation et qu'il ne décrochera plus, c'est mieux ainsi.

Et pourtant, c'est peut-être son seul ami, son dernier ami.

Enfin, mais pourquoi tu tiens à moi ? Je suis antipathique, sans intérêt, je n'ai jamais rien à te raconter. Tu me parles d'Émilie, de ton boulot là-bas, de tes emmerdes avec les gonzesses. Je n'écoute pas, je n'entends rien, je me mure dans le silence et les banalités.

Alors pourquoi ? Tu veux quoi, au juste ?

Il continue de faire les cent pas, une cigarette aux lèvres et un verre à la main. Presque en hyperventilation. Le parquet du vieil appartement grince de toutes parts et les restes de nourriture avariée en cuisine empestent jusque dans le couloir.

Tourmenté, il erre tel un fantôme dans cette atmosphère lugubre. N'écoutant que ses mauvaises pensées, il ressasse sans cesse les échecs de sa vie.

Cette vie de flic, commencée brillamment, l'a peu à peu fait sombrer pour l'entraîner dans un puits sans fond.

L'odeur âcre lui provoque des haut-le-cœur.

Il cherche à se rassurer, mais la vie semble si cruelle et si insignifiante à la fois.

Son flingue est juste là, rangé dans son holster. Souvent, il se répète qu'il suffirait de pointer le canon sur sa tempe et d'appuyer sans réfléchir pour que tout s'arrête.

Faut-il que je parte ?

Pourtant, dans toute forme d'amertume et de résignation, il existe aussi une envie de se battre et d'aller au bout de ses idées. De chasser le diable de son esprit.

Il refuse d'abandonner, de lâcher prise. Même s'il se demande si ce qu'il fait a un sens.

Il se souvient aussi de ses promesses. Toutes ces enquêtes qu'il a menées, ces familles qu'il a réconfortées, ces coupables qu'il a juré de faire condamner.

Pour eux, il doit tenir et respecter ses engagements.

La dépression, le suicide n'auront pas gain de cause ce soir. Demain, on l'attend.

Le téléphone sonne de nouveau. Un SMS. C'est encore Franck. Il a pensé que cela pourrait être Émilie.

Qu'est-ce qu'il me veut encore ?

Les mains tremblantes, il appuie sur les touches sans parvenir à maîtriser ses gestes et manque de faire une fausse manipulation.

« Allume ta télé et regarde les infos, c'est juste à côté du commissariat. Ça va être la panique. Désolé d'avoir dû raccrocher si vite. Je te rappelle bientôt. Bonne soirée. »

Sans réfléchir, il allume le décodeur poussiéreux et cherche la télécommande pour se positionner sur la première chaîne d'info.

Le titre du reportage est saisissant.

Il reprend immédiatement ses esprits.

« Un corps retrouvé décapité. La piste terroriste privilégiée »

6

Franck débarque au commissariat, où règne une effervescence totale. Il rejoint rapidement Éric, qui était en poste depuis le début de soirée et faisait partie de l'équipe sur place pour établir les premiers constats.

L'agitation fourmille dans chaque coin du bureau.

— Éric, il se passe quoi au juste, là ? demande son collègue, encore amer d'avoir vu son rencard sabordé au pire moment.

— Un gros coup de chaud. Le commandant Portet est en ligne avec Artigo depuis tout à l'heure.

— C'est quoi cette histoire de type décapité ? C'est confirmé ?

— Et pas qu'un peu, confirme Éric, visiblement retourné par les événements. En début de soirée, on a été appelés pour se rendre à quelques centaines de mètres d'ici dans un squat proche d'un terrain vague, celui qui doit être rasé pour la construction du nouveau gymnase.

— C'est un dépotoir ! Un ramassis de junkies et de putes d'Afrique centrale qui font leurs affaires pour moins de dix balles. On a fait une descente là-bas il y a deux mois.

— Oui, mais là, c'est autre chose. Une association de S.D.F. nous a alertés. Ils sont intervenus pour porter secours à un vieillard étendu sur la chaussée. C'est là qu'ils ont été pris à partie par trois types complètement défoncés au crack qui disaient qu'il y avait un cadavre avec eux. Bien sûr, ils n'y ont pas cru, mais en allant vérifier dans l'une des pièces de l'immeuble, ils ont trouvé un sac. Et dedans, un homme décapité.

— C'est fou ! On sait si c'est eux qui ont fait ça ? Et l'identité de la victime ? questionne Franck, estomaqué.

— Rien d'officiel, mais il est probable que ces types-là soient les auteurs du massacre. Ils étaient dans un état lamentable, étendus là-dedans depuis plusieurs heures. Ils ne semblaient pas plus gênés que ça de se piquer à côté d'un cadavre. Quand on est arrivés, on en a chié pour les virer. Au final, tous bouclés, mais ce n'est pas eux...

— Qu'est ce qui te rend si sûr ?

— Dans leur état, cela aurait été impossible de faire un truc pareil sans en foutre partout. Pas d'arme aux alentours, pas de sang sur eux, non, ça ne colle pas ! L'endroit est tellement mal fréquenté, ça a pu se passer plus tôt dans la journée. Impossible d'interroger les camés, et on n'a trouvé personne d'autre aux alentours à part les médecins de nuit et le S.D.F. qui tient à peine sur ses jambes. Et pas la moindre caméra dans les parages.

— Et tout ça, comme par hasard, juste après l'arrestation du gang de Yacine Elraoui. Pas besoin de chercher plus loin.

— Pas convaincu, conteste Éric qui hoche la tête.

— Attends, on sait très bien qu'il cherche à faire payer

les coupables après le lynchage de son frère. C'était inévitable.

— Tu n'y es pas ! Le type retrouvé... ce n'est pas tout à fait le profil « caïd de cité ».

— De quoi tu parles ?

La conversation est interrompue par l'entrée tonitruante du commandant Jean-Baptiste Portet, en sueur, qui demande à tout le monde de se réunir en salle de briefing.

— Vous avez juste le temps de pisser un coup et on se rejoint dans deux minutes.

À travers la vitre, Franck aperçoit Isabelle qui traverse le couloir, accompagnée par deux membres de son unité. Parfaitement concentrée, elle ne lui adresse pas le moindre regard.

Pour la chasser de son esprit, il se tourne de nouveau vers Éric.

— Alors, c'est qui le macchabée ? On a l'info ?

Éric fait un signe négatif de la tête tout en montrant qu'il en sait un peu plus que ce qu'il veut bien dévoiler. Une manière de dire : « Le boss va tout t'expliquer. »

Dans la minute qui suit, tout le monde est réuni dans une vaste pièce qui sent le renfermé et le vieux bois. Portet prend la parole :

— Voici donc les dernières informations. En milieu de soirée, un corps sans tête a été découvert enfoui dans un *doggy bag* mortuaire. Il a été déniché par un groupe de toxicos dans un squat à deux pas d'ici. Comme vous l'avez remarqué, l'information est diffusée en long, en large et en travers par les médias, qui sont arrivés sur place pratiquement en même temps que nous, Dieu seul sait comment.

Pour le moment, aucune idée de ce qui a pu se passer. La scientifique a fait de nombreux prélèvements sur place mais les junkies ont tout salopé.

— Est-ce qu'on a l'identité de la victime ? demande l'un des flics situés à droite de Franck.

— C'est en cours de vérification. À ce niveau de barbarie, on ne peut pas balancer de nom au hasard, c'est pourquoi, bien entendu, je vous demande la plus grande discrétion. Mais on a une piste sérieuse : El Hadi Ouesli.

Le nom n'est pas étranger à Franck, qui plonge aussitôt dans ses souvenirs pour associer un visage à un dossier.

— L'imam salafiste ? s'enquiert-il, suscitant l'étonnement de ses collègues.

— Oui, acquiesce Portet, perplexe. Ouesli est sous le coup d'une OQTF[1] . Fiché S, il a été incarcéré pendant quelques mois et loge actuellement dans un petit hôtel sur la commune de Saint-Chamond, dans la Loire. Il doit pointer deux fois par jour à la gendarmerie locale. Or, en fin de soirée, les gendarmes locaux ont lancé l'alerte. Il n'a pas pointé et n'a pas été revu à l'hôtel depuis quinze heures environ. Ça ne semble pas être une coïncidence, et les vêtements retrouvés sur la victime laissent clairement penser qu'il peut s'agir de lui, mais encore une fois : prudence.

— Est-ce qu'on peut en savoir un peu plus sur le personnage ? demande l'un des lieutenants présents dans la salle.

— Ce n'est pas un individu proche du grand banditisme mais plutôt des radicaux islamistes. Son expulsion a été suspendue dernièrement car elle doit être validée par la Cour européenne. C'est la raison pour laquelle il est nourri, logé, en attente de la décision officielle. C'est un proche des

1. Obligation de quitter le territoire français.

salafistes purs et durs. Il a officié dans de nombreuses mosquées qui ont été fermées suite aux attentats de 2015, dont deux sur Paris, Villeurbanne, et une autre ici même à Créteil, fermée en 2016 par la préfecture de Police.

— Son casier contient quoi ? interroge Éric, qui n'était pas présent à l'époque des faits.

— Essentiellement des références à ses prêches. Le genre qui appelle à la défaite et à la destruction des mécréants, ou qui traite les juifs de « frère des singes et des porcs ». On a beaucoup enquêté sur lui à l'époque, certains d'entre vous étaient présents : Franck, Nico, Yohan… Il a joué un rôle non négligeable dans le recrutement de jeunes Français pour Al-Qaïda ou Daech. On a estimé à vingt voire trente le nombre d'individus endoctrinés ici et partis ensuite pour la Syrie. Aucun d'entre eux n'est revenu depuis, du moins pas à notre connaissance.

— On pourrait donc imaginer une vengeance personnelle d'un de ces gars ou d'un membre de leur famille ? questionne Franck qui se souvient parfaitement de l'individu, passé entre toutes les mailles du filet.

— Les investigations ne vont pas être simples. À ce stade, on ne peut faire aucune conclusion, ni exclure aucune piste. Je le répète, l'identité doit être dévoilée le plus tard possible. Un homme décapité qui faisait l'apologie du terrorisme, ça ne va pas faire que des malheureux. D'ici quelques jours, on va voir déferler une vague de haine. Les « Charlie » radicaux, identitaires, milieux israélites. Tout ce beau petit monde va s'en donner à cœur joie sur les réseaux sociaux, et la population risque de se fracturer. Par le passé, on a vu les débordements que cela pouvait causer dans nos rues lors des crises au Moyen-Orient. En tout cas, le parquet antiterroriste a été saisi et va investiguer sur les derniers éléments en notre possession. Cela peut être un règlement de compte dans le milieu des djihadistes.

— Saint-Chamond est à presque cinq heures de route, s'étonne Éric. Pourquoi le transporter jusqu'ici ?

— Bonne question, renchérit Portet. On peut tout imaginer sur les faits avant la décapitation : fuite, enlèvement, séquestration. On va se coordonner avec les flics présents là-bas, mais toujours est-il qu'il a atterri ici, sous notre nez. Et ce n'est sûrement pas un hasard.

— Par quoi on commence ? demande un autre flic accroupi dans un angle.

— Par ça ! réplique Portet en collant une photo sur le tableau et en faisant passer quelques photocopies. Ça ne m'étonnerait pas que ce message ait été écrit avec du sang de cochon, du moins ça en a la texture, et il y aurait là encore une symbolique évidente.

Le commandant exhibe son bout de papier sur lequel on devine la phrase suivante :

Je ne l'ai pas tuee.

Après avoir fait tourner l'information, Portet reprend son explication :

— « Je ne l'ai pas tuée. » C'était planqué dans les parties intimes de la victime. Comme vous l'aurez noté, il est écrit « ée », ce n'est certainement pas anodin, donc on peut en déduire que cela évoque une femme. Ouesli fréquentant des milieux quasi exclusivement masculins, cela peut réduire le périmètre.

L'un des flics se permet une remarque :

— Si c'est le même qui a écrit « Omar m'a tuer » dans l'affaire Raddad, on n'est pas près de trouver le coupable.

La petite pique déclenche un rictus général.

—En tout cas, on ne peut pas laisser passer ce détail, que nous sommes pour le moment les seuls à détenir. On ne l'a découvert que lors du transfert à l'IML[2]. Même si cette phrase est incompréhensible, on cherche un lien entre une femme et Ouesli. On attend bien entendu que son identité nous soit confirmée, ce qui est imminent.

Franck s'avance, à la fois intrigué et dubitatif, levant la main vers son supérieur.

—Commandant, pourquoi douter ? L'identification officielle est certes nécessaire, mais on doit bien pouvoir se faire une idée précise avec le visage du cadavre, non ? À moins qu'il n'ait été mutilé ?

—C'est bien ce qui m'emmerde...

—Quoi donc ?

—On a fouillé les lieux en long, en large et en travers. Un corps, un sac mortuaire, un message, mais aucune trace de la tête. Il faut croire que celui qui a fait ça l'a gardée en trophée. Tout ceci est une mise en scène. Et pour le moment, nous en sommes les spectateurs...

---

2. Institut médico-légal.

7

Jeudi 16 septembre 2021 – 11 h
Commissariat de Créteil

L'identité de la victime a été confirmée en début de matinée et fait actuellement le tour du web, des télévisions et des radios. Le corps retrouvé dans le squat est bien celui de l'imam salafiste El Hadi Ouesli.

À l'exception des militants d'extrême droite qui sabrent le champagne sur Twitter, peu de personnalités politiques prennent le risque de commenter cette actualité macabre.

Tous évoquent un « acte barbare » au sein de la République, mais les motivations inconnues du crime ne permettent aucune hypothèse fiable.

Tous s'en remettent à la justice et à ses représentants.

Le commissariat est en ébullition. Un imam fiché S, proche des milieux terroristes, retrouvé mort et dont la tête se promène dans la nature. Des paris sont engagés dans les différents services sur l'endroit où elle sera retrouvée. Certains plaisantins évoquent les studios de BFM TV ou l'Élysée.

Entre deux bruits de couloir, Éric fait signe à Franck de le rejoindre dans son bureau.

— Amène-toi, j'ai quelque chose à te montrer.

Franck s'approche, intrigué, pendant que son collègue s'installe et lance un terminal de prise en main à distance sur son ordinateur, avant d'afficher une page d'accueil sombre, demandant une *passphrase*[1] et un identifiant.

— Qu'est-ce que tu fais, là ? questionne Franck, curieux.

— Je me connecte sur un des PC qui est chez moi. À partir d'un VPN, j'accède à une base de connaissance, accessible sur le dark web. Rien de bien méchant, mais une banque d'images et de vidéos illégales...

— J'avais oublié que tu étais un geek. Fais attention de ne pas te faire attraper par les flics ! J'espère que tu n'as pas dans l'idée de me faire gerber !

— Non, du moins, ce n'est pas mon intention, répond Éric, amusé. Mais regarde, dans cette section, il y a du contenu assez gore : des massacres en Syrie, accidentés de la route, des suicidés, il y a même du cannibalisme. C'est bien dégueulasse, je ne vais pas te les passer une par une, mais regarde celle-ci.

L'image s'affiche en plein écran, dévoilant clairement l'intérieur du squat et le corps nu et décapité de El Hadi Ouesli, sur au sol, affiché tel un trophée au centre de la pièce, dans une ambiance macabre.

— Regarde la date et l'heure dans le coin, reprend Éric.

1. Mot de passe long, composé de nombreux caractères.

C'est au moins deux heures avant qu'on ait reçu l'appel mentionnant la découverte du corps.

— Incroyable ! Tu penses que l'auteur du meurtre a publié lui-même cette photo ?

— C'est même plus que probable. Connaissant la fréquentation de ces sites Internet, ce n'est pas à la portée du premier venu. Un simple passant lambda ou un squatteur n'aurait pas les capacités de publier ici. La photo est en ligne depuis ce matin, et je pense que c'est une signature. Pour moi, ça donne du crédit à la piste terroriste, qui aime publier sur des supports inaccessibles pour les médias classiques.

— Tu en as parlé à Portet ?

— Oui, je l'ai appelé de suite pour l'informer. Je ne doute pas que les mecs de l'antiterrorisme aient déjà mis la main dessus. Mais il y a quelque chose qui ne colle pas : le message.

— Il n'apparaît pas ici...

— Oui, comme si le message n'était pas destiné au grand public. Pourtant, cela ressemble à une indication et une signature : « Je ne l'ai pas tuée. » Le fait de ne pas le faire apparaître sur la photo et de le dissimuler à l'intérieur du sac mortuaire, ça implique que cela restera entre les mains des enquêteurs. Pourquoi donc ? Et puis, la féminisation du terme... pas vraiment en lien avec le personnage, qui n'a jamais été marié et ne fréquentait dans son milieu intégriste que des hommes.

Franck acquiesce tout en brandissant quelques feuilles, tout juste sorties de l'imprimante.

— J'ai fait une petite liste des femmes qui sont plus ou moins proches de la famille Ouesli. Ce n'est pas très consistant, mais pas si simple pour autant. Il ne reste que sa sœur et deux cousines référencées sur le territoire. On a interrogé le personnel de l'hôtel où il réside mais il ne lui connaisse aucune relation de près ou de loin avec une femme. On cherche aussi dans les disparitions. « Je ne l'ai pas tuée », ça semble évoquer une femme morte ou disparue. On va laisser place aux outils informatiques pour nous trouver tous les noms qui pourraient correspondre. Pour le moment, rien de concret, c'est le néant total.

— Ou peut-être que c'est tout simplement pour brouiller les pistes, et nous faire patauger. Si on reste lucides deux secondes, ce message, c'est une bouteille à la mer. Il n'a ni queue ni tête. Je reste persuadé que c'est un règlement de compte entre intégristes. Il faut attendre les comptes rendus de la scientifique sur les différents A.D.N. retrouvés sur le cadavre, c'est notre seule chance d'y voir plus clair.

— Ne compte pas là-dessus, rétorque Franck d'un air résigné. L'endroit, un squat, n'a pas été choisi par hasard. Les mecs viennent là pour se shooter ou dormir. De l'A.D.N., tu vas en retrouver dans tous les sens, mais qu'est-ce que ça prouve ? À moins d'un gros coup de bol, on n'aura rien, surtout que les derniers à être passés par là ont tout salopé.

— Oui, mais ça peut orienter certaines pistes. Tu as vu sur la photo ? Ouesli est étendu sur un drap qu'on n'a pas retrouvé dans le squat. On a demandé à faire fouiller toutes les poubelles aux alentours. Si on arrive à mettre la main dessus, les traces peuvent parler. En attendant...

— En attendant, c'est une page blanche, et on n'a même pas le titre du roman... Si vraiment c'est un règlement de compte, ce sera revendiqué haut et fort.

8

Jeudi 16 septembre 2021 – 22 h 30
Grenoble – aux abords du commissariat

Walter est accoudé au comptoir d'un petit pub quasi désert dans lequel il aime se rendre en début de soirée pour ne pas broyer du noir dans son appartement. L'endroit est calme, apaisant. Un fond sonore de musique celte permet d'apprécier en douceur une bonne pinte de bière ambrée ou un prestigieux whisky écossais. Face à lui, le serveur lui adresse quelques sourires amicaux empreints de compassion, une manière de partager avec lui ce verre solitaire.

Trois amis d'environ une trentaine d'années, un homme et deux femmes, sont attablés dans un coin de la salle. Après avoir capté au vol quelques échanges, Walter comprend qu'il s'agit de collègues de bureau qui ont souhaité célébrer la fin d'un projet abouti en s'octroyant quelques heures d'apéro festif.

Leurs rires contrastent avec les pensées négatives qui tournent en boucle dans sa tête, lui rappelant sans cesse le poids de ses échecs et de sa colère.

Le serveur enchaîne les pressions sous le nez de Walter qui observe son visage dans le miroir face à lui. Dépité par le reflet de la réalité, il aimerait démolir cette image qui le glace et fuir ses visions ensanglantées.

Peu à peu, ses réflexions morbides sont soudainement interrompues par le bruit ambiant. Deux individus visiblement bien alcoolisés baragouinent à l'entrée du pub et leurs voix agressives parviennent jusqu'aux oreilles de Walter, qui ne peut s'empêcher de grimacer.

L'un d'entre eux annonce une tournée générale et sort une liasse de billets qu'il jette sur le comptoir, sans avoir pris la peine de saluer le serveur.

Visiblement, le plus virulent des deux a jeté son dévolu sur une des jeunes femmes présentes et insiste pour qu'elle le rejoigne au comptoir afin de trinquer pour son anniversaire. Gênée, celle-ci essaie de refuser poliment tout en repoussant la main de l'individu qui tente de se poser sur son épaule et glisse maladroitement sur d'autres parties de son corps.

La situation devient plus qu'embarrassante, et après plusieurs tentatives grossières et insultantes de l'importun, le serveur lui demande de se calmer et d'aller s'asseoir à une autre table. La demoiselle en profite pour se lever et filer aux toilettes afin de faire diversion. Ses amis, effarés, n'osent réagir, partagés entre la stupéfaction et la crainte de déclencher une altercation si jamais ils se montraient trop agressifs.

— De quoi tu te mêles, pauvre merde ? braille l'excité en s'adressant au serveur. Retourne nettoyer tes verres et ne me casse pas les couilles, compris ? Tu l'ouvres uniquement si je t'appelle.

La phrase est lâchée avec le mépris le plus sauvage. Le serveur, chétif, recule devant l'imposante silhouette de son agresseur. Cette nouvelle intimidation jette un froid dans la pièce.

Humilié et conscient de ne pouvoir se risquer à réagir avec violence contre un client, l'employé lance un timide appel au calme, tandis que la jeune femme reste enfermée dans les toilettes, paniquée par les vociférations qui lui parviennent.

Walter n'a pas bronché depuis le début de l'altercation. Il reste prostré, les coudes sur le comptoir, une main sous son menton et l'autre tenant fermement son verre de whisky, dont l'odeur boisée embaume ses narines.

Depuis que cet individu grossier et envahissant est arrivé, il ne peut s'empêcher de le fixer du regard, sans pour autant chercher à s'immiscer dans les débats. Après une journée de boulot, il n'est pas venu pour se battre ou pour ramener un type au poste.

Une fois calmé, l'énergumène s'approche du bar pour commander deux pintes de Guinness. Le serveur, encore secoué, lui sert la boisson d'une main tremblante en faisant attention à ne pas produire trop de mousse et risquer d'autres remarques agressives.

Walter continue d'observer l'individu qui finit par s'en rendre compte.

— Tu veux ma photo, banane ? s'exclame-t-il tout en récupérant ses deux verres de bière.

À cet instant précis, la jeune femme sort enfin des sanitaires, apeurée et la tête baissée, puis file reprendre discrètement sa place sans jeter le moindre regard autour d'elle.

Walter ne réagit toujours pas.

— Tu as bien raison de chier dans ton froc, enchaîne le mâle dominant qui s'écarte du bar pour aller s'asseoir.

Walter glisse alors une jambe dans l'allée, et une fois au contact, enchaîne avec une balayette qui envoie le type au sol, bientôt trempé par une pluie de bière, devant le serveur médusé et craignant le pire.

Les verres volent en éclats et se brisent dans un vacarme assourdissant. Certains badauds qui passent devant le bar se retournent et reviennent sur leurs pas pour assister au spectacle.

L'homme gît au sol, étalé comme une loque, partagé entre fureur et humiliation, tandis que Walter se frotte l'épaule pour nettoyer les quelques gouttes d'alcool qui dégoulinent le long de son blouson en cuir. Au même moment, le deuxième imbécile, assis en train d'attendre son breuvage, se lève furieusement et vient relever son ami, le visage écorché et dans un état lamentable.

— Tu veux mourir, toi ? lance-t-il en direction de Walter qui fait face aux deux hommes avec un petit sourire narquois.

— Il me semble que vous avez oublié de vous excuser auprès de la dame, rétorque Walter qui sort une cigarette de sa poche avant de la tasser et de la glisser au coin de ses lèvres.

— Amène-toi dehors et on va te péter les dents ! s'écrie le plus costaud, toujours imbibé, qui veut en découdre sans s'attarder sur la moindre explication.

Il saisit Walter par le col et tente de l'entraîner vers la rue.

En deux temps, trois mouvements, Walter réplique et montre qu'il n'était pas un crack en *self-defense* à l'École de police pour rien. Il envoie un coup de poing dans la glotte du plus virulent pendant que son pied vient casser le tibia de l'autre, qui s'effondre au sol. L'un s'étouffe pendant que l'autre hurle de douleur.

Il enchaîne par un écrasement des mains et des testicules, plongeant ainsi les deux hommes dans un état de paralysie cognitive. Incapables de réagir, et par conséquent inoffensifs, ils gisent à terre sous le regard stupéfait des autres clients.

Walter récupère sa sacoche, puis jette un billet sur le comptoir avant de s'éclipser, adressant un léger sourire à la jeune fille agressée. Une manière de lui faire comprendre que tout ceci n'est qu'un juste revers de médaille.

Quelques secondes plus tard, il est déjà loin, clope au bec, pendant que les deux brutes reprennent peu à peu leurs esprits avant de se mettre en tête de le retrouver pour lui faire la peau. Peine perdue…

Au même instant, le serveur s'approche du groupe d'amis pour s'assurer que tout va bien. La jeune fille est toujours choquée par son agression, mais reconnaissante envers le justicier qui a fait fuir les deux malotrus.

— Qui était ce type ? demande l'un de ses amis, intrigué par la façon dont Walter s'est occupé des deux hommes.

— C'est un flic ! rétorque le serveur, tout en nettoyant les lieux avec une serpillière et un balai. Il vient souvent seul, le soir, et reste au comptoir.

— Un flic ? Vraiment ? Alors pourquoi il ne les a pas coffrés ?

— Je pense qu'il n'était pas en service, et sûrement pas disposé à les embarquer.

— Ça fait un peu cliché, non ? Le flic alcoolo qui vient boire seul le soir dans un bar et se bat comme un voyou, vous ne trouvez pas ?

— Non, vous n'y êtes pas du tout, reprend le serveur en hochant la tête de droite à gauche. Il était là depuis plus d'une heure et c'est son premier verre. Il l'a à peine touché. Chaque soir, c'est la même chose, il commande un whisky et reste seul au comptoir, abattu, et sans chercher le moindre contact.

— S'il n'est pas là pour boire, alors pourquoi venir ici ?

Le serveur repart vider le contenu de son sac poubelle et ranger ses outils de nettoyage pendant que tout le monde attend sa réponse, conscient d'avoir rencontré un individu très particulier.

Il prend quelques secondes pour réfléchir à la question, puis se redresse et fixe l'auditoire.

— Je n'en sais rien, je crois qu'il a des problèmes personnels et qu'il cherche des réponses à ses questions…

9

Samedi 18 septembre 2021 – 8 h 15
Forêt d'Esmoulins

Depuis l'aurore, les opérations de nettoyage et d'évacuation des corps se succèdent. Les forces de l'ordre sont en place partout sur les lieux pour maîtriser la meute de journalistes qui souhaitent s'approcher par tous les moyens de la scène de crime. Quelques altercations ont lieu avec certains d'entre eux qui cherchent à grappiller du terrain en se dissimulant entre les arbustes. Tous attendent un communiqué qui ne vient pas.

Un chemin forestier se dessine, barré par plusieurs troncs d'arbres qui font obstacle. Le sentier fend une forêt sombre et épaisse, secouée par le vent violent qui sévit dans toute la vallée.

Deux kilomètres plus bas, l'accès au parking a été condamné par les gendarmes qui essaient de boucler le secteur pendant que les hélicoptères survolent la forêt. Depuis une vieille gare désaffectée située à quelques centaines de mètres, les maîtres-chiens tentent de reconstituer l'itinéraire des victimes pendant que les scientifiques effectuent un maximum de prélèvements aux abords du cimetière improvisé.

Les images ont déjà fait le tour des réseaux sociaux et les communiqués de presse affluent, à chaque fois en contradiction avec le scénario précédemment établi par la chaîne concurrente.

Combien de victimes ? Dans quel état de décomposition ? Depuis quand sont-elles entreposées ici et pourquoi ? Qui peut défier la justice au point d'étaler aux yeux du monde le lieu de sa mise en scène macabre ?

Sur place, les premières rumeurs prennent de l'ampleur et les officiers calment le jeu pour maîtriser les fuites, coordonnés par le procureur qui a rejoint les équipes immédiatement après avoir pris connaissance des événements. L'enquête pénale est ouverte et le magistrat du parquet n'a pas tardé à diligenter les autopsies.

On peut entendre quelques paroles lancées en l'air entre les gradés qui se diffusent rapidement et glacent l'assistance : « Les corps sont à quelques centimètres sous terre, l'un des gendarmes a bien failli trébucher en butant sur le haut d'un crâne. »

Le réseau mobile de mauvaise qualité ne facilite pas les remontées d'informations. Plusieurs gendarmes font la navette entre le parking et le théâtre du carnage. Le chemin étroit et boueux ne favorise pas l'accès aux véhicules pour se rendre sur les lieux, et des quads sont dépêchés sur place pour fluidifier les opérations. En parallèle, plusieurs militaires débarquent, équipés d'un gyrobroyeur, de radars géodésiques et de détecteurs de métaux. La zone de recherche est élargie et les fouilles s'étendent jusqu'au fond du vallon. Les fourrés sont ratissés, à la recherche d'indices... ou de nouvelles scènes de crime.

Les experts scientifiques de l'IRCGN[1] se mêlent aux unités des fouilles opérationnelles spécialisées. Le procureur affiche une certaine nervosité, conscient que les opérations d'évacuation risquent de souiller les lieux, et donc potentiellement de dissimuler certaines preuves.

L'un des officiers s'approche, le teint blême, visiblement éprouvé.

— Monsieur le procureur, la situation reste confuse. Pour le moment, nous avons sorti quatre personnes, toutes assises dans une cavité d'environ deux mètres carrés. Le trou est peu profond et la terre semble fraîchement retournée.

— Qui a donné l'alerte aux autorités ce matin ?

— C'est un habitant du coin qui a appelé la gendarmerie, après avoir découvert la mise en scène. Il passe ici au moins deux fois par semaine et a rapidement compris qu'il y avait quelque chose de suspect.

— Vous l'avez déjà interrogé ?

— Affirmatif, mais il n'y a pas grand-chose à en tirer. Un amoureux de la nature comme il y en a beaucoup par ici. Il était le premier à passer ici ce matin, voilà tout.

— Parlez-moi des cadavres...

— Les corps sont lestés avec des parpaings, attachés entre eux par des chaînes en acier, puis ensevelis. Il n'y a sur les premières constatations aucune trace de plaie ou de sang. Les autopsies nous diront s'ils ont bien été enterrés vivants...

1. Institut de recherche criminelle de la Gendarmerie nationale.

— Quelle horreur ! Il ne faut pas que ces détails fuitent dans la presse, et surtout, il faut accélérer les identifications. On m'a informé que vous aviez retrouvé des photos sur place. Que montrent-elles ?

— Il y en a une bonne dizaine. Elles étaient disposées dans une enveloppe, sur le sol, et ont été faites de nuit. Certains vêtements des victimes traînaient dans la boue. Tout a été prévu afin que les cadavres soient découverts par le premier promeneur qui passait dans les parages, et ça n'a pas loupé ! Cela ressemble... je ne sais pas... à un rituel ou à un étalage, mais pas à une dissimulation. Le fait que l'une des photos ait été publiée sur certains sites montre que le ou les auteurs voulaient que l'on découvre son œuvre au plus vite. Les corps ne sont pas dans un état de décomposition avancée. Je mets ma main à couper que la mort date de quelques heures tout au plus, hier soir au grand maximum.

— Il faut continuer de ratisser la zone afin d'être certain qu'il n'y a pas d'autres corps ou indices. Si l'identité de deux des quatre victimes est bien celle que nous avons établie sur les photos, cela va faire grand bruit. On est peut-être en train de relancer l'enquête presque vingt ans après. Mais il nous faut le nom des deux autres pour établir un lien. Il est évident qu'ils n'ont pas été placés dans ce trou tous ensemble et de cette façon sans raison.

— On y travaille, monsieur le procureur. Certaines pistes ont déjà été évoquées et restent à confirmer. Il faudra valider les identités et faire parler l'A.D.N. Parmi les photos découvertes, certaines sont antérieures à la tombée de la nuit. On y voit deux hommes pris séparément, dans un premier temps en tenue de civils, le visage décontracté. Puis, ces hommes ont été déguisés, avec des gants, des tenues en cuir et des masques avant d'être jetés ici. C'est très étrange... Il y a autre chose que je dois vous dire... d'assez insoutenable.

— Quoi donc ? Ne vous faites pas prier.

— Sur l'une des photos, qui n'est pas celle en possession des journalistes, on voit les quatre victimes, leur corps à moitié enlisé, entassés dans ce que l'on a appelé le « trou de l'enfer ». Toutes tiennent un papier dans leurs mains, mais impossible d'en lire le contenu. Les deux hommes masqués sont disposés face à face, idem pour l'autre homme et la femme. Le regard qu'ils s'adressent sur les photos est terrifiant : le bourreau leur a visiblement posé un écarteur de paupières pour les obliger à se regarder. La femme semble tétanisée par la peur, consciente qu'elle va finir enterrée vive, face à celui qui est visiblement son ex-compagnon. Une série de clichés pris tout au long de la soirée met clairement en évidence la monstruosité de cette mise en scène. Les photos sont horodatées, et à chaque fois que le temps avance, le niveau de la terre monte. Je n'ai jamais vu une mise en scène aussi inhumaine. Même si on se souvient tous des accusations contre ce couple, pas un seul individu sur Terre ne mérite pareil châtiment. Je ne sais pas si vous imaginez ce qu'ont éprouvé ces hommes et ces femmes lorsque la terre est montée progressivement dans ce trou... où ils étaient faits comme des rats.

— Il faut retrouver ces papiers. Ils contiennent forcément des informations non négligeables !

— On y travaille, la terre a été dégagée et passée au peigne fin, mais malheureusement, c'est chercher une aiguille dans une botte de foin.

Le regard du procureur se perd dans le vide avant de revenir sur le téléphone portable qui vibre entre ses mains.

Comment contenir les détails d'un crime dont le décor a déjà fait le tour des médias et de l'opinion publique ?

En l'état, seules les questions émergent à la surface. Les réponses restent enfouies quelque part, prises au piège dans cette vindicte sans nom.

Le bruit des engins motorisés roulant sur la rocaille vient altérer le brouhaha des journalistes parqués dans une zone balisée par un cordon de sécurité.

Une pluie timide mais continue contraint certains à sortir les parapluies et équiper les caméras de protections. La plupart improvisent une intervention en direct, conscients d'être les témoins d'une scène épouvantable et jusqu'ici inimaginable.

Après la découverte d'un imam décapité quelques jours auparavant, c'est un nouvel acte de haine et de violence qui fait trembler la justice jusqu'aux murs du ministère de l'Intérieur.

Franck reste stupéfait, comme en apnée, devant l'écran du lieutenant Éric Bourgoin après sa plongée abyssale dans les profondeurs glauques du dark web.

— Explique-moi comment c'est possible d'accéder à tout cela en toute légalité ? s'étonne Franck, étonné. Je ne devrais pas dire ça mais, bordel, que foutent les autorités ? Tous les organismes de lutte contre la cybercriminalité ? C'est un vrai cimetière d'horreurs, ton site...

— Mon pauvre, s'il n'y avait que ce que tu as sous les yeux... mais tu n'imagines même pas ce qu'on peut trouver entre les lignes du web. Le dark web est considéré comme le lieu de tous les trafics et de toutes les activités illicites :

commerce de services et produits volés ou contrefaits, d'armes, de drogues, de trafics d'êtres humains ou de leurs organes, blanchiment ou financement du terrorisme. C'est un peu comme si toute la criminalité humaine se donnait rendez-vous en un point unique, que tu ne peux pas toucher et encore moins appréhender. Si tu veux un chiffre, prends celui-ci : pour les marchés noirs, il a existé des plateformes comme *Silk Road* accessible via le réseau Tor, fermée fin 2014 avec l'aide du FBI. Le chiffre d'affaires du site était alors estimé à 1,2 milliard de dollars après deux ans d'existence.

— Mais pourquoi les utilisateurs ne se font pas coincer ? Par exemple, toi tu es flic, mais le mec lambda qui se frotte à ces sites, on peut le condamner, non ?

— Le problème, c'est que d'une part, naviguer n'est pas illicite, et que d'autre part, les utilisateurs se servent de logiciels particuliers qui permettent d'anonymiser leur identité. L'anonymat renforce la protection de la vie privée, liberté fondamentale figurant dans le Code civil et la Convention européenne des droits de l'homme.

— Donc n'importe qui peut aller fourrer son nez là-dedans et trouver toutes les photos et vidéos que tu m'as montrées avant-hier ?

— Non, je n'irais pas jusque-là. Il faut quand même être un sacré bidouilleur : savoir configurer un VPN et se servir de navigateurs spécialisés. Ce n'est pas à la portée du premier venu, d'autant qu'une fois dans l'arène, il n'y a aucune règle et certains peuvent être sans pitié avec les novices. Si tu ne maîtrises pas, tu risques de te faire pirater certaines données personnelles, ça peut aller très loin, et autant te dire que les recours en justice sont très compliqués.

— Mais rassure-moi, tous ne vont pas là-bas pour mater des macchabées ou préparer des crimes ?

— Bien sûr que non. C'est avant tout une économie parallèle, basée sur tout ce qui peut être illégal. Beaucoup de sites permettent aux acheteurs et vendeurs de s'échanger de la drogue, des faux papiers, des cartes bancaires volées et des logiciels de piratage, que sais-je encore...

— Et donc, tu dis que ce matin, tu as vu la photo qui tourne sur les meurtres de la forêt d'Esmoulins ? C'est le même site que celui avec la photo de l'imam Ouesli décapité ?

— Non, depuis, le site a fermé. La durée de vie de ces plateformes est courte. En général, ce type de photo est balancé pour quelques heures puis supprimé. Mais cela fait des petits un peu partout, et de temps en temps, tout ça finit sur le web traditionnel. Une fois que la diffusion est partie, c'est inarrêtable, et tu ne retrouveras jamais la source initiale. Bien sûr que tu peux coller des peines ou des amendes à ceux qui détiennent ensuite ce type de photos, mais d'un, ce n'est que très rarement appliqué, et de deux, ce n'est pas ce qui nous intéresse. Le but c'est de retrouver les auteurs. Autant te le dire tout de suite : c'est mission impossible.

— C'est un vrai sac de nœuds. Alors donc, tout cela circule presque librement, aux yeux de tous, sans que l'on puisse faire quoi que ce soit ?!

— Le but est forcément d'envoyer un message fort et d'impressionner. Prends par exemple certaines photos liées au terrorisme, comme les décapitations d'Hervé Gourdel et Hervé Cornara, ou alors les images de l'intérieur du Bataclan en 2015. Toutes ces photos ont circulé à un moment donné. Les rendre accessibles permet de propager sans effort le message de terreur qui leur est associé.

— Oui, mais dans les cas que tu cites, en quelques heures, ces crimes étaient signés et revendiqués ! Pour l'imam, ça fait deux jours qu'on ne trouve rien et que l'antiterrorisme reste muet, ce qui semble montrer qu'ils n'ont absolument rien non plus.

— Il faut toujours rester prudent sur ce type de cas. Cela peut être l'œuvre d'individus isolés et pas forcément d'une organisation. Des fanatiques de tout bord : extrême droite, néo-nazis, israélites... Mais pour le moment, pas la moindre revendication. J'avoue que c'est effectivement très rare.

Franck se prend la tête à deux mains, les coudes sur le bureau de son équipier occupé à refermer une à une les fenêtres de navigation affichées sur son écran. Désabusé, il aimerait percer les mystères d'une telle forme de propagande nauséabonde. Quel est le sens de ces publications en ligne ? L'imam décapité, et maintenant cette photo montrant quatre personnes coincées dans un trou, sur le point de passer de vie à trépas. Le lieutenant ne croit pas aux coïncidences, et il est évident que la mise en scène a bien une signification cachée. Reste désormais à confirmer l'identité des quatre victimes pour en avoir le cœur net.

Touillant machinalement un café froid et bien trop corsé à son goût, il s'attarde sur le compte rendu des dernières recherches effectuées aux abords de la ville pour retrouver la tête de Ouesli. En vain.

Sur de nombreux sites d'informations dont les articles sont réservés aux abonnés, les journalistes tentent de retracer la carrière de cet imam salafiste dont la mort reste un mystère complet. Peu de personnes dans ce qui lui restait d'entourage proche acceptent de témoigner ou de livrer leur sentiment, ce qui ne facilite pas les investigations.

Les couloirs sont pris d'assaut et une agitation profonde s'empare de l'étage, soudain plongé dans un bourdonnement qui ne donne pas son origine.

Le regard perdu, Franck réalise tout à coup que les deux messages qu'il a envoyés à Isabelle sont restés sans réponse.

Un sifflement aigu traverse les murs du commissariat.

Certains officiers s'activent dans les couloirs pendant que les plus hauts gradés lancent un appel général et exigent que tout le monde se regroupe dans les plus brefs délais.

Tout porte à croire que de nouvelles informations déterminantes sont sur le point d'être révélées...

10

Samedi 18 septembre 2021 – 10 h 45
Commissariat de Créteil

Une salle d'interrogatoire vient d'être improvisée dans le bureau du commandant Portet qui a réuni pour l'occasion une demi-douzaine de ses flics, dont Franck, pour l'assister dans l'animation des débats.

Le coup de fil reçu le matin même a de quoi laisser tout le monde intrigué. Le casier judiciaire de l'individu, imprimé en urgence, circule de main en main, sans que personne n'y attache plus d'importance que cela. Guère plus épais qu'une rédaction de collégien, il ne comporte rien de croustillant : une affaire de menaces conjugales après un divorce assez houleux il y a une vingtaine d'années, mais qui n'a pas franchi la ligne rouge. Depuis, rien à signaler. L'homme a travaillé pendant plusieurs années dans des boîtes de nuit, mais aussi dans la photographie érotique, sans jamais se faire remarquer par les autorités.

Âgé de soixante-trois ans, il vit à quelques kilomètres seulement du commissariat, mais ne possède pas de permis de conduire. Portet a donc confié à deux de ses flics la mission de le récupérer dès que possible pour le ramener dans les locaux afin de l'entendre.

Une quinzaine de minutes plus tard, l'individu débarque sous escorte au commissariat. Son costume chic, ses chaussures en cuir marron, sa fine barbe poivre et sel joliment entretenue et sa petite queue de cheval lui donnent l'allure d'un quinquagénaire en activité et dans la force de l'âge.

Ses mains tremblotantes et son teint pâle laissent cependant présager une certaine forme d'anxiété.

—Je ne suis pas du tout un habitué des lieux, lance-t-il au commandant Portet, qui lui explique dans quelles conditions va se dérouler cet entretien, précisant bien qu'il s'agit d'une audition libre, et donc, sans aucune forme de contrainte.

En clair, l'idée est de le mettre en confiance, en lui expliquant qu'il est libre de parler, mais aussi de partir à tout moment.

Dans ce type de situation, un flic cherche surtout à amener l'autre à libérer sa conscience.

—Veuillez décliner votre nom, prénom, date et lieu de naissance, adresse et profession, requiert Portet après avoir laissé l'homme s'installer confortablement au milieu de la meute de flics dans l'expectative, tandis que l'un d'entre eux se met à tapoter sur son clavier pour débuter la saisie du procès-verbal d'audition.

—Rouxel, Bernard. Né le 26 mai 1958 à Neuilly-sur-Seine. Je suis retraité depuis le premier épisode de Covid. De

2004 à 2020, j'étais cogérant d'un établissement de nuit dans le neuvième arrondissement de Paris. J'ai divorcé trois fois et je vis actuellement seul dans un appartement, avenue Bernard-Halpern, ici à Créteil.

— M. Rouxel, vous nous avez contactés juste après dix heures ce matin, pour nous dire que vous disposiez d'informations au sujet de la découverte des quatre corps découverts ce matin aux aurores dans la forêt d'Esmoulins. Est-ce que vous confirmez ?

— Oui, c'est bien le but de mon appel et de ma venue ici.

— Bien, nous vous écoutons. Je tiens à préciser, bien entendu, que vos déclarations seront consignées et qu'au vu de l'ampleur médiatique que prend cette affaire sordide, je vous encourage à nous dire tout ce que vous savez, sans haine ou diffamation, et d'éviter d'en faire part à quiconque vous interrogerait sur le sujet.

L'homme prend une grande respiration puis demande à boire un peu d'eau avant de débuter. Il pose les mains sur la table, puis croise ses doigts pour éviter de trembler et d'afficher la peur qui le paralyse. D'emblée, les enquêteurs perçoivent qu'il n'a pas le profil d'un coupable ou d'un malfrat, mais plutôt celui d'un individu embarrassé, pris à la gorge par un cas de conscience.

— Écoutez, la première chose, c'est que je ne veux pas d'histoire. J'ai hésité avant d'appeler, mais je ne voulais pas qu'en me taisant, tout cela me retombe dessus plus tard. C'est un choix difficile, et je veux qu'on écrive que je fais tout ça pour coopérer avec la police et la justice.

— N'ayez crainte, ce sera mentionné, confirme Portet.

Bernard Rouxel extrait son téléphone de sa veste, le pose sur la table, et déglutit difficilement avant de parler :

— Ce matin, en me levant, j'ai entendu ce qui s'est passé.

Pas vraiment difficile, les reportages tournaient en boucle sur les chaînes d'infos. Ça m'a retourné un peu l'estomac, sans vraiment que je m'y attarde. Après, ils disaient que deux des cadavres avaient été enterrés avec des masques, et que des photos circulaient sur Internet. Je ne suis pas un grand connaisseur mais j'ai demandé à un ami d'effectuer quelques recherches car cette idée de masques m'intriguait. Il m'a envoyé par WhatsApp ce qu'il a réussi à dénicher et c'est là que j'ai vu...

— C'est là que vous avez vu quoi, au juste ? enchaîne Portet qui ne supporte pas l'hésitation du témoin.

— Ces deux hommes... Sur la photo, ils avaient des gants et un masque de porc. Je les ai vus, pas plus tard qu'hier soir.

— Vus où ? Vous leur avez parlé ? Vous connaissez leur identité ?

— Avant d'aller plus loin, je dois vous dévoiler une partie de mon activité. Encore une fois, je préfère m'expliquer de mon plein gré avant que l'on remonte jusqu'à moi et que je ne sois considéré comme suspect de quoi que ce soit. Depuis trois ans, j'organise des soirées privées à thème, dans un univers bien particulier.

— Quel genre de soirées précisément ? questionne Portet, qui souhaite accélérer la cadence.

— Ce sont des soirées dérivées du milieu BDSM, en clair, sadomasochistes, plus extrêmes que les rencontres libertines que l'on peut trouver dans n'importe quel club spécialisé. Celles que j'organise se font avec un comité plus restreint, et il faut le dire, avec un public averti sur le contenu : bondage, domination, soumission, gang-bang. On est obligatoirement dans une pratique physique extrême. Mais que ce soit bien clair : il n'y a ni proxénétisme, ni acte d'une quelconque illégalité.

— J'en déduis donc que... ces deux hommes participaient à une soirée que vous avez organisée hier soir, c'est bien cela ? Dites-nous en davantage. Combien de personnes étaient présentes ? Que faisaient ces hommes ? Avez-vous échangé avec eux ?

— Il y avait une trentaine de personnes environ. Difficile de faire le compte exact. Je n'ai pas eu d'échanges avec eux, et je vais vous expliquer pourquoi. Cette soirée avait un thème bien particulier, je l'avais mise sur pied depuis environ un mois. Il faut savoir que nous fonctionnons dans une sphère privée. Le respect de l'anonymat est une base fondamentale. Il n'y a pas de contrôle d'identité, ou de formulaire, ni même la moindre correspondance mail. Cela fonctionne par un réseau interne que l'un des adhérents gère sur un site web qui propose uniquement des pseudos. Il est impossible de « s'inscrire ». Pour rejoindre le groupe, il faut qu'un membre existant fasse une demande d'accès, un peu comme un parrainage, et cela fonctionne à la confiance, on ne pose aucune question sur l'âge, le sexe, la catégorie professionnelle, etc.

Le récit de Rouxel déclenche quelques rires nerveux dans l'assistance, qui n'écoute pas vraiment les détails et n'imagine que des partouzes organisées avec des hommes en latex et d'autres en costard-cravate.

— Ces deux hommes en question, ceux avec le masque de porc, vous les aviez déjà vus auparavant dans l'une de vos soirées ? Vous nous avez parlé d'un thème particulier, quel était-il exactement ?

— Je vais y venir, Commandant. Quant au fait de savoir si

je les avais déjà vus, non, du moins pas avec cet accoutrement. La plupart des convives viennent masqués ou déguisés. C'est une manière de s'assurer qu'ils ne seront pas reconnus. Le thème de cette soirée était tout simplement que des personnes soient exposées au milieu d'une pièce et que chacun puisse pratiquer l'acte de son choix, sans aucune forme d'échange préliminaire et de dialogue. En clair, des corps vous sont offerts et vous pouvez assouvir tous vos fantasmes. Cela peut être des hommes ou des femmes, généralement ce qu'on appelle des « soumis », dont le maître gère, contrôle et régule les actes sexuels. Vous avez certainement déjà entendu le terme de soumission, mais sachez qu'elle peut prendre plusieurs formes. Bien entendu, et comme je vous l'ai expliqué juste avant, il n'y a rien d'illégal ou même de dangereux, c'est une règle fondamentale. La soirée d'hier avait lieu dans un manoir situé dans la banlieue de Troyes dont je connais le propriétaire. C'est la troisième fois que nous organisons là-bas. Il met à disposition tout un étage avec trois pièces, sans aucun frais, et demande simplement à participer aux ébats. Parfois, notre hôte s'amuse à les appeler avec une pointe d'humour « soirée Tetris », car le but est d'emboîter un maximum d'éléments dans une position différente. J'en parle ouvertement car il ne s'en cache pas et n'a aucun problème avec le fait d'assumer ce type de réception. Son entourage proche est parfaitement au courant.

Sur ces déclarations, Portet marque un temps d'arrêt et dévisage un à un tous ses flics. Leurs regards ébahis viennent scruter le visage de Rouxel qui refuse de montrer le moindre malaise concernant ses propos.

— Donc, si je résume, reprend Portet, vous m'expliquez que des individus se font « prendre » par des inconnus, sans savoir qui ni même discuter du comment ?

— C'est un peu cela. Les maîtres décident juste avant de ce qui peut ou pas être pratiqué avec leurs soumis. À partir de là, une fois dans la pièce, il n'y a plus la moindre discussion. Tout se fait dans le silence, pour mieux apprécier les gémissements. Ce sont des pratiques physiques extrêmes mais assumées. Une manière de se surpasser, de tester et de franchir ses propres limites. Ces rencontres constituent une fusion admirable entre fantasme, perversion et dépassement de soi.

— Sans rentrer dans tous les détails sordides, que font exactement les « actifs » avec ceux qui, je l'imagine, attendent sagement étendus sur une table ? Est-ce qu'il peut arriver que les choses dérapent avec des conséquences graves ?

— On peut trouver toutes les formes de pratiques sexuelles : pénétration, fist, masturbation, éjaculation, uro, parfois des coups s'ils sont maîtrisés et autorisés au préalable avec le maître. Je n'ai pas souvenir d'un quelconque accident. Comme je vous le disais, chacun vient pour assouvir un fantasme personnel, sans jugement ou regard de la part des uns ou des autres. Du moins, ils n'ont aucune identité. C'est ce que recherchent mes invités : le sexe dans sa pratique extrême et sous toutes ses formes, sans aucun préambule. Il faut arriver à l'imaginer.

— Je vous avoue que là, j'ai eu un peu du mal. Ça ressemble à de la dépravation sous ses formes les plus perverses… Et donc, si on revient à ces deux gars, quels rôles jouaient-ils ?

— Ils étaient soumis, ou, si vous préférez, passifs dans les ébats. Je me souviens très bien du maître. Il les a emmenés dans l'une des pièces, ils étaient enchaînés par le cou et les poignets. Ils avaient aussi des gants et les mains attachées par une corde. Au vu des gémissements, je pense que sous les masques, ils avaient un écarteur buccal. C'est assez fréquent pour éviter certains réflexes lors des actes. Certains ont parfois un pissgag[1] ou autre accessoire, d'autres sont bâillonnés et attachés pour donner encore plus d'ampleur à l'effort physique. Parfois, les masques sont ôtés temporairement pour permettre l'éjaculation dans la bouche, les oreilles ou dans les yeux.

Cette dernière remarque déclenche un tollé général. Puis, l'un des flics s'avance et prend instinctivement la parole en apostrophant Rouxel dont les yeux restent fixés sur le commandant Portet, faisant abstraction du reste de l'assistance.

—Il y a quelques mois, on a serré trois mecs qui se servaient de ce genre de soirées pour recruter des filles et les forcer à se prostituer sur des sites d'escorts. Vous avez dû en entendre parler. Est-ce qu'on parle bien du même genre de soirées ?

—Oui et non. Je ne peux pas nier que ça n'a jamais existé dans le monde du BDSM ou du libertinage, mais pas dans mes événements. Je vous le répète, nous avons un code éthique très strict, qui impose un respect mutuel. Chacun connaît les règles du jeu et fixe ce vers quoi il veut aller. Il n'y a aucune forme de pression ou d'abus. Je précise aussi que rien n'est filmé, enregistré ou photographié, pour préserver, encore une fois, discrétion et respect de l'anonymat.

—Parlez-moi de ce maître, relance Portet dont la curiosité est toujours attisée par les déclarations de Rouxel, celui

1. Masque BDSM fétiche avec entonnoir et bouchon.

qui tenait les deux hommes enchaînés ! Lui, vous l'aviez déjà vu ?

— Idem, je ne peux pas me prononcer, Commandant. Il avait une tenue fetish classique composée de cuir, vinyle et latex, ainsi qu'une cagoule intégrale plutôt quelconque. Rien qui se démarquait, contrairement aux deux soumis et leurs masques de porc. Toute l'assistance les ayant remarqués, j'ai préféré venir vous en parler. Si les photos sont diffusées plus largement sur le web, ils seront reconnus par mes convives.

— Il va me falloir cette liste de participants et le personnel du manoir pour que je puisse les interroger. Avez-vous des caméras, au moins à l'extérieur du bâtiment ? Et pouvez-vous me dire si ces deux hommes sont repartis avec la personne qui les a amenés ?

— Avec leur maître ? Oui, j'en suis certain. Nous sommes quatre personnes à organiser et mes collaborateurs pourront aussi vous le confirmer. Miguel les a aidés à rejoindre leur véhicule, un Mercedes Vito blanc. Il est assez fréquent que certains aient du mal à marcher ou à se déplacer en fin de soirée, vous comprendrez aisément pourquoi. Après, je vous le répète, il n'y a aucune caméra active, c'est une règle. Certains craignent d'être ensuite reconnus à partir des plaques d'immatriculation. Il n'est d'ailleurs pas rare qu'ils se déplacent avec des véhicules de location. Vous devez comprendre qu'il est difficile, avec le monde peu ouvert qui nous entoure, d'assumer de participer à ce type d'événement. C'est une soirée privée, sans aucun droit d'entrée formalisé. Je ne pourrai vous communiquer aucune liste ou nom.

Portet souffle d'agacement tout en secouant légèrement la tête en signe d'incompréhension.

— C'est incroyable de laisser rentrer n'importe qui sans

la moindre forme de contrôle. Est-ce qu'au moins vous pouvez nous donner plus précisément l'heure de leur départ ? Vous n'avez, j'imagine, aucune idée de ce qui a pu leur arriver ? Pas d'altercation ou autre fait à signaler ?

— Non, rien. Je dirais environ une heure du matin, à un quart d'heure près. Difficile de donner l'heure exacte. Mais ils sont partis en voiture, tout à fait normalement. Lors du départ, il n'y a pratiquement eu aucun échange, pour les raisons que je vous ai évoquées. Je ne pourrai pas en dire plus, mais je souhaite réitérer mes propos, et que cela soit bien consigné dans mon audition : ces hommes sont venus à ma soirée et en sont repartis de manière tout à fait normale. Je n'ai aucune idée de la raison de leur mort atroce, mais je ne veux pas que celle-ci soit associée à nos soirées, qui sont sobres et non violentes !

Portet recule sa chaise tout en allongeant ses jambes sous le bureau, puis croise ses mains derrière sa nuque.

— C'est encore un peu tôt pour en juger, enchaîne-t-il tout en se redressant. Vous m'excuserez, mais on est quand même face à des pratiques que l'on peut qualifier de « tordues », vous ne pensez pas ? Donc, comment savoir qui se cache derrière vos orgies déguisées ?

— Commandant, toute ma vie j'ai entendu ce discours et ces préjugés ! Que nous sommes des malades mentaux, des pervers en tout genre. Combien de fois on m'a demandé si je faisais participer des enfants ou des animaux ! On nous classe dans un milieu de parias, comme si nous ne faisions pas partie de la civilisation. Et pourtant, nous recevons des P.-D.G., des acteurs, des musiciens, des politiciens, j'en passe et des meilleures. Donc les piliers de notre société sont aussi à qualifier de tous ces adjectifs ?

— Ce n'est pas à moi de vous répondre, rétorque Portet

d'un ton ferme. Je ne suis qu'à moitié surpris que des personnes influentes participent à ce type d'orgie. Après, est-ce que ce n'est pas juste par curiosité malsaine, ou pour se dire « j'y étais, je l'ai fait » ? À vous de me le dire !

—Il ne faut pas tout confondre, messieurs. Le voyeurisme sexuel existe depuis des siècles, et n'oublions pas ce à quoi s'adonnaient nos rois. Mais ici, le but est d'aller chercher et stimuler un plaisir différent, que nous ne pouvez atteindre qu'après avoir poussé vos limites à l'extrême. Vous me parlez de personnes « tordues » ou « perverses ». Pensez-vous qu'un adolescent de douze ans qui tire avec des armes de guerre sur des civils dans un jeu vidéo est un meilleur exemple pour notre société ? Pourtant, aujourd'hui, c'est devenu une banalité. Est-ce mieux de regarder des pseudo-artistes ou influenceuses mimer des actes sexuels devant un public qui n'est même pas pubère ? Arrêtons de juger avec autant d'hypocrisie. La perversion de l'argent, la violence et même le sexe s'exercent dès le plus jeune âge dans les médias, complices de notre laxisme. Mes invités sont des gens éduqués, parfaitement intégrés et bien dans leur peau, sans la moindre forme de haine ou de violence.

—Toujours est-il que deux d'entre eux viennent d'être retrouvés morts, a priori enterrés vifs. Vous comprendrez donc les soupçons qui pèsent sur les dernières personnes à avoir été en contact avec eux. Contact qui prend ici un sens très particulier...

La suite des échanges se décline en une vaste série de questions auxquelles Rouxel répond avec clarté et sans trembler. Franck comprend très vite que l'homme semble bien loin du profil du criminel capable d'emmener quatre personnes en forêt pour les enterrer vivantes. Il fournira par la suite un alibi en béton, attestant qu'il est resté avec l'ensemble des organisateurs et le propriétaire du manoir sur les lieux jusqu'au petit matin, ce qui sera confirmé par le personnel du richissime propriétaire, dont le premier employé prend son service aux alentours de six heures du matin. Tout ce beau monde est resté attablé au bar situé au rez-de-chaussée, à refaire la soirée en dégustant un excellent chianti. De quoi tuer dans l'œuf l'idée que la mise à mort ait pu être réalisée au même moment à plus de deux heures de route par ces mêmes individus.

À la fin de l'audition, plusieurs des flics présents sont partagés entre l'horreur des crimes et l'aspect croustillant et pittoresque des déclarations de Rouxel. Ce dernier se voit donner une nouvelle convocation officielle, tout comme le propriétaire du manoir et son personnel. Il va falloir corroborer leur version des faits et tenter d'obtenir davantage d'informations sur les victimes et leur fameux maître, devenu le suspect principal.

Mais quel peut être le lien avec les deux autres victimes dont l'identité vient d'être confirmée dans la foulée, juste après la fin de l'audition ?

Il s'agit d'un couple tristement célèbre, dont les noms sont inscrits dans un dossier judiciaire de plusieurs milliers de pages, et qui n'a pas trouvé son épilogue.

L'affaire de la petite Flora, dont le corps n'a jamais été retrouvé depuis le 4 juillet 1998.

11

Samedi 18 septembre 2021 – 14 h 15

Franck se sent pris à la gorge par les derniers événements. Il profite de quelques minutes de relâche pour filer chercher de quoi se restaurer : un infâme américain surchargé en graisse et garni de viande à la provenance douteuse fera l'affaire. De quoi repousser la faim de quelques heures.

Sur le chemin du retour vers le commissariat, il déballe la surcharge de papier aluminium et entame maladroitement son sandwich tout en accélérant le pas, sans pouvoir éviter quelques dommages sur sa veste. Plusieurs passants se retournent, intrigués par cet homme qui semble s'agacer tout seul.

Pendant qu'il cherche un mouchoir dans sa poche pour essuyer les dégâts, il se retrouve nez à nez avec Isabelle qui effectue le chemin inverse. Embarrassé, il sent son cœur s'emballer dans sa poitrine, incapable d'articuler quoi que ce soit.

Isabelle, tout aussi surprise de ce tête-à-tête fortuit, s'arrête et affiche un sourire gêné qui ne l'aide pas non plus à s'exprimer.

— Tout ça m'a l'air appétissant, dis donc, lance-t-elle en pointant le reste de sandwich qui dégouline sur la main de Franck.

Cette petite pointe d'humour permet de détendre l'atmosphère et de décrisper les visages.

— Le gras m'aide à réfléchir ! rétorque Franck qui n'a pas révisé son texte depuis cette soirée ratée chez lui avec cette femme dont la simple vue suffit à le déstabiliser.

Un nouveau silence pesant s'installe, chacun tentant de trouver ses mots.

— Bon, je dois filer, je dois être de retour dans vingt minutes grand max, relance Isabelle qui semble plus disposée à remettre le nez dans le dossier du jour qu'à papoter.

— Oui, moi aussi, j'y retourne. C'est une histoire de fou et je crois qu'on n'est pas au bout de nos surprises.

Isabelle approuve tout en détournant rapidement le regard pour tracer son chemin. Franck lui embraie le pas. Côte à côte sur le trottoir exigu, il ne peut s'empêcher de sentir le parfum doux et sucré de sa collègue, le même qui est resté imprégné sur son canapé depuis leur soirée avortée. Elle portait la même veste en cuir qui lui donne ce côté sombre et déterminé qu'il admire tant chez elle.

Cherchant à dominer son appréhension, il l'interpelle alors qu'elle est maintenant devant lui.

— Attends, Isabelle...

Tandis qu'elle continue à marcher sans se retourner complètement, il parvient à capter son attention.

— Dis-moi, vu qu'on est partis pour quelques semaines d'heures sup', je me disais que ce soir on pourrait essayer de se voir, pour boire un verre et finir notre discussion, t'en penses quoi ?

— Écoute, je ne suis pas contre l'idée de te revoir pour papoter, mais ce soir, ce sera compliqué. D'une, je ne sais pas ce qui nous attend, et de deux... je suis déjà prise, je vois quelqu'un ce soir, théoriquement.

Cette dernière phrase appuie là où ça fait mal. Instinctivement, Franck imagine un autre homme, et cette pensée lui est insupportable.

— OK, je comprends, peut-être demain alors ? C'est bizarre comme situation, j'ai l'impression qu'on n'a pas pu tout se dire...

— Comme quoi, au juste ? se demande-t-elle, faisant mine de ne pas comprendre.

— Je n'ai pas l'habitude de me trouver seul avec une femme chez moi, et je sais que ce n'est pas un hasard ou un non-sens...

— Je t'ai pourtant expliqué précisément ma position. Il me semble que c'est clair et pas difficile à comprendre.

— Tu vois quelqu'un d'autre ? relance Franck, qui commence à se décomposer.

— Voir quelqu'un d'autre ?! s'emporte Isabelle dont les yeux s'assombrissent. Mais Franck, toi et moi on se voit... par opportunité, comme je pourrais le faire avec n'importe quel homme que je rencontre. Je ne dis pas que rien ne pourrait se passer entre nous, mais je te l'ai expliqué, cela restera superficiel et insignifiant. Alors oui, comme toutes les filles seules de mon âge, j'essaie de faire des rencontres, de me sentir vivante, et parfois, quand je le peux, de prendre mon pied. Où est le mal ? Qu'est-ce que je fais de différent par rapport à vous, les hommes ? Parce que tu aurais envie d'autre chose avec moi, je dois me contraindre à ne plus sortir avec d'autres hommes, c'est ce que tu insinues ?

Ce monologue incisif agit comme une pique assassine. Franck se retrouve submergé d'images qui le rongent. Imaginer Isabelle avec d'autres, dans un acte sexuel sauvage où elle jouirait en étant soumise à un homme viril et libidineux, un coureur de jupons sournois et imbu de sa personne, comme tous ceux qu'il ne peut pas supporter lorsqu'il les croise en soirée. Qui sait, peut-être même qu'il s'agit d'un de ces flics du commissariat, macho et grande gueule, qui a toujours une blague puérile quand il croise une paire de fesses voluptueuses.

Ce rejet brutal le plonge dans un mutisme digne de celui d'un collégien après s'être fait remettre en place par un surveillant.

— Franck, je suis désolée de te le répéter, mais si tu n'arrives pas à comprendre qui je suis et la façon dont je fonctionne, il est préférable qu'on coupe les ponts. Je ne ressens rien de spécial pour toi, et je te l'ai dit, aucun flic ne sera un jour l'homme de ma vie. Nous ne sommes plus des enfants, alors accepte-le !

Le coup de grâce ne laisse pas de place au doute et finit de chasser ses derniers espoirs.

— Tu as peut-être raison, rétorque Franck, qui tente de faire bonne figure et de remonter à la surface. À quoi bon continuer si c'est pour tourner en rond ? J'étais persuadé que certaines situations, même perdues d'avance, méritaient d'y croire et de se battre. C'est encore mon côté optimiste ou

« Bisounours », comme tu le dirais sûrement. Alors OK, oublie-moi...

Sur ces dernières paroles, Franck serre les poings pendant quelques secondes, puis les relâche et tend la main, comme pour dire « laisse tomber ! », exprimant ainsi son désarroi.

Il se retourne et reprend la direction du commissariat, à grandes enjambées rapides, comme s'il fuyait l'envie de se retourner, d'obtenir une réponse.

Elle ne verra pas les larmes amères au coin de ses yeux, bientôt effacées par le léger vent de face.

Franck a du mal à respirer. Une carapace intérieure née de la colère bloque son oxygène.

Si tu te soucies encore un petit peu de moi, surtout ne me le dis jamais...

12

Samedi 18 septembre 2021 – 16 h 05

Céline Fleur
Salim Berkhi
Patrick Michel
François Lacroix

Les noms des quatre victimes affichés au mur circulent enfin de manière officielle. Les dossiers sont exhumés au fur et à mesure et une nouvelle grande messe se prépare pour tenter de comprendre ce labyrinthe sans issue.

Quatre noms, dont trois ayant déjà défrayé la chronique. Qualifier un criminel de « star » est toujours compliqué, mais lorsque certains ont été sous les feux des projecteurs pendant des années, il est difficile de les ramener au niveau du petit délinquant arracheur de sacs à main.

Le couple Fleur-Berkhi a été surnommé par la presse à la fin des années 1990 « les amants sorciers », en référence à cette soirée d'Halloween 1998 où Flora, la petite fille de Céline Fleur, âgée de six ans, a mystérieusement disparu. Des mois de recherche et d'investigation pour finalement découvrir que la mère et le beau-père n'ont fait qu'enchaîner les mensonges, afin de maquiller les maltraitances et le calvaire subis par l'enfant, prémices d'une mort lente et douloureuse. Face à leurs contradictions, ils se sont finalement accusés d'être responsables des violences faites à cette enfant, laissée pour morte, sans jamais avouer l'endroit où elle était retenue, déposée ou même enterrée. Il est évident qu'ils savaient, mais ce pacte diabolique leur a permis de n'écoper que de vingt ans pour non-assistance à personne en danger, violences sur mineur de moins de quinze ans par personne ayant autorité, coups mortels et dissimulation de cadavre. L'avocat général avait requis trente ans, mais aucune preuve d'acte ou de responsabilité concernant la mort de l'enfant n'a pu être apportée. La mort de Flora reste toujours un mystère, et plus de vingt ans après, son corps n'a vraisemblablement jamais été retrouvé.

Le dossier Patrick Michel ne laisse quant à lui aucun doute. « Pédophile et tueur d'enfants. » Ces mots glaçants sont pourtant la conclusion d'une affaire qui a secoué la France entière en 1977 après le viol et le meurtre de la petite Marine, huit ans. Malgré l'absence à l'époque de preuves scientifiques telles que les tests A.D.N., Patrick Michel avait rapidement été appréhendé, avant d'avouer sa culpabilité. Son procès avait appuyé au plus fort sur la question de la peine de mort. Finalement condamné à la perpétuité puisque seulement sept jurés avaient voté sa condamnation à mort, il sortira après plus de quarante ans de prison.

Reste le dernier cas, François Lacroix. Une ultime énigme pour les enquêteurs. Qu'est-ce qui, dans le passé de ce brillant et riche P.-D.G., sommité des milieux financiers, justifiait ce bannissement sous terre au milieu de ces criminels, avec la main droite hachée menu ?

Rapidement, l'affaire déchaîne les passions et le commissariat se perd en spéculations en tout genre. D'ici quelques heures, les noms des victimes seront rendus publics, ce qui provoquera un tsunami de news et vingt-quatre heures non-stop d'un *Faites entrer l'accusé* grandeur nature qui se transformera en télé-réalité sur les chaînes d'informations.

Depuis plus d'une heure, le commandant Portet est enfermé dans le bureau du commissaire à la suite de la visite improvisée de Julien Artigo, l'illustre directeur territorial de la sécurité de proximité du Val-de-Marne, qui réclame haut et fort plus de moyens pour sa police.

La tension est palpable au niveau de la direction. Les réactions dépassent le ministère de l'Intérieur, et le Premier ministre est interpellé par de nombreux tweets de personnalités politiques sur son absence de prise de parole depuis la découverte macabre de la forêt d'Esmoulins.

Portet sort du bureau le visage marqué par le coup de pression découlant de cette réunion de crise. En quelques minutes, il improvise un nouveau cérémonial avec ses équipes.

Au moment de quitter la salle, Portet interpelle Franck et Éric :

— J'ai demandé qu'on puisse s'entretenir avec Ahmed. Vous y allez dans une heure, même endroit que d'habitude. Cuisinez-le sur Elraoui et son clan, mais aussi sur l'imam

Ouesli. Je veux savoir tout ce qui circule comme rumeurs dans la cité, compris ?

Les deux lieutenants acquiescent d'un hochement de tête. Ahmed est un indic fiable. Peu bavard sur certains sujets comme les deals ou les braquages, il se montre plus loquace lorsqu'il s'agit d'opérations de grand banditisme et de crimes organisés. Une sorte de voyou repenti dont l'éthique interdit toute perte humaine. Il le dit lui-même : « Je ne veux plus qu'un gamin de mon quartier finisse à la morgue. »

Franck commence à préparer intérieurement le plan de ce futur entretien pour amener l'individu sur le terrain glissant des meurtres commis ces derniers jours.

Portet attaque son briefing en claquant les syllabes contre les murs :

— Bon, j'imagine qu'il est inutile de vous expliquer dans quelle merde nous sommes tous fourrés. Et quand je dis « nous », j'inclus tous les flics de France et de Navarre. On est sur une mobilisation nationale, toutes les entités spécialisées et les services de coordination sont mobilisés. Et je parle aussi de la gendarmerie, car il va falloir aller scruter dans tous les petits bleds qui figurent dans le dossier des victimes. Je vous la fais courte et efficace. Tout d'abord, sur l'Imam Ouesli, dont l'identité a bien été formellement confirmée : il n'a pas été vu dans le quartier depuis son avis d'expulsion il y a plusieurs semaines. Les différentes visites dans les mosquées locales n'ont rien donné, mais vous savez comme moi que c'est un milieu fermé et hostile à la police. Idem sur le peu de famille qui lui reste sur le territoire : d'après eux, les ponts sont coupés depuis des années.

— Est-ce qu'on a retrouvé sa tête ? demande l'un des flics, assis à côté de Franck.

— Rien pour le moment, rétorque Portet, fataliste. Depuis trois jours, on ratisse aux alentours du squat, mais vu que l'homme a certainement été enlevé à plusieurs centaines de kilomètres d'ici et qu'on a la certitude qu'il n'a pas été décapité sur le lieu de la découverte du corps, aucune hypothèse ne peut être envisagée ou exclue. Tant qu'il n'y a pas de revendication, c'est une impasse. Ce meurtre reste pour le moment notre priorité étant donné que le squat est sur notre territoire. Le massacre d'Esmoulins ne doit pas multiplier les sujets. Nous devons nous organiser et rester concentrés sur des objectifs précis.

Franck se lève pour prendre la parole :

— Par rapport à l'interrogatoire de Rouxel, quelle suite doit-on donner ? Lui aussi crèche aux alentours.

— On va garder un œil sur lui en lui filant le train, indique Portet, qui tente de rester lucide. J'ai collé une équipe à ses basques. En accord avec le juge d'instruction, il va aussi être placé sur écoute et nous allons analyser les fadettes de son téléphone. Je ne crois pas une seule seconde qu'il soit impliqué dans les meurtres, mais c'est pour l'instant le seul individu qu'on peut lier de près ou de loin à deux des quatre victimes puisque François Lacroix et Patrick Michel, enterrés avec leurs masques de porc, étaient bien présents dans ce manoir à Troyes. Cela situe l'heure du crime entre trois et cinq heures du matin, si on part du principe qu'ils ont tous été enterrés vivants. Nous essayons de remonter jusqu'à la personne qui les a accompagnés à cette soirée exotique. On a juste la description d'un Vito blanc et un trajet de cent quatre-vingts kilomètres entre le manoir et la forêt d'Esmoulins ! Rien d'autre. À l'heure actuelle, il est impossible d'établir un lien direct entre les deux victimes. Lacroix était un richissime P.-D.G., jamais condamné malgré quelques casseroles au cul. On sait aussi qu'il aimait se rendre régulièrement sur Paris avec ses anciens mentors et collaborateurs favoris. Le genre de réunion au sommet qui se termine dans l'alcool et la débauche avec des prostituées de luxe, parfois des mineures. Pour ce qui est de Patrick Michel, il avait refait discrètement sa vie dans un petit village du Rhône où il travaillait depuis un an dans une usine locale. Il y a quelques mois, un journaliste, Romain Corazzi, a écrit son histoire. Ils ne sont plus en contact, et autant vous dire que le journaliste est actuellement en PLS sous son lit depuis qu'on l'a interrogé. Bref, au vu du C.V. de Michel, ce n'est pas vraiment le genre à fréquenter des soirées mondaines échangistes. On ne peut pas faire de trajectoire plus différente, et je ne parle même pas des deux autres, Céline Fleur et Salim Berkhi.

—Berkhi, je me souviens très bien qu'on l'a contrôlé à deux ou trois reprises depuis sa sortie de prison. C'est un habitué des squats et il est mouillé dans de nombreux trafics de drogue, enchaîne un autre flic, qui ne tient plus en place.

—Oui, mais c'est tout sauf un gros poisson. Il est au RSA, vit dans la rue, et passe ses journées à fumer des joints et se défoncer au crack, reprend Portet. Il a essayé de trouver un taf de guetteur dans plusieurs points de deals mais il se fait systématiquement éjecter. Le profil « tueur d'enfants » ne passe pas dans ce genre de milieu, et il est défoncé du soir au matin. Concernant son ex-compagne, Céline Fleur, elle n'a pas d'emploi et vit seule en Seine-Saint-Denis. Sur place, on est en train de questionner le voisinage, et selon quelques témoignages, elle se prostituerait occasionnellement à son domicile par le biais d'annonces sur Internet. Ses deux autres enfants ont toujours refusé de reprendre contact avec elle depuis la mort de la petite Flora. Elle n'a jamais fait l'objet d'arrestation depuis sa sortie en 2018, quelques semaines avant celle de Berkhi.

— Tout ça ne colle pas, commente Franck, qui ajoute un peu plus d'incertitude dans l'assistance. On a trois tueurs d'enfants, que des zonards, et un ancien P.-D.G. qui fréquente la haute bourgeoisie depuis des dizaines d'années. Est-ce qu'on sait si on a signalé leur disparition dernièrement ?

— Pour Berkhi et Céline Fleur, c'est difficile à dire puisqu'ils n'ont pas de proches, ce sont des personnes totalement désociabilisées. L'employeur de Patrick Michel a été contacté et dit avoir reçu un mail de sa part lundi après-midi annonçant un arrêt maladie pour la semaine, mais qui n'a toujours pas été reçu. Quant à Lacroix, la seule personne qui a été entendue est la femme de ménage. Elle lui a parlé mercredi matin et ne l'a pas revu depuis, mais d'après elle, rien d'anormal. Il lui arrivait fréquemment de partir plusieurs jours sans prévenir personne. On a interrogé également sa famille, mais avec trois divorces, tout ce qu'il reste ce sont des pensions exorbitantes et quatre enfants vivant à ses crochets, incapables de se trouver le moindre job. Ils évoquent simplement un père absent et désintéressé. Il y a de nombreuses perquisitions en cours, mais il est trop tôt pour émettre la moindre hypothèse, on manque d'éléments. Je vous le répète, nous devons concentrer nos efforts au niveau de la section Val-de-Marne sur la mort de Ouesli, tout en gardant le lien évident avec les victimes d'Esmoulins. On est potentiellement face à un mobile d'expédition punitive envers des ex-condamnés, à l'exception de Lacroix. Il faut en trouver l'origine.

— Commandant, pourquoi parlez-vous de lien évident entre les deux affaires ? s'étonne Franck. On sait effectivement que des photos des victimes ont été publiées sur le dark web, mais d'après Éric, les heures et adresses des sites ne correspondent pas. Aucun lien apparent entre Ouesli et les autres, donc comment être certain que les affaires sont liées ?

Isabelle reste figée dans le fond de la salle et n'adresse pas le moindre regard à Franck lorsque celui-ci prend la parole. Mâchant son chewing-gum tout en malmenant un élastique du bout de ses doigts, elle reste concentrée sur les déclarations de son supérieur hiérarchique.

— Pour une raison très simple, répond Portet, qui pointe le doigt sur une pile de documents disposés sous sa main gauche. Tout d'abord, les photos semblent provenir du même appareil : les nouvelles gammes instantanées type Polaroid. Deux d'entre elles ont été rendues publiques par les auteurs : celle montrant Ouesli décapité et une autre montrant les quatre martyrs d'Esmoulins prostrés et ensevelis jusqu'au cou dans leur trou. Mais dans le cadre d'Esmoulins, nous disposons une nouvelle fois d'autres photos dont la presse ignore l'existence, de nombreux clichés intermédiaires montrant chaque victime de face, tenant un message très clairement mis en évidence devant l'objectif. Je vous laisse deviner ce qui est écrit dessus.

Éric se lève, puis sort de sa poche la photo trouvée sur le corps de Ouesli, avec cette phrase aussi énigmatique qu'inquiétante :

Je ne l'ai pas tuée.

13

Samedi 18 septembre 2021 – 17 h 15

Le véhicule banalisé de Franck Atlan et Éric Bourgoin s'engage dans une petite contre-allée à sens unique, le long de la Marne. L'endroit est quasi désert à l'exception de quelques joggeurs ou de retraités qui promènent leur chien.

Franck se gare à quelques pas d'un coupé Mercedes noir aux vitres teintées. Un individu vêtu d'une veste noire, lunettes de soleil et casquette en cuir en descend et se dirige vers les policiers. Éric ouvre discrètement la portière arrière droite et l'homme monte avant de la refermer avec précaution.

— Salut, Ahmed, entame Franck, qui fait un signe dans le rétroviseur.

— Messieurs, répond l'individu en hochant la tête en guise de salut. Je ne vous demande pas si vous allez bien, vu les dernières actualités. On dirait bien que le sang se répand de toutes parts.

—Je ne te le fais pas dire, réplique Éric, qui prend de quoi noter.

—Justement, enchaîne Franck, comment ça se passe dans le quartier ? La vendetta avortée du clan Elraoui a dû laisser des traces. Qu'est-ce que tu peux nous dire ?

—Pour le moment, c'est plutôt calme. Difficile d'imaginer la suite. On va dire que c'est un avertissement sans frais. Ils ont compris de quoi Elraoui était capable. Le but était de montrer à quoi pouvait ressembler une expédition punitive. Ça aurait pu finir en bain de sang, mais tout le monde va dorénavant se faire discret pendant quelque temps. C'est dans l'intérêt général. Le commando qui est passé par la garde à vue va rester sous surveillance et sera sûrement condamné. Ce n'est pas bon pour le business d'Elraoui, et il le sait. C'est ce que ses lieutenants doivent être en train de lui répéter : il faut qu'il abandonne cette idée de vengeance, ou il sautera avec. Mais si le gamin ne s'en sort pas, le seul choix possible ce sera la guerre...

—Aux dernières nouvelles, son état est stationnaire, mais les médecins ne se prononcent pas sur les futures séquelles à son réveil. On a déjà attrapé trois des gamins qui ont participé de près ou de loin à la vidéo, mais aucun ne veut lâcher le morceau. Jamais vu un mental pareil alors qu'ils n'ont même pas quinze ans. Impossible de leur faire cracher les noms des commanditaires.

Ahmed esquisse un petit sourire blasé.

—Dites, vous ne m'avez pas fait venir pour des questions aussi grotesques. Les commanditaires, vous les connaissez, vous n'avez pas besoin de moi pour les trouver.

—Les trouver, ce n'est pas le problème ! s'emporte Éric,

tassé dans le siège passager. Tu sais comme nous que sans preuve, on est à poil. Il nous faut quelque chose, un témoignage à charge, des messages, des enregistrements...

— Vous n'aurez rien de tout ça ! Les opérations punitives de ce type sont préparées au sein des cités, dans des endroits secrets où tout le monde est fouillé, les portables mis de côté. Celui qui essaie de piéger les organisateurs, qui sont déjà à cran, finit à l'hosto.

— Ou bien décapité... comme l'imam El Hadi Ouesli.

Ahmed fronce les sourcils, ne comprenant pas cette dernière remarque de Franck.

— Quel rapport avec tout ça ?

— À toi de nous le dire. Qu'est-ce que tu sais sur le meurtre de Ouesli ? Et qu'est-ce qui circule à son sujet ?

— Vous vous trompez d'indic, les mecs. Je ne trempe pas dans le terrorisme. Les voyous et les poseurs de bombes ne pieutent pas ensemble.

Franck pivote la tête à 180 degrés et se rapproche d'Ahmed qui affiche un visage fermé.

— On le sait bien, Ahmed. Mais mets-toi à notre place. On stoppe un commando armé jusqu'aux dents, et le lendemain, à seulement quelques centaines de mètres de là, une grande figure de l'islamisme radical est retrouvée la tête tranchée. Sans explication ni revendication... Comment ne pas essayer de faire le lien ?

Ahmed affiche un air circonspect.

— Mis à part les lieux et le délai rapproché entre les deux affaires, je ne vois pas de raison de chercher un quelconque lien. Les grands bandits, c'est le genre qui aime l'alcool, les drogues, les femmes... Le clan Elraoui veut une société ultra capitaliste et occidentalisée pour pouvoir tirer profit de tous ses excès. Pas vraiment le genre prôné par l'islam ultra conservateur de Ouesli et de ses fanatiques.

— Tu as raison, concède Éric, mais on sait aussi que les cités sont des bunkers pour ces deux modes de pensée. Voyous ou islamistes, tous aiment venir recruter les plus jeunes dans ces quartiers qui sont souvent des zones de non-droit. Ça peut aussi créer des tensions ou des règlements de comptes ! Il n'est pas rare de trouver au sein d'une même famille un enfant qui plonge dans la délinquance et un autre dans le terrorisme. Regarde les frères Kouachi.

— Je suis d'accord que tout ce beau monde cohabite parfois. Mais Ouesli ne vivait plus dans les environs depuis un bon moment, et je n'ai plus entendu son nom après son avis d'expulsion du territoire. Ce type a brisé des familles entières lorsqu'il a envoyé leurs jeunes enfants faire le djihad en Syrie, mais c'est du passé. Pourquoi se venger de la sorte des années après ? Et de cette façon ?

Franck profite de cette allusion au rôle de gourou pour glisser une nouvelle inconnue :

— Est-ce que tu te souviens si, dans les recrues enrôlées par Ouesli à l'époque, il y avait des femmes ?

— Des femmes ? Je ne pense pas... Enfin, certains types sont partis en Syrie avec leurs épouses, mais aussi avec leurs jeunes enfants. Pourquoi cette question ?

— Disons que... nous avons des raisons de penser que la mort de Ouesli est liée à celle d'une femme, peut-être même dans son entourage proche.

— Une femme dans son entourage ? Dites, vous avez déjà vu œuvrer ces types ou pas ? Ce sont des ayatollahs d'un autre temps. Les femmes restent à la maison, s'occupent des tâches domestiques et des enfants. Ils ont droit de vie ou de mort si l'une d'entre elles enfreint les règles, qu'elle soit femme, sœur, fille ou mère.

— Et tu n'as pas entendu parler dernièrement d'une disparition, d'un enlèvement d'une femme dans le quartier ?

Ahmed remue la tête de gauche à droite en signe de dénégation.

— Non, rien. S'il y a bien un sujet qui n'est pas à l'ordre du jour, ce sont les femmes. Il y a quelques années, si l'une quittait un caïd pour en rejoindre un autre, cela pouvait créer des tensions. Aujourd'hui, ce sont des meubles, elles n'osent même plus penser à partir, sans quoi elles finissent défigurées. Après, je peux essayer de me rencarder un peu plus.

Éric reprend la parole pour éclaircir un autre détail :

— Ahmed, est ce que tu as déjà entendu parler de mecs qui faisaient circuler des infos sur le dark web ?

— Vous voulez dire des hackers ?

— Pas forcément... Disons des types qui font passer des photos un peu trash, des macchabées ou des corps déchiquetés, tu vois. Le genre qui secoue un peu l'estomac. Ça peut arriver après un règlement de compte, histoire de faire passer un message, genre « voyez ce qui va vous arriver si vous continuez à nous casser les couilles ».

— Non, ça ne me dit rien. Là encore ce n'est pas le mode opératoire des cités. Internet et toutes ces conneries, c'est un risque de plus de se faire coffrer ! Quand on veut envoyer un signe, le mec est déposé cramé au pied de son immeuble. Pas besoin d'afficher le résultat au monde entier, croyez-moi. Certains s'essaient à quelques trucs comme la crypto-monnaie ou les trafics d'armes en ligne, mais rien à voir avec ce que vous décrivez. Mais depuis ce matin, je ne vous cache pas qu'on parle beaucoup plus des zombies qui ont été déterrés dans cette forêt. Vous en savez un peu plus là-dessus ? Vu le C.V. des individus, ça va faire du bruit. Vous allez avoir la pression pour coffrer rapidement ceux qui ont fait ça.

— Pour le moment, on n'a rien de fiable, ce n'est pas notre enquête, rétorque Franck, qui reste évasif sur la question.

— En tout cas, pour les trois tueurs d'enfants, ils n'ont que ce qu'ils méritent. Je ne connaissais pas le vieux, donc paix à son âme. Mais ces enculés méritaient de crever, et j'espère que ces ordures ont bouffé de la terre jusqu'à leur dernier souffle. Ils ont dû chier dans leur froc en se regardant crever les yeux dans les yeux. Au moins, ils ont eu le temps de demander pardon à Dieu. L'herbe ne repoussera pas à cet endroit-là, c'est une évidence...

14

Lundi 20 septembre 2021 – 11 h 25
Grenoble – Quartier Mistral

Walter est songeur, assis au volant de sa Peugeot 508 garée le long de l'avenue Rhin-et-Danube, à la fois proche mais suffisamment éloignée des abords de la cité Mistral, dans laquelle il serait inconscient de s'aventurer.

Il repense à ses premières heures dans le grand bain de la police nationale, loin de toute cette merde. Sa première carte de légitimation, qu'il a tenue dans ses mains, avec son nom « Walter Portaz » et sa fonction de lieutenant de police. Son collègue est assis à côté de lui, muet, le regard perdu vers les montagnes infinies.

Attendre dans une voiture est très douloureux lorsque vos démons vous rongent de l'intérieur. Vous cherchez des yeux un détail pour vous occuper l'esprit, bercé par la respiration sifflante de votre coéquipier. De temps en temps, le froissement d'un paquet de clope ou le claquement sec d'un briquet vient perturber cette atmosphère lourde, rappelant à chacun qu'il faut rester concentré sur l'objectif.

Attendre, encore et encore, tout en s'ignorant. Un exercice qui laisse chacun noyé dans ses emmerdes, n'ayant que ses soupirs comme conseil.

Après quelques instants, le passager rompt le silence, pourtant devenu apaisant :

— Tu es bien sûr qu'il va passer par là ?

— Pas de doute, réplique Walter, qui ne cligne plus des yeux. Son fils est à l'école un peu plus haut, de l'autre côté du boulevard. C'est lui qui va le chercher tous les jours. Il faut environ dix minutes à pied. Il va arriver, tiens-toi prêt. Ensuite, on lui file le train et on le coince le long du parc.

Quelques minutes plus tard, la cible est enfin en vue.

— Je te l'avais dit, reprend Walter, qui voit l'homme passer sur le trottoir d'en face, dans la direction opposée. On lui laisse quelques mètres et on y va.

Les deux policiers sortent du véhicule en refermant discrètement les portières, affublés de casquettes et lunettes noires, les protégeant du soleil ardent qui inonde la rue.

Avec une allure détendue, ils traversent le boulevard tout en gardant un œil sur l'homme qui avance tranquillement. Walter vérifie que son arme est bien calée, puis referme sa veste en donnant une dernière consigne :

— On essaie d'être discrets. Pas d'armes, sauf s'il cherche à se barrer.

Arrivés aux abords du parc, ils s'engagent sur un petit chemin, le long d'une pelouse et d'un bac à sable. Ils accélèrent et se retrouvent à seulement quelques mètres derrière l'homme, qui se retourne, puis continue sa route en marche arrière, en les jaugeant d'un regard mêlant incompréhension et agacement.

Walter et son acolyte s'activent sur les derniers mètres pour arriver à sa hauteur. L'individu n'affiche aucune résistance et prend un air résigné.

— Attendez, vous venez me courser dans la rue, maintenant ? Et en pleine journée ! C'est quoi votre problème, bordel ?!

Walter l'attrape par le poignet et l'entraîne sur le côté, à l'abri des regards indiscrets.

— Arrêtez vos conneries, merde ! Vous allez faire quoi, me passer les menottes ? Je n'ai pas que ça à foutre, je dois récupérer mon fils. Qu'est-ce que vous me voulez ?

— Tiens-toi tranquille, c'est l'histoire de cinq minutes ! rétorque Walter avec décontraction. On n'est pas venu pour te boucler ou te faire un scandale. Par contre, tu as intérêt à nous écouter et à te montrer coopératif.

L'interpellé affiche un désarroi profond.

— Quoi, encore ? Comment il faut vous faire comprendre que ça fait des mois que je ne trempe plus dans aucun business. Il faut vous le dire en quelle langue ?

— T'es p'têt' plus dans les embrouilles, Lopes, mais ce sont elles qui te collent à la peau. T'as une liste de contacts qui cumule un siècle de taule si on met tout le monde bout à bout, alors joue pas ta mijaurée avec nous, OK ?

Walter saisit le type par le col puis le secoue un bon coup avant de le relâcher d'un geste sec. Histoire de montrer qu'il n'est pas là pour plaisanter.

— Même quand j'essaie de me ranger, on vient me faire chier. À croire que j'avais moins d'emmerdes quand je faisais tourner la boutique. Bon, c'est pour quoi ?

Walter tâtonne dans le fond de la poche de son jean pour

chercher ses cigarettes, s'en allume une avant de tendre le paquet vers le fameux Lopes qu'il connaît si bien.

— Une histoire de fausses plaques d'immatriculation et de faux permis. Tu as toujours tes entrées à la pref', bien entendu ? Tu comprends donc facilement pourquoi c'est toi qu'on vient chercher. Rappelle-toi : sois réglo avec nous et on te le rendra au moment voulu. Compris, *amigo* ?

15

Lundi 20 septembre 2021 – 13 h 15
Créteil – Commissariat

Éric fait un signe à travers la baie vitrée vers Franck qui déambule dans les couloirs pour centraliser les différents témoignages recueillis au sujet de l'imam Ouesli. Un petit détour par l'imprimante, puis il le rejoint à son bureau.

— J'ai quelque chose à te montrer, annonce Éric avec enthousiasme pendant que Franck attrape une chaise et fixe son écran.

— Encore de nouvelles photos ? questionne Franck qui s'attend à se retrouver nez à nez avec une nouvelle image aussi dérangeante que nauséabonde.

— Non, ce n'est pas ça. Les victimes d'Esmoulins ! Regarde les dossiers. La mère de la petite Flora, Céline Fleur et son ex, Salim Berkhi. Libérés à quelques mois d'intervalle en 2018.

— Oui, et alors ? interroge Franck qui ne comprend pas l'intérêt de ce détail temporel.

— Patrick Michel, l'assassin de la petite Marine, libéré la même année en février 2018. Intéressant, non ?

— Oui et non. Peut-être une simple coïncidence, d'autant qu'on a déjà regardé. Ces affaires n'ont rien en commun au niveau des intervenants. Des cours d'assises différentes, avocats et juges différents... et les meurtres ont vingt ans d'écart ! Et puis le dernier... le P.-D.G., François Lacroix, n'a jamais été condamné, il me semble.

— C'est vrai ! Mais j'ai creusé un peu et j'ai eu du nez. Il n'a jamais été condamné ou licencié, mais il avait pas mal de casseroles au cul, dont plusieurs affaires de harcèlement sur ses assistantes. J'ai récupéré une douzaine de noms de collaboratrices proches qu'il a côtoyées sur les vingt dernières années. L'une d'entre elles, une certaine Christine Léandre, a été foutue à la porte comme une merde en 2013 après deux arrêts de travail pour burn-out. Et quelques années plus tard, elle s'est fait sauter le caisson. Devine l'année ?

— 2018 également ?

— Fin juin, juste avant l'été et après un divorce compliqué.

Franck hausse les sourcils, à la fois intéressé et prudent.

— Si la justice n'a jamais réussi à prouver la culpabilité de Lacroix en tant que patron véreux, ce sera encore plus compliqué de lui foutre le suicide sur le dos. Tu as les détails ? Elle avait laissé une lettre ou autre ?

— Non, rien. Mais le suicide a bien été confirmé. Cocktail de médocs et alcool. Elle vivait seule et on ne l'a retrouvée que deux jours plus tard, lorsque l'une de ses amies proches, inquiète de ne pas l'avoir au téléphone, a demandé aux gendarmes de se rendre sur place. Elle était étendue sur son lit, morte, sans aucune trace de violence. Son ex-mari a été entendu et j'ai contacté la brigade qui a procédé à l'audition. Il avait refait sa vie à l'autre bout de la France, dans le Var. D'après lui, son ex-femme était dépressive depuis son licenciement. Il a visiblement insisté sur les pressions psychologiques qu'elle subissait sur son lieu de travail. C'était même le motif principal de disputes dans le couple car elle refusait de quitter d'elle-même cet emploi, par fierté. D'après lui, cela faisait des mois que sa femme était devenue un fantôme chargé aux antidépresseurs.

— Elle avait des enfants ? Un concubin ? Des parents en vie ? questionne Franck, qui comprend que la liste des personnes à auditionner risque de devenir aussi longue que celle des passagers du *Titanic*.

— Non, pas d'enfants. Pas de nouvel homme dans sa vie. Son père était décédé depuis des années et sa mère est morte quelques mois avant son suicide, ce qui a sans doute été le coup de grâce pour sa santé mentale.

Franck écoute attentivement, tentant de comprendre la raison qui a poussé à venger cette femme des années après, et d'une manière aussi théâtrale. Et quel pourrait être lien avec les autres victimes ?

— C'est quand même impensable, cette histoire ! Pourquoi une telle vindicte, des années après, et sans donner la moindre raison ou signature ? On n'a jamais vu ça !

— C'est vrai, renchérit Éric, mais on tient peut-être un véritable lien entre les quatre victimes. On ne fait pas crever un mec dans ces conditions par hasard. Ça collerait avec le message qui semble évoquer la mort d'une femme ou d'une jeune fille. Pour les trois autres, pas de doute possible, ce sont les enfants : la petite Flora pour Berkhi et Céline Fleur, et Marine pour Patrick Michel.

— Oui, si on part de principe que leur assassinat fait référence à ces crimes du passé, mais il ne faut pas oublier qu'ils étaient en liberté depuis presque trois ans pour la plupart. Il ne faut pas exclure une affaire plus récente. Sans oublier le point de départ de tout ça sur lequel on ne dispose d'aucun élément : l'imam Ouesli !

Dubitatif, Éric reste conscient que des investigations poussées sur une importante figure du terrorisme sont quasiment impossibles.

— Des perquisitions sont prévues aux quatre coins de l'agglo pour essayer de cuisiner certaines de ses anciennes connaissances, mais elles vont se murer dans le silence. On connaît la chanson. De plus, Ouesli était devenu un solitaire depuis quelques années, encore plus depuis que son avis d'expulsion lui avait été signifié. Ce n'était pas le genre de gars qui passait sa vie sur un portable ou à s'exposer sur les réseaux. Par le passé, il s'était toujours servi d'intermédiaires locaux, avec de faux noms, ce qui permettait de ne jamais pouvoir le mettre en cause directement. À moins de quelque chose de flagrant, je ne crois pas qu'on fera un lien direct avec une potentielle victime.

Franck et Éric sont interrompus dans leur discussion par un brouhaha grandissant provenant du couloir.

Au menu de cette agitation, de nombreux commentaires sur l'intervention effectuée la veille au journal de vingt heures par le ministre de l'Intérieur, venu s'exprimer sur cet enchaînement de crimes violents qui secouent l'opinion publique.

Mis à mal par un présentateur virulent, il a fini par perdre ses moyens tout en essayant de se sauver la face.

La plupart de ses arguments sont repris et largement commentés au sein du commissariat. Un politique a toujours comme objectif de démontrer que les structures en place maîtrisent la situation, et que parvenir à un résultat n'est qu'une question de temps. Montrer un signe de faiblesse ou d'incertitude est une porte ouverte vers les procès pour incompétence. L'échec ne fait pas partie de son vocabulaire.

Pourtant, dans la réalité, il n'y a que celui qui trempe sa main dans l'eau du bain qui peut juger de sa température.

Et pour le moment, c'est l'hypothermie collective.

Franck se lève pour filer vers la machine à café et reprendre des forces avant un après-midi qui risque d'être long et fatigant.

Cela laisse quelques minutes à Éric pour répondre à plusieurs sollicitations sur sa messagerie privée et cryptée, un bref aller-retour dans les méandres de l'illégalité.

16

Mardi 21 septembre 2021 – 8 h 15

Franck et Éric sont accoudés au comptoir d'un troquet situé près du commissariat, dans lequel les flics du coin ont leurs habitudes. Le patron est un ancien gardien de la paix et les petits voyous locaux ne s'aventurent pas dans les lieux, conscients que les murs ont des oreilles.

Éric mâchouille sa touillette pendant que Franck commande un nouveau café serré tout en engouffrant un demi-croissant. Habituellement, ils prennent l'air en terrasse, mais une petite bise piquante les a contraints à se replier à l'intérieur. L'endroit est bruyant et agité, ce qui n'est pas sans rappeler les couloirs étriqués et sonores du commissariat. Éric profite souvent de ces moments en tête-à-tête avec son équipier, en qui il a une totale confiance, pour s'épancher sur ses problèmes conjugaux. Depuis des mois, sa femme lui martèle d'être plus présent à la maison afin de l'aider dans les tâches ménagères et l'éducation de leur enfant. Toujours les mêmes questions et les mêmes réponses types, s'appuyant sur l'optimisme de la procrastination : « plus tard », « après cette enquête », « je n'ai pas le choix », « j'aimerais pouvoir faire autrement ». Difficile pour un flic introverti avec une tendance geek de jouer au père de famille modèle.

Franck, beaucoup plus évasif sur sa vie privée, se contente de jouer au célibataire désabusé qui s'endort chaque soir sur son canapé devant un programme télé sans intérêt ou déjà vu maintes fois. C'est pourtant très souvent en phase avec son quotidien, même s'il aimerait sortir de son marécage sentimental. Il écoute sagement les jérémiades d'Éric, conscient que tous les deux vont devoir un beau jour se donner un beau coup de pied aux fesses pour prendre leur avenir en main.

Il ne s'est jamais confié sur ses sentiments pour Isabelle. Ce n'est pas l'envie qui lui manque, mais il ne veut pas risquer que tout ceci arrive aux oreilles de certains abrutis qui s'empresseraient d'accumuler les vannes lourdingues.

Difficile de faire le tri entre les idées noires, une enquête sur des faits sordides qui sont à la une de tous les quotidiens nationaux, et l'envie de fuir. Franck repense souvent à ses envies d'adolescent marginal et solitaire qui souhaitait vivre dans une belle maison de campagne avec une famille nombreuse, en se répétant chaque jour que la vie est une belle histoire.

Le café refroidit et les minutes défilent sans que la conversation ne gagne en profondeur. Entre deux temps morts, Portet fait son entrée dans le bistrot et vient se joindre à eux après une poignée de main ferme et chaleureuse. Le commandant, le visage marqué par la fatigue, montre au serveur qu'il est pressé et qu'il n'a que quelques minutes devant lui. C'est l'occasion de faire un point rapide sur les affaires en cours.

— On a quelque chose de nouveau sur Ouesli ? questionne-t-il.

— Rien, on patauge sévère, répond Éric, désabusé. L'imam n'était plus dans les parages depuis des mois, et a priori sans aucun lien avec le milieu local. Une sorte de fantôme du passé, si on se fie aux infos qui circulent. Cet après-midi, je dois voir un de ses anciens fidèles qui le côtoyait dans une salle de prière illégale, mise en place sauvagement par Ouesli en 2014 avant d'être fermée en 2016. Le local est condamné et l'association qui s'était montée a été dissoute. Cet ancien membre s'appelle Billal. À l'époque, c'était un jeune complètement paumé qu'on avait serré à plusieurs reprises pour trafic de stups avant qu'il ne soit endoctriné par Ouesli et ses fanatiques. Un de ceux que la taule a protégés en l'empêchant de partir à l'étranger. Ça s'est joué à quelques mois. Depuis, il est totalement repenti et bosse dans le social comme éducateur auprès de jeunes en difficulté. On peut avoir confiance, ça vaut le coup. Il y a peut-être des infos intéressantes à en tirer. Après, c'est au parquet national antiterroriste de prendre les choses en main, non ? On n'a aucune redescente d'infos.

— Justement, non, réplique Portet. Plus on avance et plus j'ai le sentiment qu'on va devoir se démerder sans eux, et que la piste terroriste pourrait être écartée pour de bon. Soyons clairs, il n'y a aucun élément tangible : les écoutes téléphoniques et les gardes à vue de l'entourage ne donnent rien. Pas de revendication officielle ou officieuse. Toutes les procédures et réquisitions de données ont été faites auprès du GAFA[1], mais ce type était une ombre numérique. Une semaine après les faits, ça ne colle pas avec la filière terroriste, ni même les milieux d'extrême droite. Dans la grande majorité des cas, ils veulent qu'on sache qui ils sont et pourquoi ils le font. La peur est toujours plus tangible lorsqu'elle porte un nom. Et puis, cette signature mystérieuse sur le corps et ce message... Cela va prendre des proportions extrêmes. Il ne faut lâcher aucune piste pour le moment. Dans un autre registre, on vient de me communiquer des précisions sur les victimes de la forêt d'Esmoulins, suite aux analyses toxicologiques.

Portet récupère sa tasse brûlante et boit à grandes gorgées les trois quarts de son expresso. Esquissant au passage une petite grimace, il récupère quelques notes saisies sur son téléphone.

— Pour Céline Fleur, aucune marque de violence ou de viol. Pas non plus de trace de somnifère ou de GHB dans le sang. Cela rend sa mort encore plus horrible puisqu'elle était consciente du début à la fin. Tout laisse penser qu'elle a longtemps suffoqué une fois sous terre. Idem pour Berkhi : des traces de cannabis et de crack avec tout l'attirail nécessaire pour la fumette retrouvé dans ses poches, mais rien de plus, ou du moins qui pourrait nous étonner. En revanche, pour nos deux têtes de cochon, si on peut les appeler ainsi, on peut dire que leur petite expérience de la veille a été minutieusement préparée.

— Qu'est-ce que vous entendez par là ? interroge un Franck anxieux et qui s'acharne sur les dernières miettes de viennoiseries.

1. Acronyme de Google, Apple, Facebook et Amazon, auxquels est parfois adjoint Microsoft.

— On a retrouvé toute une collection de substances qui rappellent certains cas passés par les stups de « chemsex » et de « slammeurs », des drogues consommées dans un contexte sexuel, sniffées, avalées ou insérées dans l'anus. Il y a quelques années, on avait reçu plusieurs plaintes après des soirées homosexuelles entre hommes avec injection intraveineuse de substances psychoactives comme les cathinones, la méthamphétamine, le GHB et la kétamine. Plusieurs victimes déclaraient avoir été droguées à leur insu et avoir contracté ensuite de nombreuses infections, parfois même le V.I.H.

— Quel intérêt ici ? Les rendre totalement défoncés pendant qu'on les viole ? s'étonne Éric.

— Oui et non. Si on se fie aux témoignages du personnel, Patrick Michel et François Lacroix ont été soumis sexuellement durant la soirée au manoir pendant presque trois heures. Comme ils n'étaient pas habitués à ces types de pratiques, le bourreau a bien préparé le terrain avec des drogues pour désinhiber et créer des situations hallucinatoires, mais aussi de puissants anesthésiques comme la lidocaïne et la tétracaïne, des substances utilisées parfois dans certaines dérives du porno où les filles sont contraintes d'en prendre avant une double ou triple pénétration. Sur le coup, on ne sent rien, mais plusieurs heures après, autant vous dire que ça pique. Certaines de ces drogues ont pu être utilisées pour créer une forme de paralysie du visage et les empêcher de parler ou réagir. C'est exactement le type de soumission qui était voulu ici par le ou les tueurs ! Punir de la pire des manières.

Franck monte au créneau sur cette dernière phrase prononcée par son supérieur hiérarchique.

— Vous pensez donc que c'est une vengeance ? Il voulait

les regarder se faire défoncer dans tous les sens puis les balancer dans un trou en les entendant hurler de douleur ?! Mais alors pourquoi Lacroix ? Patrick Michel était un tueur violeur d'enfant et nul doute que beaucoup de personnes auraient souhaité le voir finir comme ça. Mais pourquoi infliger le même traitement à un P.-D.G., même si celui-ci n'était pas blanc comme neige ?

— C'est bien le problème de toute cette histoire. Il est impossible de cibler un quelconque profil. Le seul lien entre les scènes de crime, c'est le message. À part ça, on a un islamiste, deux accusés d'infanticide, un tueur d'enfants et un P.-D.G. reconnu, mais aussi réputé pour harceler moralement ses employés. D'entrée, on est noyés par par le manque de fil conducteur, et si on prend chaque affaire de manière isolée, on peut établir une liste de plus d'une centaine de personnes pouvant en vouloir aux victimes.

— Peut-être qu'on cherche tout simplement un lien qui n'existe pas... propose Éric, en tapotant du pied sur le sol.

— Qu'est-ce que tu veux dire par là ? demande Portet qui fronce les sourcils au-dessus de son regard glacial.

— Je ne sais pas, Commandant... Mais je pense que tout ceci est un cri de colère contre la justice. Des condamnés libérés, et de l'autre des personnes dont on sait qu'ils ont causé du tort sans jamais aller derrière les barreaux. Ouesli a fait envoyer des jeunes tout juste majeurs au massacre. Je vous laisse imaginer les réactions auprès de l'opinion publique, à l'ère d'Internet et des réseaux sociaux. Une fois que quelques journalistes auront ressorti les dossiers des uns et des autres, la conclusion générale sera qu'ils ont eu ce qu'ils méritaient. La seule énigme véritable à mes yeux, c'est Lacroix. Je pense qu'on ne sait pas tout de la vie de ce type. Nous avons appris que l'une de ses anciennes secrétaires s'était donné la mort après avoir pété les plombs au boulot. Il y a des choses à creuser.

—Inutile de s'enflammer et d'aller trop loin dans les spéculations. Les Dexter des temps modernes, ça n'existe que dans les séries poubelles de Netflix. Dans l'immense majorité des cas, les crimes ont un mobile d'ordre personnel. Sur les quatre victimes d'Esmoulins, les flics du coin cherchent à localiser le Vito blanc. C'est notre seul élément. Une fois qu'on aura un point d'accroche, je suis sûr que tout se déroulera comme une pelote de laine. D'ici là...

Éric se lève et vient coller son portable sous le nez de Franck et de Portet, avant de lancer d'un ton tranchant :

—D'ici là, le hashtag #BalanceTonPorcSousTerre fait déjà des dizaines de milliers de likes...

Franck sent son portable vibrer dans sa poche intérieure. Il décroche à l'aveugle et essaie de répondre en se glissant un doigt dans l'oreille pour s'isoler du brouhaha ambiant. Conscient que la mission sera délicate, il demande à son interlocuteur de patienter quelques secondes et se dirige vers la sortie tout en jetant un œil au contact affiché sur l'écran : « Maman ».

Un appel si tôt ne lui ressemble guère et il sent la boule au ventre qui refait surface et le paralyse de l'intérieur.

Un coup de stress, un coup de chaud, qui fait défiler les idées noires sans jamais ralentir. Une fois dehors, il inspire profondément tout en fermant les yeux.

—Maman, qu'est-ce qui se passe ? s'enquiert-il d'une voix discrète, bien qu'il soit seul sur le trottoir.

—Mon chéri, c'est pour ton père. C'est fini... Il faut que tu viennes.

17

L'endroit est fade et exigu. Un fond de cave humide et crasseux. Chacun de ses pas soulève des nuages de poussière, que la lumière diffuse provenant des interstices de la porte en bois vient faire briller.

L'homme tourne autour d'un corps inerte, ficelé comme un gigot autour d'une chaise en aluminium située au centre de la pièce. La victime semble presque inconsciente, à bout de forces. Elle gémit péniblement sous son bâillon, renversant la tête en arrière afin de trouver un peu d'air à inhaler. L'odeur de moisissure et la chaleur forment un cocktail insoutenable qui brûle ses poumons. Ses muscles engourdis ne répondent pratiquement plus et ses veines gonflées forment des tentacules sanguinolents le long de ses avant-bras.

Il passe et repasse, jouant avec le bâillon et les œillères, serrant l'élastique contre cette longue chevelure blond argenté et poisseuse. Une femme d'un certain âge et bien en chair se cache sous cet harnachement machiavélique.

Les mains et les pieds sont ligotés avec des cordelettes épaisses qui plaquent les membres contre l'armature de la chaise et forment rapidement des légers points de compression.

— Ne crie pas ou je te tue.

C'est par cette seule consigne donnée sur un ton sobre que l'homme s'adresse à sa proie. D'un geste vif et maîtrisé, il libère ses poignets et retire le chiffon de sa bouche. Incapable de prononcer le moindre mot, la victime cherche son souffle, tiraillée entre une apnée oppressante et la nécessité de trouver de l'air.

Il vient s'asseoir face à elle, à seulement quelques centimètres, sifflant tout contre ses lèvres tremblantes.

Il contemple sa prise, jouissant de ce droit de vie ou de mort en toute impunité. Elle reprend peu à peu une respiration normale tout en essayant de détendre ses doigts engourdis.

Il la laisse revenir à elle, guettant les premiers gémissements ou la première parole. Elle cherche un peu de salive au fond de sa gorge desséchée. Il lui penche la tête en arrière avant d'amener une gourde au-dessus de son visage, et après avoir laissé échapper quelques gouttes d'eau tiède qu'elle tente d'avaler, il la repose dans un sac de sport posé sur une bâche en plastique. Alors que ses doigts de cuir se promènent sur sa peau, elle reprend peu à peu ses esprits. Plongée dans l'obscurité, elle se retrouve spectatrice impuissante de ce manège funeste.

— Que... que voulez-vous ? demande-t-elle d'une voix déchirée, avalant une syllabe sur deux, étouffée par l'angoisse et l'épuisement.

La réponse est sèche et sévère :

— À ton avis ? Réfléchis bien.

—Je ne sais pas. Par pitié, laissez-moi. Laissez-moi partir.

—Partir ? Pourquoi je te laisserais partir ? Je n'ai pas eu ce que je voulais...

—Mais de quoi parlez-vous ? Vous vous trompez, je vous assure. Je vous jure que je ne dirai rien si vous me libérez. Je ne sais pas qui vous êtes et je n'ai pas vu votre visage. Vous n'avez rien à craindre.

L'homme la saisit à la gorge et exerce une légère pression lui provoquant un hoquet bref et violent.

—Arrête de faire les questions et les réponses. N'essaie pas de me faire changer d'avis. C'est toi que je veux, et c'est bien toi que je suis venue chercher.

—Je ... je suis une vieille femme seule, je n'ai pas le moindre argent. Je n'ai jamais fait de mal à qui que ce soit. Pourquoi moi ? Que voulez-vous ?

—Devine ! rétorque-t-il d'une voix perverse.

—Vous m'avez vue ? Me violer ne vous apportera, je pense, aucun plaisir. Et ma vie est derrière moi, je n'en attends plus rien, j'ai bien assez souffert comme cela et...

—La ferme ! C'est moi qui parle ici. Commence par me donner ton nom et ton prénom ! Pas de bluff, j'ai ton sac et tes papiers pour vérifier. Et si tu mens, je te le ferai payer.

La victime tente de déglutir puis de reprendre son souffle, pendant que son cœur bat à un rythme frénétique dans sa cage thoracique.

—Arnaud... Martine Arnaud.

—Martine, voilà, c'est bien ça. Martine, si tu veux un conseil, n'essaie pas de me dissuader, n'essaie pas de jouer à la psy ou de me la faire à l'envers. Tu ne me connais pas, tu ne sais rien de moi. Mon truc, c'est peut-être de taper dans les vieilles dans ton genre. Les faire jouir, peu importe comment, puis les buter salement en les regardant crever. Je peux faire de toi ce qui me plaît, boire une bière en regardant ton cadavre se décomposer ou te dévisager pendant que tu suffoques. J'aime peut-être choisir au hasard, sans motif valable. Jeune ou vieille, moche ou belle, heureuse ou malheureuse, au fond, quelle importance ? Le regard au moment de crever est sûrement le même, non ? Dis-moi, à ton avis, qu'est-ce qu'on ressent lorsqu'on comprend qu'on va mourir ?

Sur ces dernières paroles, Martine explose en sanglots incontrôlables.

— Pourquoi ? Pourquoi vous me faites ça à moi ? bégaye-t-elle, les yeux aveuglés par ses larmes tièdes.

— Pourquoi pas ?

— La vie ne me fera décidément aucun cadeau... À croire que le fardeau que je porte sur mes épaules depuis des années n'était pas suffisant pour détruire ma vie.

— De quoi tu parles ? Qu'est-ce que tu entends par là ?

— La femme que vous avez en face de vous est déjà détruite. La mort est déjà présente, à l'intérieur de ma chair.

— Il va falloir m'en dire plus. Et attention, si c'est encore une tentative pour t'en sortir, tu ne feras qu'aggraver ton cas.

— La vie m'a déjà tout pris. Mon mari, mort d'un cancer, et surtout ma fille unique, assassinée il y a plus de vingt ans dans d'horribles conditions...

— Assassinée ? Décidément, certains ont raison au sujet des Kennedy : il y a des malédictions qui poursuivent certaines familles. Enchaîne ! Qui ? Quand ? Comment ?

— Elle s'appelait Sophie. Elle a été tuée par mon gendre, Frédéric. C'était il y a vingt-deux ans.

— Elle le trompait ? Il la battait ? Comment c'est arrivé ?

Martine prend une grande inspiration. Elle n'a aucune

idée de l'endroit où elle se trouve. Elle ne se rappelle pas ses derniers instants avant de se retrouver ici, ligotée, face à un bourreau dont elle ne connaît rien. Elle essaie de se concentrer sur sa voix, sur laquelle elle ne met pourtant aucun visage, aucun souvenir. L'odeur de bois moisi continue de lui chatouiller les narines. Noyée dans son ignorance, elle accepte de replonger quelques instants dans les tréfonds de sa souffrance, oubliant que sa propre mort est peut-être proche.

Dans un colossal effort de self-control, elle reprend son souffle pour donner un récit détaillé et lucide de son histoire.

— Elle avait seulement vingt-deux ans. Elle l'avait rencontré alors qu'elle était tout juste majeure. Lui avait huit ans de plus. Mon mari et moi le trouvions courtois et charmeur. Nous étions bien loin d'imaginer à quel pervers nous avions à faire. Après leur mariage, il l'a éloignée peu à peu de nous. Nous n'avons su que bien après quel calvaire il lui faisait subir, jusqu'à la faire craquer. Lorsqu'elle l'a quitté puis a demandé le divorce, il lui a fait payer le prix fort...

Martine marque un temps d'arrêt, juste avant que sa voix ne flanche.

— Continue ! Va au bout ! insiste-t-il en lui secouant l'épaule.

— Un soir, ils l'ont enlevée, lui et trois de ses petits copains. Il l'a violée pendant que les autres la maintenaient au sol. Puis, il l'a enfermée dans sa voiture, a condamné les portières après lui avoir ligoté les mains et les pieds. Il a aspergé le véhicule d'essence avant de jeter sa cigarette dessus. Elle est morte brûlée vive, en les regardant lui sourire de l'extérieur. Voilà ce qu'ils ont fait de mon bébé. Il a été condamné et...

— Et quoi ? lui susurre-t-il aux oreilles.

Martine se braque intérieurement, ses yeux recouverts masquent la haine qui germe en elle dans un tourbillon inapaisable. En une fraction de seconde, sa voix devient agressive et provocatrice :

— Vous croyez que je n'ai pas compris toute cette mise en scène ?

— De quoi tu parles ? demande le tortionnaire, laissant peu à peu s'échapper les clés du jeu.

— Vous êtes de sa clique ! Lui, je pourrais reconnaître sa voix parmi un millier, et il n'aurait jamais le courage de se dresser devant moi. Dites-le ! Vous agissez pour lui. Donc quoi, maintenant qu'il est sorti, il veut s'en prendre à moi, c'est ça ?

L'homme s'approche dangereusement de Martine. Une rafale de phalanges vient s'abattre sur son menton et la coupe net dans son discours. Il la saisit par les cheveux et presse ses doigts contre sa gorge.

— Continue à faire les questions et les réponses et je t'étrangle. Oublie les raccourcis faciles, Martine, tu es à côté de la plaque !

Il relâche la pression, ce qui projette son crâne en arrière. Martine gémit, affaiblie et totalement désorientée.

— Mais, mais alors, qui êtes-vous, bon sang ? Si vous êtes venu me tuer, allez-y, mais arrêtez de me faire ressasser ces horreurs.

— Au contraire ! Vu que tu m'as ouvert l'appétit avec ton histoire, je veux tout savoir. Je choisis toujours mes victimes au hasard. Habituellement, elles ont une existence plate et monotone. Elles me supplient de les épargner sans vraiment savoir pourquoi, incapables de justifier ce qui les rattache à la vie. Faire souffrir ceux qui ont souffert est un concept intéressant, c'est une première pour moi. Je ne veux pas en perdre une miette. Alors, il a été condamné et il est sorti, c'est ça ?

— Il y a trois ans... et ses petits copains n'ont fait que douze ans de prison.

— Raconte-moi le jugement. Tu l'as eu en face de toi, non ? Qu'est-ce que tu as ressenti ? Sois franche et j'en tiendrai compte...

Martine renifle, sans parvenir à se débarrasser de la morve qui lui obstrue le nez et l'empêche de sangloter.

— Que voulez-vous que je vous dise ? J'étais dévastée et je n'avais qu'une envie, c'était de le voir mourir... Arrêtez s'il vous plaît, je vais me trouver mal.

— Quel a été le verdict ?

— Vingt-cinq ans...

— Il a échappé à la perpétuité ?

— Son avocat a bien mené sa barque.

— Laisse-moi réfléchir, un salopard manipulateur qui a réponse à tout ? Peut-être un de ceux qui me défendront un jour ? Je leur dirai que c'est la faute de papa qui est parti, de maman qui me battait, ou que les drogues et l'alcool ont fait de moi un irresponsable. Comment l'a-t-il défendu ?

— Il disait qu'il n'avait jamais fait de mal à personne, que la séparation l'avait rendu fou, qu'il n'était pas dans son état normal, qu'il l'aimait trop... Bien sûr, aucune parole n'a pu excuser son geste, mais ça a influencé l'audience et le jury. Et puis, son discours, ses larmes le dernier jour. On a beau dire, il a bien joué son rôle. Ce n'est qu'une vermine à mes yeux !

— On dirait que ça continue de te ronger.

— Qu'est-ce que ça peut donc vous faire ? s'emporte Martine qui se raidit sur sa chaise. Vous dites que vous ne me connaissez pas. Faites donc ce que vous avez à faire. Je vous l'ai dit, je n'ai plus rien à perdre et encore moins peur de souffrir ou même de mourir. Il y a bien longtemps que le rouleau compresseur de la vie est passé sur mon corps.

— Plus je te regarde et plus je me dis…

L'homme marque une pause, pendant que Martine retient sa respiration, suspendue à ses lèvres qu'elle ne peut voir mais qu'elle tente de se représenter.

— Martine, ta voix, ton visage… Je me souviens. Après le procès, tu es passée à la télévision, au journal. Tu avais parlé à la presse devant le tribunal, je me trompe ?

— Non, c'est vrai.

— Pour quelle raison déjà ?

— Pour crier ma haine devant les caméras, dénoncer cette décision de justice irresponsable. Ma fille est morte dans des souffrances horribles. Je ne la verrai plus jamais. À l'énoncé du verdict, la seule chose qui a résonné en moi c'est : « Il sortira libre un jour ou l'autre. » Mais bon sang, pourquoi toutes ces questions ? Où voulez-vous en venir ?

— Lorsque tu étais devant cette caméra, tu as prononcé une phrase qui a marqué les esprits… Tu t'en souviens ?

— C'est très loin tout ça. Mais bien sûr que je me rappelle. Si vous aviez des enfants, ce que je n'espère pas quand je vois que vous vous en prenez à une femme de mon âge, vous sauriez qu'on ne peut rien effacer de ces moments-là.

Martine est de nouveau rappelée à l'ordre par une gifle, légère mais surprenante.

— Je te demande si tu te souviens de la phrase que tu as prononcée ce jour-là devant les caméras, insiste-t-il en haussant le ton.

— Il me semble que c'était : « S'il sort un jour vivant de prison, je le tuerai de mes propres mains. »

Sur cette réponse, l'homme se lève et s'approche comme une ombre de sa victime. Il saisit fermement la main droite de Martine et la presse contre la sienne. Ensuite, il appuie son pouce sur une légère forme en plastique rigide, qu'elle est contrainte de pousser.

Il passe derrière elle, puis contre toute attente, retire ses œillères. Enfin, elle peut voir autour d'elle. La faible clarté de la pièce est suffisante pour qu'elle distingue le visage qui lui fait face.

Son cou immobilisé par une minerve, Martine ne peut pas tourner la tête.

Il achève son récital par une dernière phrase, avant de disparaître par la porte.

— Alors fais-le !

Les mots s'estompent peu à peu, mais la consigne continue de l'obséder, comme une incantation démoniaque.

18

Mardi 21 septembre 2021 – 16 h

Éric se gare aux abords d'un petit entrepôt situé dans une zone industrielle. Vu de l'extérieur, cela ressemble à une coque de supermarché abandonnée. L'endroit a été recyclé il y a plus d'un an par la M.J.C., avec l'accord de la mairie. On y trouve diverses activités comme de l'accompagnement à la recherche d'emploi, des cours de communication et d'aide avec les différents outils informatiques. Le soir, un espace est également réservé à l'enseignement de certains arts martiaux et de la boxe. Tout se fait sur la base du bénévolat, il n'y a aucune association en charge ou professeur rémunéré. Tous les cours sont gratuits et libres d'accès. Un planning mis à disposition à l'entrée permet de s'inscrire en avance pour une bonne gestion des effectifs. Aucun commerce, pas de buvette ni de restauration rapide, pas d'argent qui transite de quelque façon que ce soit, et donc aucun risque de vol ou de braquage. Un lieu de vie et de partage, sans hiérarchie, sans client ni fournisseur. Le matériel mis à disposition est constitué des dons de plusieurs entreprises et clubs de sport locaux.

Un projet ambitieux et solidaire salué par les élus locaux.

Le lieutenant prend la peine de bien verrouiller sa voiture banalisée et de se faire discret. Lunettes de soleil et casquette à l'envers, il se dirige vers Billal, le gérant des lieux, qui l'invite à le rejoindre dans une petite pièce à l'écart lui servant de bureau.

Au mur, des affiches de Martin Luther King, de l'abbé Pierre et même de Zinedine Zidane. Il lui propose un siège, puis lance un fond de musique sur son téléphone pour éviter que les paroles puissent être entendues à travers les murs.

— Salut, Billal. Comment tu vas ?

L'homme semble nerveux et crispé. Une attitude qui ne lui ressemble pas.

— Ça pourrait aller mieux, Lieutenant. Je ne suis pas tranquille. Le meurtre de Ouesli, ça évoque de mauvais souvenirs.

— Justement, tu imagines bien que je viens un peu à la pêche aux infos. Qu'est-ce que tu peux me dire à son sujet ?

Billal secoue la tête tout en soufflant, décontenancé par la situation.

— Je vais être le plus honnête du monde. Je n'ai aucune explication. Ouesli, c'est un nom qui ne circule plus dans nos quartiers depuis des années. La plupart de ses fanatiques ont quitté le pays ou déménagé. Moi, j'ai coupé avec tout ça, tu le sais bien.

— Dernièrement, tu as vu repasser des barbus ? Ou entendu parler de tensions dans les communautés ?

— Vous le savez, on a tout fait pour dégager les islamistes radicaux de nos cités. On fait de la prévention avec les jeunes, on a déjà dénoncé trois mosquées véreuses qui essayaient de s'implanter. Les incidents entre les extrémistes et les modérés sont de plus en plus rares. Nous ramener ce cadavre, sous nos yeux... c'est juste incompréhensible. J'ai l'impression qu'on essaie de foutre en l'air notre travail, et je vous avoue que je ne suis vraiment pas serein.

— Tout de même, ça doit parler à droite et à gauche. Vraiment, tu n'as pas entendu quoi que ce soit qui pourrait avoir une allure de mobile de crime ?

— Pas le moins du monde, vous avez ma parole ! Après, il est évident que Ouesli, ça sonne comme un nom de gourou ici. On sait l'influence qu'il a eue par le passé. Vous feriez mieux d'interroger les familles qu'il a détruites en envoyant leurs jeunes fils à la mort... Mais tout ceci c'est du passé, alors pourquoi maintenant, bon sang ? Où en est l'enquête ?

— Vu le C.V. du bonhomme, l'artillerie lourde est de sortie. Mais personne ne trouve les clés de la porte d'entrée. Sur la forme, ça a le look d'un crime terroriste inversé, l'arroseur arrosé comme on dit. Mais ça ne colle pas. Tout prend des allures d'écran de fumée. Comme si la symbolique derrière la décapitation cherchait à masquer tout autre chose.

— Comme quoi par exemple ?

— Peut-être une autre forme de vengeance qui ne dévoile pas son nom. Et qui n'est pas forcément un acte isolé.

— Vous voulez dire que Ouesli n'est pas le seul sur la

liste ? Qu'il y aura d'autres victimes ? Mais qui serait derrière tout ça ?

Éric cherche à noyer ce flot de questions stériles en embrayant sur la raison de sa venue.

— Billal, lorsque tu fréquentais Ouesli et son clan, est-ce que tu te souviens s'il y avait des femmes autour de vous ? Et si certaines étaient plus ou moins proches de lui ?

L'ancien délinquant repenti prend un air étonné, tout en mesurant la portée de ses futures paroles.

— Des femmes, Lieutenant ? Vous imaginez bien que non, du moins jamais seules… Après, je ne peux pas vous cacher que j'ai vu de mes propres yeux des choses carrément ignobles avec des filles de la cité.

— C'est-à-dire ? Tu peux m'en dire plus ?

— Vous l'avez vu en Syrie et en Irak lorsque les soldats de l'El se sont emparés de certains territoires. Les femmes ennemies étaient vendues comme esclaves sexuelles. Des milliers de jeunes filles ont été enlevées, violées, avec des sévices allant parfois jusqu'à la mort. C'est bien là toute l'absurdité de ces fanatiques concernant le traitement des femmes. Celles qui composent leur entourage proche sont totalement muselées et sous emprise, avec l'obligation d'appliquer la charia. On parle ici d'un islam radical ! Ouesli adoptait la même philosophie. En revanche, pour les femmes qui n'étaient pas musulmanes ou pas assez pratiquantes, voire occidentalisées dans leur tenue et leur comportement, il n'avait aucun scrupule à abuser d'elles. Lorsqu'il a commencé à recruter des jeunes du quartier pour implanter sa doctrine, il s'est assuré que des femmes pouvaient leur être offertes en guise de récompense. Il a commencé à appâter des filles avec de l'argent, en leur proposant d'assurer certaines tâches pour son organisation.

Tout ce que, selon lui, un homme ne devait pas faire. Mais ensuite, lui et ses fanatiques ont fait pression sur ces gamines. C'est rapidement devenu une forme de séquestration et de proxénétisme. Bien entendu, elles ne touchaient plus un sou et devaient se soumettre dès que l'un de ces « futurs combattants » en avait envie. Plus tard, des mariages clandestins ont été organisés avec celles qui s'étaient converties. Les autres ont sans doute fui, ou pire, sont mortes en tentant de se rebeller, peu importe dans quelles conditions. Il ciblait surtout celles qui étaient livrées à elles-mêmes et dont les familles étaient chaotiques. Une manière de s'assurer que tout ceci resterait dans l'indifférence la plus totale.

—Ces filles, il y en avait combien environ ? Tu sais ce qu'elles sont devenues par la suite ?

—Je dirais une dizaine, mais je ne peux pas l'affirmer, car au milieu, il y a eu mon incarcération. Pour ma part, je n'ai jamais violé ou frappé qui que ce soit, vous avez ma parole, Lieutenant. Lorsque Ouesli m'a endoctriné, j'étais replié sur moi-même, il n'y avait que l'envie de me battre pour ma religion qui comptait. Lorsque je suis sorti de prison, les trois quarts des effectifs avaient quitté le pays, parfois avec femme et enfants. Je ne peux pas vous dire si certains ont réussi à fuir ces fous et à retrouver une vie normale.

—OK, ça ne donnera sûrement rien, mais est-ce que tu arriverais à te souvenir de certains noms ? Je parle de ces filles qui ont été abusées.

—Pas simple, répond Billal, qui semble peu enclin à remettre des visages et des noms sur les abus dont il a été le témoin.

—Réfléchis bien... Il y a tous les gars de ta génération

qui vivaient ici avec toi. Ils se rappellent forcément quelques noms. J'imagine que ça devait faire parler.

— À l'époque, personne n'osait se mêler de l'activité des barbus. Il y a eu Charlie, le Bataclan, puis Nice. Sans oublier toute la propagande de Daech. Tout le monde avait ses « petites affaires » à gérer. Ça n'a jamais aidé personne de fourrer son nez dans les recoins de la cité. Parfois, voir ou savoir, c'est devenir une menace. Et ces types-là n'allaient pas s'embarrasser de menaces. Pour en revenir aux filles, comme je le disais, elles étaient soumises et cachées. Mais les gens savaient plus ou moins lesquelles s'étaient laissé piéger. Je peux mener ma petite enquête mais je ne vous promets aucun renseignement fiable.

— Vérifier la fiabilité, c'est mon boulot. S'il y a un lien à trouver entre la décapitation de Ouesli et les faits abjects qu'il a pu commanditer par le passé, je le trouverai. Un djihadiste décapité, c'est comme un chasseur que l'on retrouve mort avec sa propre arme entre les mains. Mon petit doigt me dit que le ou les tueurs nous montrent tout ce qui peut nous faire partir sur la mauvaise piste.

19

Mercredi 22 septembre 2021 – 15 h 30
Cimetière d'Écouen

Franck avance dans les allées goudronnées, balayant du regard les noms inscrits sur les tombes composant la parcelle rectangulaire en pente, au bord du coteau. À plusieurs reprises, le bras de sa mère tente d'effleurer son coude, mais finit par se retirer.

Habituellement, le silence du cortège funéraire qui accompagne le cercueil à sa dernière destination est rythmé par le bruit des talons qui claquent sur le bitume. Mais aujourd'hui, rien ne vient briser ce mutisme mortuaire. À peine une dizaine de personnes ont pris la peine de se déplacer : quelques cousins appelés à la dernière minute, et d'anciens amis, camarades de longs week-ends de pêche organisés jadis loin des femmes et enfants.

Le véhicule des pompes funèbres s'arrête, puis les

croquemorts s'approchent de l'immense trou creusé devant une petite pierre tombale gravée au nom de « Atlan », le nom des deux grands-parents de Franck. Il est déjà venu se recueillir en ce lieu par le passé. Il se remémore les paroles de son père qui souhaitait être enterré avec eux. Il n'a jamais exprimé le souhait que sa femme ou son fils le rejoignent un jour ou l'autre.

La photo disposée sur le cercueil n'évoque rien pour Franck. La cinquantaine, les cheveux ondulés, la barbe courte et le visage rayonnant, cette image est loin des souvenirs d'enfance du père absent qu'il était pour Franck, et surtout, loin de l'homme au teint cireux, aux os et à la peau rongés par la maladie que Franck visitait rarement au centre de cancérologie.

Durant les dernières semaines, il savait que c'était la fin et avait préparé lui-même son départ, souhaitant que ce soit bref, surtout pas une de ces cérémonies théâtrales où les hypocrites défilent un à un. Il avait demandé à rester seul, sans voir personne. Aussi difficile à croire que cela puisse être, ses proches n'avaient pas tenté de le faire changer d'avis.

Franck et sa mère se tiennent devant la tombe, sans vraiment savoir quoi dire ou quoi faire. Le beau-père se tient quelques mètres en arrière, le regard rivé sur sa montre et son téléphone portable. Tous écoutent les dernières paroles du prêtre, sans vraiment prêter attention à leur sens.

Franck se sent nerveux et étouffe. Une brise légère et douce vient rafraîchir le visage de Franck, en sueur.

Le temps d'une ultime formalité, et tout ceci ne sera qu'un souvenir enfoui dans un coffre dont la clé aura été jetée. L'existence humaine se termine souvent ainsi, dans l'indifférence la plus totale.

—On aurait au moins pu l'enterrer avec un paquet de cigarettes, lance timidement Franck à l'oreille de sa mère. Histoire de ne laisser aucun doute sur l'arme du crime.

Celle-ci tourne la tête discrètement, le doigt devant la bouche.

—Chut, ce n'est pas le moment.

—Ah bon, tu crois ? Pourtant, regarde, eux récitent un texte, et les autres derrière n'en ont rien à foutre. Difficile de partir avec si peu de soutien. La clope n'aurait pas été de trop. Elle, au moins, l'a toujours soutenu !

—Qu'est-ce que tu veux dire ? Que c'est ma faute, c'est ça ?

Franck esquisse un petit sourire en coin, tandis que le discours se termine enfin.

—Avoue que ça t'a bien arrangée de partir. Une manière de ne pas te sentir coupable plus tard.

—Eh, je trouve que tu y vas un peu fort, là ! Je suis partie parce que tu étais grand et que tu avais ta vie à faire. Ton père et moi, cela faisait des années qu'on ne s'entendait plus et que je le voyais dépérir de jour en jour à cause de cette saloperie. J'ai tout essayé pour le convaincre d'arrêter, depuis le premier jour de notre rencontre. Mais il n'a jamais rien voulu savoir, d'ailleurs il ne m'a jamais écoutée et n'a jamais suivi le moindre de mes conseils. Si c'était à refaire, je crois que je l'encouragerais, ça l'aurait peut-être poussé du bon côté, lui qui provoquait toujours la contradiction pour avoir raison !

—Garde tout ça pour ton psy, maman. On ne peut pas soulager sa conscience avec un mort !

—Dis, tu es venu pour quoi, au juste ? Pour vider ton sac et me faire porter le chapeau ?

—Non, ne t'en fais pas, je n'en dirai pas plus. Si ce n'est

que trois mois après votre séparation, tu étais déjà recasée et j'avais l'honneur d'avoir mon premier beau-père. Combien au total, depuis ?

— Franck, arrête ! Tu es un adulte et plus un enfant. Je pense que tu peux comprendre. Il me semble que ta vie sentimentale n'est pas un exemple, je me trompe ?

— Oui, mais moi, je ne fais souffrir personne. Je n'ai pas fait d'enfant avec une personne que je n'aime pas.

Leurs messes basses commencent à attirer l'attention des quelques personnes présentes qui se retirent discrètement après avoir touché le cercueil et effectué un dernier signe de croix. Une manière de dire au Tout-Puissant « Fais en sorte que je ne sois pas le prochain ». La mère de Franck entraîne son fils quelques mètres plus loin en le tirant par le poignet.

— Tu me reproches de ne jamais avoir aimé ton père ! Et toi ? Ces dernières années, tu l'as vu combien de fois ?

— Moi, c'est différent, ma chère maman : je n'ai pas eu le choix puisqu'il ne voulait plus me voir ! J'ai su par les infirmiers qu'il ne pesait plus que quarante kilos et qu'un enfant de douze ans aurait pu le porter sur son dos. On ne choisit pas sa famille ni le regard qu'elle porte sur vous. Tu le sais bien puisque tu ne parles plus à ta propre mère depuis des années, et que la prochaine fois que tu la verras ce sera sûrement dans le même genre de cadre... si tu n'es pas à la montagne ou dans le spa d'un hôtel ce jour-là.

— C'est un peu facile comme argument. Une relation ça se construit à deux. Homme-femme ou père-fils, il faut savoir faire des concessions dans les deux sens. Mais tu as toujours été buté, tu as toujours pensé qu'on ne te voulait pas, alors que c'est faux !

— Tu sais, il y a des fois où je me dis qu'il ne voulait pas me voir ou passer du temps avec moi parce que je lui évoquais ton souvenir. Difficile d'avoir un fils qui vous rappelle par sa seule présence que sa mère ne vous a jamais aimé. J'ai seulement essayé de lui épargner ce sentiment dans les dernières années de sa vie. Son addiction a bien suffi à le faire souffrir, il était inutile d'en rajouter.

— Bon, je vois que rien ne te fera changer d'avis et que c'est peine perdue d'essayer de me défendre. Alors si tu veux bien, on va en rester là pour aujourd'hui.

Franck sourit tout en détournant le regard, les larmes au bord des yeux. Aveuglé par le soleil, il croit distinguer une silhouette dans les environs du cimetière.

— Vas-y, maman ! Ton chauffeur va finir par s'impatienter.

D'un pas mal assuré, il s'avance timidement vers l'ombre harmonieuse et distingue alors un visage familier et réconfortant. L'excitation germe dans son for intérieur, bientôt chassée par l'anxiété qui transforme ses jambes en coton.

Chaque pas est plus lent que le précédent. Elle reste immobile, cachée derrière ses immenses lunettes noires, le teint lumineux, la peau caressée par un soleil généreux.

Franck arrive face à elle, mal à l'aise et le regard interrogateur. Elle esquisse un léger sourire, les mains rentrées dans les poches d'une veste en cuir qui semble trop courte.

Ils restent silencieux quelques secondes, l'un en face de l'autre.

— Qu'est-ce que tu fais ici ? finit par demander Franck, ouvrant les mains dans un geste d'incompréhension.

— Je ne sais pas... Je me suis juste dit que tu aurais besoin de soutien. Je suis passée voir Portet hier après-midi. Il m'a expliqué ton absence et m'a donné les infos en m'encourageant à venir. Avec les affaires en cours, c'était compliqué pour lui de se déplacer.

— Si c'est la seule raison, ce n'était pas la peine de faire cet effort.

— Est-ce que ma présence te dérange ? Dis-le-moi et je m'en irai.

Franck se mord la lèvre et ne peut cacher la frustration qui le ronge. Il espère simplement que sa faiblesse ne se lise pas sur son visage.

— Isabelle, mets-toi deux secondes à ma place. Un jour, tu me dis que c'est mieux de ne plus se voir, qu'il ne se passera jamais rien de sérieux entre nous, que je dois l'accepter. Et là, tu viens seule me regarder enterrer mon père. Qu'est-ce que je dois comprendre ?

— Peut-être tout simplement qu'il y a une forme d'affection et d'empathie qui me pousse à être là aujourd'hui. C'est si mal ?

— Disons que ça ne permet pas de clarifier notre situation dans mon esprit.

Isabelle invite Franck à la suivre, et il entame quelques pas dans une allée du cimetière pour se dégourdir les jambes et tenter d'éclaircir ses idées floues.

— Il ne faut pas chercher une explication à tout. Si Éric avait pu m'accompagner, il serait venu. Par la force des choses, je suis seule et c'est comme ça. Il me semble que nous sommes aussi une grande famille, du moins c'est ce que nos supérieurs nous répètent lorsqu'il faut mettre les bouchées doubles. Si on ne se soutient pas mutuellement dans une telle épreuve, qui le fera ?

— Tu vois, rétorque Franck qui s'oblige à secouer la tête en signe de dénégation, c'est bien la preuve qu'on ne sait pas grand-chose l'un de l'autre. Cette journée pour moi, c'est comme un livre que j'ouvre et que je referme après en avoir lu le résumé plat et prévisible. Je suis là parce que je n'ai pas le choix, parce que sinon, ce serait immoral. Mais tous ceux et celles que j'ai vus ici ne sont que poison et personnes toxiques. Mon père n'a jamais daigné faire le moindre effort pour sa famille, et ma mère n'est qu'une femme égocentrique et calculatrice. Les voir réunis aujourd'hui par la force des choses, c'est me souvenir que je ne suis qu'un accident de parcours. Va donner un sens à ta vie après ça ! Après, ne t'en fais pas, je ne vais pas me lamenter et encore moins pleurer sur mon sort. Mais aujourd'hui, je n'avais besoin de personne, et sûrement pas de toi.

— Tu oublies que je suis passée par là. Un père, on n'en a qu'un dans la vie, et l'image que tu en avais n'est peut-être pas celle qu'il souhaitait donner. On commet tous des erreurs.

— La question n'est pas vraiment ce que l'on fait de bien ou de mal, mais l'affection que l'on donne. Écoute, on pourrait aller loin dans les séances psy mais je ne suis pas sûr que mon histoire intéresse les morts qui nous entourent. J'imagine que je dois te remercier d'être venue, alors je le fais. Tu peux rentrer l'esprit tranquille. Je ne te raccompagne pas car je suis seul à assumer les formalités. Mon père était du genre à faire fuir tous ceux qui ont un jour essayé de percer sa carapace. Dans le fond, je crois que vous avez tous les deux un point commun, celui de ne jamais vous être accordé le droit d'aimer les autres.

20

Mercredi 22 septembre 2021 – 17 h
Commissariat de Créteil

Seul dans son bureau sans la présence de Franck, Éric ne peut s'empêcher d'avoir une pensée pour lui. *Il fallait que ça lui tombe dessus alors qu'on croule sous le boulot et que moralement il est au plus mal...* L'esprit préoccupé, il continue de passer à la moulinette les noms et prénoms donnés par Billal, qui communique les informations par le biais d'un pseudo bidon sur Messenger. Les réseaux sociaux ont cet avantage de pouvoir anonymiser des échanges et certains noms de profil n'éveillent pas les soupçons. Les voyous ne sont pas du genre à traquer les adresses IP, et il n'est pas rare pour chacun d'entre eux de posséder trois à quatre téléphones.

Que ce soit sur des réseaux légaux ou obscurs, les notifications défilent à vitesse grand V, sous les yeux gonflés et rougis d'Éric.

Devant l'urgence de la situation, il a demandé de l'assistance pour retrouver la trace d'une dizaine de jeunes femmes enrôlées de gré ou de force dans la sphère de Ouesli et sa bande. Pour l'instant, l'investigation fait chou blanc : deux sont pleinement réinsérées, l'une est vendeuse dans un magasin de prêt-à-porter, et l'autre opératrice dans une entreprise de démarchage téléphonique. À l'inverse, trois d'entre elles sont recensées comme ayant quitté le territoire pour rejoindre Daech en 2015. L'une d'entre elles a depuis été prisonnière des camps au Nord-Est syrien, sous le contrôle des Forces syriennes démocratiques après l'effondrement du régime djihadiste. Les autres sont certainement mortes ou portées disparues.

À chaque nouveau nom, il se demande s'il creuse au bon endroit et s'il n'est pas en train de perdre son temps en déterrant de fausses pistes.

Est-ce que certains proches pourraient avoir eu envie de faire payer Ouesli pour cela ?

Rien n'est impossible, mais depuis la découverte des meurtres de la forêt d'Esmoulins, l'unique piste autour des djihadistes ne tient plus la route. Le tueur a volontairement marqué le lien entre les deux affaires, ce qui laisse circonspects les différents enquêteurs, conscients qu'ils ne travaillent plus sur un acte isolé ou sur un mobile religieux.

Mais pourquoi faire référence à une femme ? Il y a forcément une explication. Ou est-ce un moyen de brouiller les pistes pour ralentir l'enquête ?

Éric, comme beaucoup de ses collègues et supérieurs, n'en dort plus la nuit. Il n'a même plus le goût de jouer en ligne et guette nuit et jour une nouvelle trace de cette folie meurtrière, convaincu qu'elle ne peut se terminer ainsi, sans signature ni justification. Les meilleurs services en matière de surveillance informatique sont sur le qui-vive H 24, et il le sait, ce n'est pas son rôle. Cependant, il ne peut s'empêcher de garder un voire deux écrans actifs, de surfer, de traquer…

Vous ne pouvez pas nous laisser en plan avec juste ça ! voudrait-il hurler à ceux ou celles que toutes les autorités de France cherchent à identifier, sans savoir comment entrer dans le labyrinthe.

Qui sont les victimes ? Un cocktail surpuissant et hétérogène mêlant terrorisme, pédophilie, infanticide et homme de pouvoir. Et après ? Même Tarantino n'aurait pas réuni un tel casting.

Dans une affaire comme celle-ci, deux éléments peuvent permettre d'accélérer l'enquête. Premièrement, la signature : si les crimes sont revendiqués, il n'y a plus à chercher le commanditaire, cela se transforme en déclaration de guerre et un jeu du chat et de la souris. Deuxièmement, les indices : si le ou les tueurs sont prêts à jouer avec les autorités, ils vont forcément prendre des risques, semer des indices pour laisser une chance, même si elle peut leur paraître infime, d'arriver jusqu'à eux.

Mais ici, il n'y a rien de tout ça. Éric le sait. Portet, Artigo et tout le gratin de la justice française en sont bien conscients également. Tous ces messages laissés, ces photos postées dans des crevasses numériques inaccessibles ne sont que des autocollants sur un feu rouge, un trompe-l'œil qui vise peut-être à masquer la réelle motivation des crimes.

Pendant qu'Éric continue de spéculer tout en faisant défiler les fenêtres de navigation, la porte s'ouvre brusquement, et l'un des flics situés deux étages plus haut l'interpelle avec un dossier à la main :

— J'ai quelque chose pour toi, mec ! À propos des noms que tu m'avais donnés en lien avec les sbires de Ouesli. Une fille a été maquée pendant quelque temps avec un membre de la bande. Tu prends ?

— Bien sûr ! Tu as quoi sur elle ?

— Sabrina Collet. Après avoir été en couple, de gré ou de force, elle s'est convertie à l'islam en 2014. Ensuite, son bonhomme est parti au front. Selon la rumeur, il voulait l'emmener et la marier une fois arrivés en Syrie. Mais du jour au lendemain, elle s'est enfuie de la cité, laissant son père vivre seul dans l'appartement. Un brave type, il a perdu l'usage de ses jambes après un accident de chantier. La mère s'est fait la malle aux deux ans de la gamine et n'a jamais donné signe de vie. Il vivait avec sa fille dans un HLM, avec sa pension d'invalidité comme seul revenu. A priori, c'est le père qui l'a aidée à partir, après avoir compris l'emprise qu'avaient ces types sur sa fille. Elle n'avait que dix-sept ans lorsqu'elle a été endoctrinée, mais elle a dû réaliser ensuite dans quoi elle avait mis les pieds. Sauf qu'on ne dit pas au revoir à ces mecs-là du jour au lendemain et aussi facilement. Fuir, c'est une trahison ! Et qui coûte cher. Je n'imagine même pas ce que le père a dû subir comme pression pour balancer où elle se cachait. Après, ils ont presque tous quitté le pays donc ça a dû se tasser, il n'a jamais craqué.

— Et la fille ? Elle est devenue quoi dans ton histoire ? Qu'est-ce qui peut la rapprocher de notre affaire ?

— Un beau matin, deux joggeurs ont découvert une jeune fille avec les veines tranchées, vidée de son sang, au bord d'un canal. Conclusion évidente : un suicide durant la nuit, surtout que le lieu est peu fréquenté et encore moins éclairé. Après quelques jours de recherche, l'identité est confirmée : Sabrina Collet. Elle s'était réfugiée dans une association catholique, qui l'hébergeait dans une chambre de huit mètres carrés. C'est dire si elle devait vivre avec la trouille. Elle n'a pas supporté.

— Elle se serait donc suicidée ? Et le père, il est toujours vivant ? On peut l'interroger ?

— Malheureusement non. Il est décédé il y a quelques mois d'un infarctus. J'ai eu son médecin traitant au téléphone qui m'a confirmé que depuis le départ de sa fille, il se laissait dépérir et fumait beaucoup. Il avait obtenu un studio aménagé au centre-ville en raison de son handicap. Nerveusement, il était à bout, il a pris trente kilos, et pas forcément à cause de la bouffe. C'était devenu un obèse dans son fauteuil roulant qui ne s'exprimait quasiment plus.

Songeur, Éric se frotte les mains et fait pivoter sa chaise, renversant sa tête comme s'il cherchait l'inspiration.

— La fille ! Elle est morte en quelle année ? demande-t-il en pointant l'index sur le dossier tout en lançant de nouvelles recherches sur Internet.

— 2018. Mai 2018.

— Bingo, ça matche encore sur cette putain d'année ! Tout ce qui a pu arriver de près ou de loin aux victimes fait référence à des événements de 2018. Il y a un truc. Et je ne parle pas de la victoire de l'équipe de France en Coupe du monde.

— C'est peut-être une simple coïncidence. Tu as des mecs qui ont un casier ou un C.V. de gangster qui s'étale sur dix à quinze ans. Tu trouveras toujours de quoi lire sur chaque année.

— Sans doute… mais les quatre que l'on a retrouvés dans la forêt ont aussi ce point commun. Rien de précis ou d'officiel, mais je sens que c'est à creuser. Passe-moi ton dossier, je vais l'étudier en détail. Idéalement, il faudrait que je contacte les bonnes sœurs qui hébergeaient cette fille pour les interroger.

— C'est à la Maison Saint-Vincent, dans le 94, à environ quinze bornes d'ici. Sabrina y résidait sous une fausse identité, elle leur avait donné le prénom de Sonia. Je t'ai noté le contact de la responsable de l'époque, mais elle a changé d'établissement depuis. Mais bon, tu n'auras aucun mal à la retrouver. Tous ces établissements ont bien changé depuis le temps. Ils ont un téléphone, un mail, parfois même un site Internet...

Éric, qui depuis quelques secondes semblait absent des échanges, le regard figé sur son écran et le doigt crispé sur le clic gauche de sa souris, se lève brusquement, manquant de renverser son bureau. Après s'être agrippé au cadre de la porte pour esquiver son interlocuteur, il court dans le couloir sous le regard médusé de ses collègues, et débarque en trombe dans le bureau de Portet sans même avoir pensé à frapper.

Le commandant, en conversation téléphonique d'une importance évidente, sursaute et fronce les sourcils en direction de son flic, agitant la main pour lui signifier que son entrée est totalement exagérée.

— Commandant ! Venez voir, vite ! lance Éric, à bout de souffle.

— Qu'est-ce que tu fous ?! répond son supérieur après avoir pris la peine de passer l'appel en muet.

— Ça recommence ! Deux corps, face à face ! J'ai l'adresse, c'est à deux pas d'ici...

21

Jeudi 23 septembre 2021 – à l'approche de la nuit

Le commandant Portet vient de rejoindre une demi-douzaine de flics attablés dans la salle arrière de la brasserie proche du commissariat qui leur sert de Q.G. Un lieu pratique pour la police locale qui vient y fêter les départs en retraite, mutations et anniversaires. Le patron est très conciliant avec les policiers depuis qu'ils ont éjecté de sa rue des trafiquants qui s'étaient approprié le quartier et faisaient mauvaise publicité aux commerçants locaux.

« Petits arrangements entre amis et respect mutuel », telle pourrait être la devise de ce gérant qui, les soirs de grosse fête, fournit à prix coûtant les bouteilles d'alcool, en contrepartie d'une belle tablée et d'un repas copieux. Jamais d'excès démesurés, mais l'assurance d'un plaisir partagé sans risquer d'être « emmerdé ».

Pourtant, depuis le début de la soirée, l'humeur est loin

d'être à la fête, et c'est autour de bières fraîches que l'unité tente de faire passer quelques poussières de vérité qui leur restent au fond de la gorge.

Se retrouver autour d'un verre est souvent le moyen d'évacuer une journée longue et fastidieuse, mais aussi une tentative souvent infructueuse pour exorciser ce qu'ils ont vu ou entendu. Dans ces moments-là, il faut quelques heures avant d'aller retrouver femme et enfants pour parler de la journée d'école et de la liste de courses du lendemain. Le cerveau n'a pas toujours cette faculté de passer d'un sujet à l'autre sans risquer de faire se télescoper les pensées.

Portet a les traits tirés, conséquence d'une journée de travail titanesque et d'un sommeil qui le prend par surprise. Désemparé, il panique à l'idée de jouer un match de football de rue, sans cage ni filet, ni même une ligne blanche.

La plupart des policiers mobilisés depuis la veille sur les lieux du crime n'ont pas suivi tous les éléments de l'enquête ni l'évolution de l'état de santé de la prétendue « victime », même si beaucoup refusent encore d'utiliser ce terme. L'énoncé de l'équation a déjà fait le tour du commissariat et franchi les barrières des réseaux sociaux et autres outils de communication.

Qui aurait pu imaginer une histoire pareille ?

Les avis sont partagés au sein des effectifs de police sur les rapprochements entre les meurtres. Et pourtant, comment nier l'évidence ? Une enquête, c'est aussi cela : les arguments du scepticisme qui se frottent aux constats du pragmatisme.

Ici, les méthodes utilisées par le ou les assassins suscitent une part de dégoût, mais sont aussi le fruit de beaucoup d'originalité.

Le commandant retarde ses explications, après avoir

reçu un message de Franck demandant s'il pouvait les rejoindre après l'enterrement de son père. Portet tente de lui faire comprendre qu'il est préférable de rester en retrait pour prendre soin de sa famille, mais la réponse de Franck ne laisse pas la moindre place au doute : « Le cercueil est refermé et sous mes pieds. J'ai besoin de revenir dans la partie. »

Les discussions fusent en petit comité pendant quelques minutes, le temps que tout le monde soit servi et reprenne ses esprits. Franck fait une entrée discrète. Tête baissée, il part commander au bar après avoir croisé le regard compatissant qui a pris soin de lui garder une chaise à ses côtés. En revanche, il fuit celui de Portet, pour ne pas avoir à affronter un coup d'œil qui dirait quelque chose comme « Tu ne devrais pas être ici ».

Franck ne veut ni pitié, ni traitement de faveur. Si tout le monde doit enchaîner les heures sup' et bûcher les dossiers, il veut lui aussi mouiller sa chemise et n'a pas l'intention de rester en retrait sur une affaire qui prend dorénavant des proportions démentielles.

Habituellement, derrière une série de meurtres, ou plutôt de cadavres, figure un nom, un portrait-robot, un pseudo ou un profil psychologique. Pour le moment, ce n'est qu'une accumulation de faits divers étalés dans des rapports sans aucun dénominateur commun.

Éric ne supporte jamais bien longtemps de ne pas être correctement informé par sa hiérarchie et débute donc par une série de questions qui brûle les lèvres de toute l'assistance.

— Quelles sont les nouvelles de la santé de cette femme ? demande-t-il tout en expirant un nuage de vanille de sa vapoteuse.

— Elle est restée en observation à l'hôpital car très choquée par la situation. Sa chambre va rester sous surveillance pendant cinq jours minimum, le temps qu'elle rentre chez elle et qu'on puisse voir les suites de l'enquête. Physiquement, elle n'a rien de méchant : des courbatures, les muscles un peu raides et beaucoup de fatigue en raison du manque de sommeil. En se basant sur son témoignage, on pense qu'elle est restée environ vingt-quatre heures en position assise. D'après le médecin qui l'a examinée, c'est assez crédible.

— C'est bien la mère de Sophie Arnaud ? Et l'identité de l'homme qui lui faisait face est confirmée, c'est bien l'assassin de sa fille ?

Portet confirme du regard tout en jetant un œil à Franck qui s'interroge sur les circonstances de ce nouveau meurtre.

— Bon, pour ceux qui n'ont pas suivi, reprend le commandant qui tente de masquer son désarroi, je vous la fais courte. En fin d'après-midi, nous avons reçu plusieurs signalements par les services de cybersurveillance à quelques minutes d'intervalle. Ils faisaient état d'une photo postée avec une adresse, celle d'un squat situé à quelques centaines de mètres du commissariat. Sur la photo, on voit distinctement deux corps qui se font face, assis et ligotés sur une chaise. Je précise, pour la petite information, que l'alerte m'a été donnée dans un premier temps par Éric, qui avait repéré la photo sur les sites de tordus qu'il a l'habitude de fréquenter. L'image n'est pas datée et ne contient aucune annotation excepté l'adresse. Après ça, j'ai reçu une rafale de coups de fil officiels pour confirmer l'existence et la crédibilité de cette photo. Une fois sur place, nous avons donc découvert deux personnes attachées et une mise en scène que je ne saurais qualifier mais qui pourrait être le huitième péché capital du film *Seven,* pour ceux parmi vous à qui ça parle. La victime est un homme d'une cinquantaine d'années, a priori décédé par injection mortelle depuis plusieurs heures. On a retrouvé un cathéter sur lui et plusieurs seringues au sol. Tout cela reste à confirmer à l'IML. L'autre personne est une gentille petite dame de soixante-sept ans, pesant à peine une quarantaine de kilos, qui est actuellement sur un lit d'hôpital et n'arrive même plus à cligner des yeux.

—Vous parliez tout à l'heure d'un homme étant l'assassin de sa fille ? Elle l'a donc tué pour se venger ? s'étonne Franck qui a déjà descendu la moitié de son verre.

—C'est bien plus compliqué qu'il n'y paraît. Bien sûr, au premier abord, on retrouve une femme vivante face au cadavre de son gendre qui a violé et tué d'une manière atroce sa fille unique. On a donc tous les éléments d'une affaire de vengeance familiale. Surtout qu'après le procès et la condamnation, elle a ouvertement hurlé qu'elle le tuerait à sa sortie de prison. Donc sans les détails, c'est vite bouclé. Mais avec les premiers constats et l'état de Mme Arnaud, c'est tout simplement impossible. Tout est une nouvelle fois lié à l'affaire Ouesli et à celle de la forêt d'Esmoulins. C'est le troisième acte.

Face au regard interloqué de ses officiers, le commandant Portet dévoile les dessous macabres de la découverte du corps et de la première version des faits donnée par Martine Arnaud, dont le cœur a bien failli s'arrêter lorsqu'elle a dû raconter ce qu'elle a vu.

Après avoir forcé l'entrée du squat, les policiers ont découvert une femme particulièrement affaiblie mais sans aucune carence. Une fois détachée, elle était incapable de marcher, ses muscles étant totalement paralysés. Elle ne se souvient pas dans quelles circonstances elle s'est réveillée dans cet endroit lugubre et humide. Quelques vagues souvenirs de jardinage, mais sans pouvoir les dater précisément. Elle reste cependant certaine d'un fait : elle a été enlevée à son domicile, un petit pavillon d'une banlieue paisible qu'elle n'a jamais quitté, même après le décès de son mari.

Sans le moindre repère spatiotemporel, elle a repris connaissance en position assise, ligotée et bâillonnée, en compagnie d'un bourreau qui, après l'avoir cuisinée sur sa vie, a commis un geste qui la traumatisera pour le reste de son existence. Portet emploie ses propres termes, mot pour mot :

« Il a saisi ma main et m'a obligée à appuyer très fort sur quelque chose. Si fort que j'ai cru que mes doigts se brisaient. Puis, il a enlevé le bandeau sur mes yeux, avant de me placer un écarteur de paupières. J'ai eu un tel choc que j'ai cru que mon cœur allait exploser. J'étais assise face à Frédéric, l'assassin de ma fille. Il avait les yeux exorbités et tremblait de peur. En pressant ma main, je venais de lui faire une injection mortelle. »

Franck écoute attentivement, scotché par ce scénario qu'il n'aurait jamais imaginé.

C'est donc le bourreau qui a forcé cette femme à tuer l'homme qu'elle déteste le plus au monde...

La suite des événements suscite encore plus de dégoût de la part de l'auditoire, même s'il reste difficile de fuir l'idée qu'il n'a eu que ce qu'il méritait. Un juste retour de la terrible agonie qu'il avait fait subir à Sophie.

Martine décrit, d'une voix partagée entre l'horreur et une forme de soulagement, de quelle manière Frédéric s'est tordu de douleur pendant plus d'une heure, à quelques centimètres de son visage. Elle l'a vu convulser, les yeux injectés de sang, des larmes rouges coulant jusque sur ses lèvres desséchées. Il sentait la peur, une odeur âcre de transpiration.

Puis petit à petit, ses spasmes se sont espacés. Il a bougé, grogné, respiré quelques minutes supplémentaires, et sa bouche s'est ouverte et sa poitrine dégonflée. Après que Frédéric se soit agité comme un poulet sans tête, son visage se décomposa. Il venait d'emprunter la route fatale des pécheurs, en direction de l'enfer.

Chacun des flics présents écoute attentivement de quelle manière Frédéric est mort sur place, devant une belle-mère assoiffée de vengeance et stupéfaite de devenir la complice à son insu de son meurtre.

Tout au long de sa lente agonie, elle n'a pas arrêté de demander pourquoi...

—Et après, que s'est-il passé ? demande l'un des policiers qui tente de se persuader de la crédibilité de ce témoignage.

—C'est là que le plus impensable a continué de se produire, reprend Portet. D'après elle, il l'a laissée devant le cadavre toute une journée, mais non sans prendre soin d'elle. Il est revenu à plusieurs reprises pour lui donner à manger, à boire, et même l'emmener faire ses besoins... Impensable ! À chaque fois, il arrivait dans son dos et lui recouvrait le visage. Elle n'a rien vu, rien perçu. Elle a juste confirmé que la voix ne lui était pas familière. Il n'a pas donné plus d'explications, et elle n'a pas su quoi lui dire. Il lui a simplement promis du début à la fin qu'elle partirait de là vivante. Il a tenu parole. C'est encore une démonstration, une symbolique. Il voulait la mettre face à ses paroles et forcer le destin. La laisser contempler durant des heures ce qu'elle avait juré de faire. Pas de doute, on a affaire à un malade mental, difficile de faire plus tordu ! Mais les victimes ne sont pas choisies au hasard, c'est une évidence.

— Pourtant, l'autre jour, c'est bien vous qui avez affirmé que les Dexter des temps modernes, ça n'existe pas. Pourquoi ce changement radical de position ? interroge Éric, qui sent enfin que son boss est en phase avec ses premières impressions.

— J'ai pour habitude de dire : « Une fois, ça arrive, deux fois, pourquoi pas, mais à partir de trois, c'est une série », et Dieu seul sait si la série sera longue ou non. Troisième acte d'une originalité et d'une cruauté qui nous ont tous estomaqués, donc plus question de penser à des actes isolés.

— Je vais paraître un peu naïf, enchaîne Éric, mais qu'est ce qui peut nous garantir à 100 % que ce meurtre est bien en lien avec les précédents - si ce n'est la publication sur le dark web ? On sait que sur ce genre de site, des vicieux qui pourraient agir par mimétisme existent.

— C'est possible, mais pour moi, cela ne fait aucun doute. Il y a un dernier détail dont je ne vous ai pas parlé. Notre cher Frédéric, durant sa descente aux enfers face à la bienveillante Martine, tenait entre ses mains une pancarte, avec une inscription lourde de sens, vous me suivez ?

Un long silence s'installe, puis Franck termine son verre d'une traite.

— « Je ne l'ai pas tuée. »

Encore et toujours...

Les mots claquent, tout comme le verre du commandant qui vient heurter la table.

22

Isabelle sort de la douche et s'enroule d'une serviette dont la taille ne cache rien de ses magnifiques jambes fuselées. Sa peau lumineuse, encore perlée de gouttes d'eau, et son teint lisse rendraient fou n'importe quel homme sur Terre.

Sous sa carapace de fliquette à la dure, elle ne peut cacher dans l'intimité la jeune femme éblouissante qui a peu à envier à celles qui font la une des magazines et des émissions de télévision. Pourtant, elle n'est pas du genre à passer deux heures chaque matin à se pomponner dans sa salle de bains. À l'exception d'un fard à paupières et d'un mascara qu'elle n'utilise qu'en soirée, on ne trouve sur le rebord de son lavabo qu'une brosse à dents bon marché et un tube de dentifrice. Dans un angle du miroir s'est glissée une photo de son père, qu'elle contemple chaque matin face à son reflet, au moment de faire le point sur sa propre vie.

Le secret de cette éclatante beauté tient dans une

alimentation saine et équilibrée et une pratique quotidienne d'exercices d'endurance et d'explosivité musculaire.

Tout en démêlant ses cheveux, elle fredonne *Live Forever* d'Oasis, une chanson qu'elle écoute lorsqu'elle se sent mélancolique et qu'elle repense à ses rêves d'enfant, quand son père lui parlait du bonheur que serait plus tard sa vie d'adulte. Pour cela, elle devait simplement croire en elle. Facile à dire...

Les dernières paroles du refrain, « *You and I are gonna live forever* », lui déclenchant quelques larmes qui refusent de couler sur sa joue. Elle finit de se sécher rapidement, souhaitant fuir au plus vite cette pièce exiguë qui l'insupporte.

Elle décapsule une bière, puis enfile un vêtement décontracté avant de s'asseoir sur son canapé, les pieds sur la table de salon. Depuis quelques jours, elle ne peut chasser le sentiment d'agacement qui la titille.

Elle supporte mal d'avoir été poussée à l'écart de l'enquête en cours sur Ouesli et les détails troublants des morts suivantes. Du moins, c'est son impression. Elle et son équipe ont clairement été mises hors-jeu et doivent se contenter des investigations sur la vindicte avortée d'Elraoui et de son gang. Les explications de Portet lui ont paru bien douteuses, invoquant la volonté d'Artigo de ne pas relâcher la pression sur les gangs et de sécuriser le quartier afin d'éviter tout risque de récidive. En clair : ramasser chaque jour à la petite cuillère la merde semée à chaque coin de rue par les petits caïds locaux et cuisiner ceux qui ont la langue trop pendue.

C'est justement tout ce qu'Isabelle aimerait fuir pour de bon. Comment accepter cela alors qu'une affaire criminelle d'ampleur nationale se joue à deux pas d'ici ?

Elle ne peut s'empêcher de penser que Portet cherche volontairement à la mettre sur la touche.

Pourquoi ? Parce que lui aussi a le béguin pour elle ? Parce qu'il est plus facile de laisser les hommes entre eux sur ce genre d'enquête épuisante ?

Elle tente de calmer les ardeurs de son imagination en se persuadant que tout ce machisme de terroir n'existe plus et qu'elle se fait sûrement des films. Mais elle réalise chaque jour, impuissante, qu'elle passe à côté d'une enquête dantesque qu'on ne vit peut-être qu'une fois dans une carrière de flic.

Pendant ce temps, la filature de l'entourage d'Elraoui ressemble de plus en plus à une collection de poupées russes. Un nom qui en appelle un autre. Chaque arrestation donne lieu au même silence, au même déni. Sans preuve ou sans aveu, il n'y a pas de criminel. Les gardes à vue débouchent sur des noms et des promesses, mais au final, tout le monde tourne en rond.

La police ne fait plus peur, elle sert juste à montrer qu'elle est là où on l'attend, et donc par déduction, elle ne met pas les pieds dans le terrain de jeu des grands voyous.

Isabelle ne fait qu'alimenter et collectionner des dossiers, bien heureusement dématérialisés, pour s'éviter, lorsque c'est possible, d'imprimer inutilement des centaines de pages. Il lui manque un simple coup de pied aux fesses pour tout envoyer bouler. En ces longues soirées d'intense solitude, sa foi semble ébranlée par des idées noires.

Elle hésite à envoyer un message à Franck, puis finit par se raviser, se doutant qu'il est probablement encore avec Portet et toute sa clique en train de plancher sur les différents dossiers.

Elle n'a pas eu de contact avec lui depuis l'enterrement

de son père et se dit, sans réelle conviction, que c'est à lui de revenir vers elle.

Elle sait aussi que sa position n'est pas claire, mais se refuse à envisager toute idée de relation qui pourrait devenir envahissante et toxique.

Affalée sur son canapé, elle tente de se divertir en surfant sur divers réseaux sociaux et applications, mais rien ne parvient à monopoliser son attention. Son pouce glisse sur l'écran de façon mécanique et les minutes défilent.

Le désir l'emporte sur sa capacité à se maîtriser. De temps à autre, elle bascule sur un lien ou une vidéo évoquant l'imam Ouesli ou le massacre de la forêt d'Esmoulins. Ces affaires font le beurre des médias qui se spécialisent dans la dissection des affaires criminelles dont le public raffole. Sur les plateaux, certains journalistes et autres experts de pacotille aiment faire le buzz en soutenant des théories à sensation qui ne reposent que sur l'envie de se mettre en lumière en faisant fi des concepts mêmes de preuve et d'indice.

Sur certains articles, les noms de Portet et d'Artigo sont cités, accompagnés de leurs déclarations publiques. « Ceux-là ne perdront jamais une occasion de se mettre en avant », marmonne-t-elle, prise en tenaille par la rancœur et la frustration.

Toutes les hypothèses farfelues sont évoquées : Ouesli serait un traître repenti de l'islamisme radical, soutenu et financé par les organismes judéo-chrétiens. Les victimes de la forêt d'Esmoulins seraient toutes mêlées à un gigantesque réseau national pédophile, dépassant l'envergure des affaires d'Outreau et d'Angers, et dans lequel tremperaient d'importantes personnalités politiques ainsi que des acteurs célèbres qui auraient donc mandaté plusieurs tueurs à gages pour éliminer les cerveaux du réseau. Patrick Michel et François Lacroix en seraient les membres fondateurs, et le couple infernal Salim Berkhi/Céline Fleur, le principal pourvoyeur d'enfants, en lien avec des responsables d'associations caritatives destinées à aider les foyers les plus démunis.

On nage en plein délire.

Isabelle esquisse un rictus ironique à chacune de ces balivernes sorties tout droit de la boule de cristal de Mme Irma, sans parvenir à se convaincre à 100 % que c'est bel et bien impossible.

Au final, toujours le même constat : *Don't act*, ce n'est pas son affaire.

Enfin, quelqu'un sonne à la porte et vient briser ses élucubrations farfelues.

Elle vérifie l'heure sur son portable, puis fait un détour par le coin cuisine pour jeter sa canette. Elle jette un dernier regard dans le miroir de l'entrée, rafistole sa chevelure encore humide, et jette un regard bref dans le judas de la porte avant d'ouvrir, le visage dénué d'émotion.

— Tu as dix minutes d'avance. Si ça ne te dérange pas, on fait ça rapidement et ensuite tu t'en vas. J'ai envie de passer la soirée seule.

23

Vendredi 24 septembre 2021 – 9 h

Franck pénètre dans un immeuble d'une dizaine d'étages. On trouve le même, cloné à chaque coin de rue, dans ce quartier résidentiel bâti dans les années 1980 et guère retouché depuis. N'ayant pas confiance en l'ascenseur, il gravit les cinq étages à pied, avant de se retrouver devant une porte portant le nom de Marie Guillemin. Un sticker à fleurs est collé sur la sonnette, et un paillasson bon marché recouvre le sol plein de trous et de petites fissures.

Il continue de se demander si la piste fournie par Éric est crédible ou non, mais lorsqu'on est dans le noir, chaque source de lumière mérite qu'on s'en approche. Et depuis l'enterrement, il a besoin de se vider l'esprit.

Après avoir sonné et patienté quelques secondes, il

vérifie ses messages sur son téléphone avant que la porte s'ouvre. Franck découvre une sexagénaire, radieuse et souriante, qui avait visiblement préparé sa venue.

— Bonjour, Mme Guillemin. Je suis le lieutenant Franck Atlan, c'est moi que vous avez eu au téléphone au sujet de votre amie Christine Léandre.

— Oui, bien sûr, entrez. Vous êtes venu seul ?

— En ce moment, vous savez, on court après le temps. Mes collègues sont bien occupés. Je devais venir aujourd'hui dans le secteur, c'est pour cela que je vous ai demandé cet entretien ce matin. Je vais essayer de ne pas prendre trop de votre temps.

— Oh ne vous en faites pas, ce n'est pas grave, je suis à la retraite. Du temps, j'en ai, et même à revendre. Venez, asseyez-vous, j'ai préparé du café et j'ai aussi de quoi prendre le petit déjeuner si vous avez le ventre vide.

— Merci, un café suffira. Je ne déjeune pas le matin, ça me donne des aigreurs d'estomac, mais merci pour la proposition.

Franck est agréablement surpris par un tel enthousiasme. En général, les personnes interrogées lui font rapidement comprendre que parler avec un flic dans son propre logement n'est pas une activité qui les met à l'aise. Il visualise l'appartement qui ressemble à une immense serre, tellement les fleurs et les plantes se marchent dessus. Il trouve un coin de chaise près de ce qui semble être la table du salon. Vu le petit nombre de portes, il ne doit pas y avoir plus d'une chambre.

— Vous vivez seule dans cet appartement ? demande Franck tout en ajoutant un sucre à son café et en sortant de quoi noter.

— Oui. Je me suis installée ici il y a deux ans, à la mort de mon mari.

— Oh, veuillez m'excuser, je ne savais pas.

— N'ayez crainte, il n'y a pas de mal. C'est la vie, voilà tout. Fichu crabe qui me l'a emmené, il venait à peine de fêter ses soixante ans. Cruel destin quand on sait qu'il allait prendre une retraite bien méritée quelques mois plus tard. Mais bon, le passé, c'est le passé. Vous êtes venu pour me parler de cette pauvre Christine, c'est bien cela ?

— Oui, tout à fait. Je crois savoir que vous avez travaillé durant plusieurs années dans la même société, vous étiez même amies, si je ne me trompe pas ?

Marie Guillemin affiche une moue qui se transforme en légère grimace et tempère les propos du policier :

— Amies... c'est un bien grand mot. Disons que nous étions des collègues assez proches. J'ai fait vingt-cinq ans de boîte et elle un peu moins de dix. Elle était assistante de direction, et moi au service comptabilité. On a fait connaissance durant nos pauses déjeuner très naturellement, puisque nous étions seules à nos tables respectives, à quelques mètres de distance. Ensuite, on a papoté, et rapidement, on a pris nos marques toutes les deux. Il nous arrivait même de faire des soirées ensemble, avec ou sans les autres employés. C'était le bon temps... avant tous ses problèmes...

— Ses problèmes ? Vous pouvez m'en dire plus ?

— Tout a commencé au boulot. Ça se passait mal avec le patron. Un type vraiment infect, avec une réputation exécrable, qui avait déjà fait du dégât parmi les employés. Il était dur avec elle et lui en mettait plein la figure. Elle n'a pas supporté. Ça a commencé avec des crises de larmes, puis des arrêts maladie. Mais à chaque fois, il menaçait de la virer, et les RH faisaient la sourde oreille.

—Qu'est-ce qu'on lui reprochait, au juste ?

—Au début, c'étaient des petites remarques. Il disait qu'elle s'organisait mal, qu'elle rendait certains dossiers en retard, qu'elle n'était pas assez efficace. Christine était plutôt du genre entêtée et fière. Elle a essayé de se rebiffer et de montrer qu'elle pouvait assurer, mais ça n'a fait qu'empirer au fil des semaines, jusqu'à devenir invivable pour elle. Plusieurs fois, je lui ai conseillé de partir, mais elle n'admettait pas l'idée. Pour elle, cela aurait été un aveu d'impuissance, vous comprenez ? Elle ne m'a pas écouté, et au fur et à mesure, c'est sa vie de couple qui a trinqué.

—Vous connaissiez son mari ? Est-ce que Christine vous parlait de ses problèmes de couple ?

—Je ne l'ai vu que deux ou trois fois, mais seulement quelques minutes. Nous avions parfois des soirées dans l'entreprise où les conjoints étaient conviés, mais il n'est jamais venu, et au fil du temps, Christine n'est plus venue non plus. De ce qu'elle m'en disait, c'était une relation assez plate et fragile. Lui ne voulait pas d'enfant. Elle prétendait que ça lui convenait, mais je sentais bien que c'était une manière pour elle de se conforter dans l'idée qu'ils devaient rester ensemble. Je suis persuadée que dans le fond, elle aurait aimé fonder une famille.

—Et concernant ses ennuis professionnels, son mari n'a jamais essayé de prendre sa défense et d'intervenir auprès de son patron ?

—Non. Je vais être franche. Quand Christine a commencé à avoir de gros problèmes au travail, je crois qu'elle et son mari ne se parlaient quasiment plus. Ils vivaient ensemble, mais rien de plus. Leur divorce n'a été officialisé que bien des années plus tard, mais lui refaisait déjà sa vie avec une autre femme.

Franck note à la va-vite quelques fragments de phrases sur son carnet, avant de poser les prochaines questions qui lui permettront de mieux comprendre la personnalité de la victime d'Esmoulins.

— Mme Guillemin, son patron, c'était bien François Lacroix, c'est exact ? Vous l'avez également connu dans cette société, n'est-ce pas ?

Rien que l'évocation du nom génère un rictus de dégoût sur le visage de Marie.

— Oui, c'est bien lui. Fort heureusement, je n'étais pas rattachée directement à son service. Il y avait un management intermédiaire.

— Savez-vous ce qu'il est devenu ?

— Pas du tout. Environ deux ans après le départ de Christine, il a lui aussi quitté la société, avec un statut de grand cador ayant accompli avec les honneurs toutes ses missions. J'étais écœurée.

— Je ne sais pas si vous suivez les actualités à la loupe, mais ça vous étonnerait si je vous disais... qu'il est mort la semaine dernière ?

— Je ne suis pas tellement les infos, j'ai d'autres occupations que celle de me lamenter devant les exploits de ce monde fou à lier. Pour Lacroix, vu son train de vie, il me paraîtrait normal que la cirrhose du foie ou le cancer des poumons l'ait emporté. Mais pourquoi il serait dans les actualités ?

— Eh bien, il n'est pas mort d'une maladie, mais assassiné.

— Assassiné, vous dites ? Mais par qui ?

— C'est bien ce qui occupe mon esprit et celui de nombreux services de police et de gendarmerie à l'heure actuelle. François Lacroix faisait partie des quatre victimes de la forêt d'Esmoulins, retrouvées dans un trou, enterrées vivantes !

D'un geste instinctif, Marie Guillemin porte la main à sa bouche en même temps qu'elle laisse échapper un léger sursaut de terreur, choquée par cette révélation inattendue. La jouissance de savoir cet homme infâme six pieds sous terre est rapidement balayée par l'horreur du contexte.

— Esmoulins ! Oui, j'en ai entendu parler, quelle histoire ! Je suis bénévole au Secours Catholique quelques heures par semaine, et mardi dernier, tout le monde ne parlait que de ça, sauf de Lacroix. Ils évoquaient un violeur et aussi les parents de cette pauvre petite Flora. Je vois que l'enfer n'a pas choisi ses prochaines victimes au hasard. Mais alors, pourquoi Lacroix ?

— Pour le moment, nous n'en savons rien. Votre témoignage, entre autres, et l'histoire de Christine, nous laissent à penser qu'il était bien loin du P.-D.G. modèle que tout le monde admirait. Nous essayons de comprendre qui pourrait lui en vouloir au point de lui infliger une mort aussi atroce. Pour en revenir à Christine, vous n'avez jamais été témoin de violentes disputes avec Lacroix ? Pas forcément avec Christine directement, mais quelqu'un aurait pu prendre sa défense, ou vouloir le rendre responsable de son suicide.

— C'est difficile à dire... Vous savez, Lacroix, c'est le genre de patron qui arrive dans une boîte avec les pleins pouvoirs. D'entrée, il électrocute tout le monde et repère les faibles. Son but, c'est d'être craint. Mais il est intelligent, il sait exactement à qui s'en prendre. Je n'ai jamais vu quelqu'un avoir le courage de s'opposer à lui. Même ceux qu'il a foutus à la porte sont partis sans broncher. Le monde est petit... Cela aurait pu avoir des conséquences sur leur carrière professionnelle. Quant à Christine, elle avait peu de relations avec sa famille et peu d'amis. Là, comme ça, je ne vois pas qui pourrait avoir eu envie de la venger.

Franck penche la tête en arrière et écrase son dos contre le dossier de sa chaise tout en triturant son menton.

— J'ai noté la date du suicide de Christine. Le 21 juin 2018... Vous aviez toujours des contacts réguliers avec elle ?

— Après son départ de la société, elle s'est isolée peu à peu, je n'avais pratiquement plus de ses nouvelles à part quelques messages de temps à autre. Comme je vous l'ai expliqué, je ne peux pas dire que c'était une amie. Dans le fond, je crois que quelque chose m'a toujours dérangé chez elle, dans son comportement. Je n'arrivais pas à avoir de l'empathie.

— Pourtant, une femme poussée à bout de toutes parts et trompée par un mari négligent qui menait une double vie avec sa maîtresse, il y avait de quoi, non ?

— Sans doute, mais je n'arrivais pas à comprendre pourquoi elle s'entêtait à vouloir rester. Elle se faisait du mal, et à nous également. C'était invivable comme situation. Et pour son mari, elle était tout aussi fautive, voire plus. Malgré sa situation personnelle compliquée, elle collectionnait les aventures.

Franck se redresse, les sourcils arqués dans une mimique d'étonnement.

— Vous voulez dire qu'elle aussi avait un amant ? Et plus encore ?

— Un amant, ce n'est pas vraiment le mot... J'appellerais ça des plans d'un soir. Quand Christine a commencé à sombrer au boulot, elle était tellement seule qu'elle s'est mis en tête de faire des rencontres sur Internet. Je le lui avais déconseillé. On ne sait jamais sur qui on tombe, et vu son état et sa fragilité, j'avais très peur pour elle. Elle disait que c'était le seul moyen pour elle de se vider la tête et de ne pas penser à ses problèmes.

— Elle faisait cela sous le nez de son mari ? Est-ce qu'elle vous parlait de la nature exacte de ces rencontres ?

— Oui, on en parlait souvent... enfin jusqu'à... Je vais vous expliquer en détail. Après plusieurs essais, elle avait pris l'habitude d'utiliser un site qui permet de se mettre en relation avec des hommes plus jeunes. Parfois quinze à vingt ans d'écart. Le principe, c'est de se rencontrer à l'hôtel, qui est le plus souvent payé à l'avance. Je ne vous cache pas que c'est avant tout une histoire de sexe. Christine y trouvait son compte, parfois elle avait des expériences plus ou moins décevantes, mais comme elle le disait, ça ne l'engageait à rien. Bien souvent, les personnes ne donnent pas leur véritable identité et il n'y a quasiment aucune chance qu'ils se recroisent un jour. Pour ma part, je trouvais ça assez immoral de la part d'une femme mariée, mais bon, à chacun ses principes et son éducation. Je peux éventuellement comprendre l'infidélité puisque son mari ne se privait pas de son côté. Mais après une rencontre, elle s'est retrouvée piégée.

— Piégée ? Que voulez-vous dire exactement ? interroge Franck qui a bien du mal à imaginer Christine Léandre en cougar dévoreuse de chair fraîche.

— Un matin, elle m'a annoncé avoir fait la connaissance d'un bel homme, environ la trentaine. Ils se sont rencontrés par le biais de ce site, et ils se sont revus plusieurs fois. Elle disait que cette rencontre avait quelque chose de différent, du moins, elle essayait de s'en convaincre. Et rapidement, elle en est tombée amoureuse, ce qui lui a complètement fait perdre la tête. Et croyez-moi, elle n'avait pas besoin de ça.

— Pourquoi ? Peut-être qu'une relation stable aurait pu lui permettre de chasser ses démons ?

— Lieutenant, quelle stabilité voulez-vous avoir avec un homme que vous ne rencontrez que dans des lieux publics ? Selon Christine, il avait toujours une casquette et des lunettes, c'est un signe, non ? Elle en était folle, elle prenait des risques inconsidérés pour le voir. Elle l'emmenait même chez elle lorsque son mari était absent. Ça a duré pratiquement six mois, à se voir en coup de vent, et puis ce qui devait arriver arriva. Il a mis fin à leur histoire. C'était quelques semaines avant son dernier burn-out, qui lui a été fatal. On connaît la suite.

— Cet homme, vous avez son nom ?

— Il disait s'appeler Sébastien, mais je suis certaine que c'était un faux nom. Il travaillait soi-disant comme cadre dans une société informatique mais là encore, je suis convaincue que c'était du bidon. Elle ne savait rien de lui, il ne lui confiait pratiquement rien de personnel. Christine faisait la sourde oreille quand j'essayais de lui ouvrir les yeux ! Bien souvent, nos discussions finissaient en disputes et elle m'envoyait promener. C'est à ce moment-là qu'on a commencé à moins se fréquenter. Et lorsque son histoire a été terminée, elle n'est jamais revenue vers moi. Encore son côté obstiné et borné. Elle refusait d'admettre devant moi que j'avais raison. Elle s'est laissée aller, et elle a coulé… sans résister et sans bouée de sauvetage.

— C'est intéressant… Diriez-vous que cet homme est, à part vous et son mari, l'une des personnes qui a le plus compté pour Christine durant cette période ?

— Sans aucun doute, oui. Elle était tellement mal en point que lorsqu'elle l'a rencontré, elle a cru qu'il serait l'homme de sa vie. Un bien beau mirage…

—Ce serait intéressant de pouvoir l'interroger, mais je suppose que vous n'avez ni son nom ni aucun détail sur sa vie privée.

—Malheureusement non... mais attendez, maintenant qu'on en reparle...

—Quoi donc ?

—Eh bien... un jour, avant l'une de leurs rencontres d'un soir dans un café en extérieur, Christine m'avait demandé de l'accompagner, sans me montrer. C'était au tout début de leur relation, nous étions encore proches. Elle disait que, comme ça, je pourrais voir à quoi il ressemblait. Il avait toujours ses lunettes mais les enlevait pour lui faire la bise. Ce jour-là, alors que j'étais postée à quelques mètres sur le muret d'une fontaine, je l'ai donc pris en photo avec mon téléphone. Puis je l'ai envoyée ensuite à Christine...

—Cette photo, vous l'avez toujours ? demande Franck qui souhaite creuser jusqu'au bout le possible lien entre la mort de Lacroix et le suicide de Christine durant cette fatidique année 2018.

—Difficile... J'ai changé de téléphone depuis. Après la mort de mon mari, j'ai déménagé les affaires de notre ancienne maison et j'en ai laissé une partie chez ma sœur. Cet ancien portable doit être là-bas et les photos dessus, mais je pense qu'il fonctionne toujours. Si vous le souhaitez, j'irai faire un saut pour vérifier.

—Je vous en serais infiniment reconnaissant, Mme Guillemin. Je vais vous laisser ma carte avec mon numéro, vous pouvez m'appeler quand bon vous semble. Sans vouloir abuser ou insister, c'est très important pour moi et les autres enquêteurs. Même si cette relation peut paraître quelconque et anodine, nous ne voulons négliger aucune piste. Si vous pouviez vous y rendre rapidement...

— Très bien, j'ai compris, Lieutenant. Je vais appeler ma sœur et passer la voir, vous avez ma parole. Mais je ne vous promets rien, je ne suis même pas sûre de remettre la main sur ce téléphone. J'en profiterai pour aller prier sur la tombe de cette pauvre Christine, en espérant qu'elle ait pu trouver la paix après son dernier voyage.

24

Le lieutenant Walter Portaz a la main gauche crispée sur le volant de la Golf banalisée qui dort sur une place de parking souterrain. Deuxième ou troisième sous-sol, il ne se souvient plus très bien. Cela fait des heures qu'il est prostré sur son siège, à attendre. Seul dans le véhicule, il n'arrive plus à ressentir l'angoisse qui le ronge depuis des semaines, voire des mois.

Guetter, traquer, c'est ce qui a animé la plupart des soirées de sa carrière de flic. Attendre l'instant T, ne jamais relâcher l'attention, prêt à dégainer, tout en glissant ses doigts moites dans sa poche pour sentir son téléphone portable vibrer.

À chaque fois, il y a toujours un moment pour se demander si ce sera comme la précédente, puis un autre pour avoir peur, et enfin un long silence pour se demander ce qu'il fait là.

Il repense aux moments où l'adrénaline pouvait le maintenir éveillé jusqu'au bout de la nuit, parfois sans manger ou dormir. Il se sentait boosté par ses rêves d'adolescent surexcité qui regardait Mel Gibson dans l'*Arme fatale*. Sa volonté agissait comme un stimulant pour le tenir en alerte et pousser ses sens à leur maximum. Lorsque les choses tournaient mal, son corps se surpassait et neutralisait tous les dangers.

Désormais, il se demande pourquoi et comment on peut en arriver là !

Le passé, une éternelle promesse d'un avenir grandiose, s'est vu dissout en un quotidien moribond, cloîtré dans sa voiture, des gobelets de café surdosé amoncelés à ses pieds.

Il regarde sa main trembler et encaisse les blessures irréversibles que lui ont causé la colère et la peur.

Ses rêves ont volé en éclat. Et le destin lui impose ce moment fatidique qui changera sa vie à tout jamais.

25

Vendredi 23 septembre 2021 – 21 h 30

La nuit s'est installée sur la capitale, et la plupart des Parisiens sont de sortie en cette veille de week-end. Pour le commandant Jean-Baptiste Portet, c'est une tout autre routine qui commence. Après une rude journée de travail et le début d'une soirée à l'issue de laquelle il sait qu'il trouvera difficilement le sommeil, il s'arrête à l'épicerie locale de son quartier où il a ses habitudes.

La rue est presque déserte. À cette heure-ci, la vie suit son cours sur les terrasses, pendant que certains prennent la route pour le week-end. Les lumières brillent au loin et viennent illuminer le ciel assombri.

Il y a trois ans, Portet a choisi volontairement de vivre dans ce quartier résidentiel, pourtant éloigné du commissariat et dans lequel les commerces et les animations sont rares. Pas de restaurants ou de bars à proximité, une manière de ne pas se laisser tenter pour y finir ses soirées d'homme seul, exténué et tourmenté.Pratiquement tous les soirs, il gare sa moto sur le trottoir et ressort de la boutique avec quelques sacs de plats préparés, une formule clé en main qu'il semble apprécier. La boulimie de travail est devenue un cercle vicieux dans lequel les tâches qui le rebutent deviennent obligatoires, et celles qui l'excitent et le motivent finissent par aspirer tout son temps libre. La notion de loisir n'est plus qu'une information inutile.

Depuis le début de l'affaire Ouesli et tous les meurtres qui se greffent autour, il ne trouve pratiquement plus le sommeil. Son salon est devenu un hall d'exposition pour ses paperboards, entre lesquels il slalome et sur lesquels il note à la volée toutes les idées qui lui traversent l'esprit.

Tandis qu'il est encore sur le chemin entre son parking et la porte arrière de son immeuble, il pense déjà à ce qu'il doit remettre au clair. Le repas aura largement le temps de refroidir avant qu'il ait terminé de libérer ses intuitions.

Arrivé à proximité de la porte d'entrée, il aperçoit une silhouette près du mur qui mène vers le local technique borgne de la résidence. Il s'en approche, tenant fermement son casque, avant de découvrir un homme accroupi, les mains sur la nuque et le visage plongé entre ses deux genoux tremblants.

Portet observe les alentours et reporte son attention sur l'inconnu, qu'il entend pleurer.

Avec précaution, il avance son bras pour lui tapoter l'épaule, tout en essayant de ne pas l'effrayer. Il ne semble pas avoir réalisé que quelqu'un approchait.

— Monsieur… Eh, oh, monsieur ? Vous m'entendez ? Vous allez bien ?

L'homme ne réagit pas et continue de sangloter en reniflant. L'endroit est dans une obscurité presque totale et ne permet pas de distinguer grand-chose, si ce n'est l'individu replié sur lui-même. Tout en se balançant d'avant en arrière, comme bercé par le chagrin, il continue de serrer les mains contre l'arrière de son crâne qui semble recouvert d'un bonnet.

— Monsieur, reprend Portet qui insiste. Je suis policier. Qu'est-ce qui vous arrive ? On vous a attaqué ? Répondez-moi.

À l'évocation du mot « policier », l'homme semble avoir un semblant de réflexe et adapte légèrement sa posture, tout en restant recroquevillé. Le commandant tente de voir dans la pénombre si l'homme est blessé et s'il y a quoi que ce soit de suspect autour de lui.

— Laissez-moi, gémit-il en baissant un peu plus son front vers le sol.

— Mais qu'est-ce que vous avez, bon sang ? Vous ne pouvez pas rester là, par terre. Vous êtes blessé ?

— Non, je n'ai rien. Rassurez-vous, on ne m'a pas attaqué, je suis malheureux, c'est tout... Laissez-moi.

— Dites, vous ne voulez pas me regarder ? Il ne faut pas vous mettre dans un état pareil, je suis sûr que ce n'est pas si grave.

— Non, justement, vous n'en savez rien. Alors laissez-moi. Je veux mourir.

— Dites pas de conneries, voyons ! Rien n'est jamais perdu dans la vie. C'est quoi votre prénom ?

— Qu'est-ce que ça peut vous faire ? Laissez-moi mourir en paix.

— Je ne peux pas vous abandonner là sans rien faire. Allez, c'est quoi votre nom ?

— Vous n'avez qu'à m'appeler Max...

— Max, OK. Moi, c'est Jean-Baptiste.

Portet s'accroupit et pose sa main sur le genou de l'homme qui refuse de se redresser. Il se sent incapable de laisser quelqu'un dans cet état juste au-dessous de la fenêtre de sa chambre.

— Écoutez, il faut vous ressaisir...Venez si vous voulez, on va parler. J'habite au-dessus. Si vous êtes d'accord, je vous invite à venir boire une bière, et vous allez me raconter ce qui se passe. Ça ne peut pas être si grave...

— C'est inutile... Elle est partie, elle m'a quittée. Je savais que tout ça finirait. C'est toujours pareil.

La voix est hachée, altérée par un effet de distorsion, et perturbée par les spasmes imprévisibles de l'individu.

— Oh, je comprends, une peine de cœur. Vous savez, on est tous passés par là. Il ne faut pas vous en faire...

— Elle est partie...

Portet se redresse puis tapote plusieurs fois sur la cuisse de l'individu, tout en lui offrant une poignée de main pour le relever.

— Allez, Max, je vais vous aider à vous lever et vous allez venir m'expliquer tout ça. Je suis sûr que tout va s'arranger.

Sans redresser la tête, l'homme tend timidement son bras puis des doigts à l'aveugle vers le ciel étoilé.

Le policier l'agrippe alors par son avant-bras avant de tirer de toutes ses forces pour le mettre debout et le saisir par les épaules. Max ne fait aucun effort, son corps reste inerte.

Une fois l'homme debout, Portet a juste le temps de voir qu'il porte un masque noir avant de plonger dans une paralysie soudaine, causée par une vive douleur suite à l'écrasement de ses testicules. Le coup de genou le fait vaciller, puis se recroqueviller, le souffle coupé.

Surpris, le policier n'a pas le temps de comprendre ce qui lui arrive, n'étant plus vraiment habitué à faire du corps-à-corps avec les suspects.

Un « sabre de main » vient lui écraser la gorge, ce qui lui coupe la respiration, suivi d'un coup de talon dévastateur dans le tibia. Portet tombe à genoux tandis que son agresseur maintient son poignet et effectue une clé de bras tout en le faisant pivoter. Un direct dans la tempe et une décharge dans les côtes finissent de le mettre totalement K.-O.

À la limite de l'inconscience, le commandant se trouve incapable de bouger, de prononcer le moindre mot, et encore moins de se défendre face à ce déferlement de violence.

Pris au piège, ses yeux sont grands ouverts et son visage traduit une douleur intense. Étourdi par le choc, ses pensées sont engluées par la terreur et la peur de mourir. Ses sens sont en alerte maximale.

Une accumulation de douleurs qui l'entraînent peu à peu vers les rives envoûtantes de la torpeur.

D'un geste aussi soudain que violent, Max lui brise le poignet en faisant pression de tout son poids avec son pied, tout en le tirant avec ses deux mains pour le faire craquer.

Nouvelle décharge électrique pour Portet qui hurle de douleur.

Son arme de service située dans la poche intérieure de sa veste lui est dérobée et jetée au loin dans l'obscurité. Dans l'indifférence la plus totale.

Pas un mot, pas une explication.

Max s'agenouille sur la poitrine du commandant au bord

de l'évanouissement. Puis il attend quelques secondes, le temps de lui permettre de reprendre ses esprits et de laisser la douleur se propager, remonter à la surface pour mieux inonder son cerveau. Il veut le laisser comprendre que c'est bientôt la fin.

Portet cherche à distinguer ses yeux à travers la cagoule bon marché que porte son agresseur.

Le policier, impuissant, le voit saisir un couteau et le brandir au-dessus de son visage.

Il aimerait hurler de toutes ses forces jusqu'à ce que ses cordes vocales explosent, ou rassembler le peu de forces qui lui reste pour envoyer valser ce type et lui rendre la monnaie de sa pièce.

Mais rien ne sort, sa gorge le brûle et sa respiration devient difficile.

La lame caresse lentement son épiderme, se promène le long de son corps, comme si elle prenait le temps de choisir où et à quel moment elle va s'enfoncer.

La mort est en train de le gagner à petit feu. Il se demande si c'est vraiment la fin du voyage et ce qu'il y a au bout. Le chemin semble long et pénible, rien de ce qu'on lui avait promis dans son éducation catholique.

C'est si bête de finir comme ça... sans savoir. Combien ont pensé comme lui, avant de rendre leur dernier souffle, dans le sang et les regrets ?

Max, déterminé et impitoyable, passe enfin à l'action.

C'est la fin du jeu.

Il saisit le commandant par les cheveux et lui renverse la tête en arrière tout en plaquant ses bras au sol.

Puis, la lame vient effleurer la gorge offerte du policier. Sa peau se tend et son corps tremble sous l'effet de l'angoisse qui se propage dans ses organes internes.

Portet n'a plus le temps de songer à quoi que ce soit. Tout est flou, s'entremêle et finit par annihiler ses ultimes pensées. Les souvenirs de ceux qu'il aime ne parviennent pas à lui déclencher la moindre larme.

Dans un dernier réflexe, il abdique et se contente de fermer les yeux.

26

Dimanche 26 septembre 2021 – 8 h

Les rues sont encore désertes, le soleil passe peu à peu au-dessus des toits pour venir éclairer les trottoirs et révéler les stigmates d'un samedi soir agité dans la banlieue parisienne.

Franck guette à sa fenêtre l'arrivée de la voiture qui doit passer le prendre et une bouffée d'air, tout en savourant un café bien corsé pour tenter d'oublier les heures de sommeil déclarées manquantes.

Quelques minutes plus tard, lorsque le coupé 406 gris s'engouffre dans sa rue et se gare en warning devant l'entrée d'un garage, il attrape son blouson et ses clés avant de dévaler l'escalier quatre à quatre, oubliant volontairement son portable pour ne pas avoir l'idée de s'en servir.

Lorsqu'il ouvre la portière, Éric lui tend une poignée de

main chaleureuse et un sac de boulangerie rempli de croissants chauds.

— Tu n'as pas pris ton petit dèj', au moins ?

— Tu sais, le matin, je n'avale que du liquide. Mon estomac n'est pas prêt, répond Franck pendant que son collègue passe la première et fait ronfler le moteur. Bon, si tu me disais où on va.

— Écoute, ne pose pas de questions, tu pourrais avoir envie de faire demi-tour. Tu m'as dit « n'importe quoi du moment que ça me change les idées », c'est bien ça ? Alors, ne cherche pas à savoir.

— Oui, mais te connaissant, se lever si tôt un dimanche matin, on est là pour bosser, non ?

— P'têt' bien que oui, p'têt' bien que non...

Éric esquisse un léger sourire tout en suivant l'itinéraire fourni par son GPS qui indique la rue des Tournelles à L'Haÿ-les-Roses dans le 94. Franck bute quelques secondes sur cette adresse, puis finit par abandonner l'idée de chercher à savoir où on le traîne de si bonne heure pendant le supposé repos dominical. La discussion prend de la consistance durant le trajet lorsqu'Éric dévoile avec excitation les dernières informations en sa possession sur l'affaire et les différents meurtres.

— Il y a quelques détails qui émergent, et pas des moindres. De quoi mettre un sacré coup de pied dans la fourmilière.

— Envoie, au lieu de faire celui qui sait tout !

— Des liens cachés entre les différentes affaires, des détails qui montrent que tout est lié, au cas où certains en douteraient encore.

— On sait déjà que tout est lié, le message posé auprès des victimes est une preuve irréfutable.

— Bien sûr qu'on a cette information ! Mais officiellement, le ou les tueurs ont bien conscience qu'aucune communication ne mentionnera ce point. C'est pour ça qu'au fur et à mesure, d'autres indices se glissent, comme pour nous narguer. Tu veux un exemple ? Les victimes d'Esmoulins. La scène de crime a été ratissée avec toutes les difficultés que cela comporte. Pour au final, aboutir à un A.D.N. retrouvé grâce à du sang sur un bout de bois. Celui de l'imam Ouesli !

— C'est évident qu'il ne pouvait pas être là-bas ! Donc ça veut dire qu'on a amené son sang sur place.

— Son sang ou sa tête, toujours introuvable, qui est peut-être enterrée là-bas, ça je n'en sais rien, mais c'est un fait. Poser des éléments et des indices comme cela, c'est ce que j'appelle un « gavage ». On te fourre des informations en masse pour te noyer de recherches, de pistes à creuser. C'est évident que l'on cherche à nous épuiser. Et s'il n'y avait que ça…

— Quoi d'autre ?

— Lacroix, le P.-D.G. En fouillant ses appels reçus, ils ont retrouvé des communications depuis un numéro qu'il a référencé sous le nom de « Jaillant », sauf que ça ne colle pas. Le numéro appartenait à une ligne temporaire ouverte trois jours plus tôt par un certain… Patrick Michel !

— Attends, mais c'est une autre des victimes, ça, le pointeur ! Celui qui a tué la petite Marine !

— Dit comme ça, oui… mais accroche-toi bien. Ce n'est pas lui, mais un homonyme ! Un pauvre type qui vit dans le Cantal et qui a comme seul malheur dans la vie de porter les mêmes nom et prénom qu'un assassin. En même temps, Patrick Michel, je te laisse imaginer le nombre de gusses avec le même patronyme. Alors les gendarmes du coin lui sont tombés dessus. Et bien entendu, il n'est pour rien dans l'histoire. C'est un prête-nom, et là encore, c'est une technique largement répandue de certains hackers ou escrocs en tout genre : utiliser l'identité de personnes lambda, bien souvent discrètes et pas forcément actives sur les réseaux sociaux. Certains parfois n'ont même pas d'adresse e-mail. Bref, ouvrir une ligne mobile avec un faux nom et la refermer quelques jours plus tard, rien de bien compliqué quand tu as tous les leviers à ta portée. Mais là encore, le nom n'est pas choisi au hasard… C'est presque de la provoc', pour narguer. On a beau dire, mais un flic énervé n'est pas lucide, il agit avec précipitation et commet des erreurs. Celui ou ceux qui prennent la peine de semer ces miettes de pain sur la route le savent très bien. Mesrine, Guy Georges, autant d'affaires ou une police sur les nerfs est passée bien souvent tout près de l'objectif sans l'atteindre.

— C'est sûr que tant que l'on ne peut pas s'engouffrer dans un entonnoir, on perd du temps et de l'énergie. Il manque la porte d'entrée. Ce qui est incroyable, c'est cette faculté et cette lucidité pour saboter les scènes de crime. Un squat, une forêt, et maintenant on nous colle un macchabée en attachant en face la personne qui le hait le plus sur cette terre. Quel comble ! Difficile de faire plus tordu… Il y a quand même, et je l'ai remarqué, une constante dans le choix des victimes.

— Laquelle ? demande Éric, heureux que son collègue ait repris du poil de la bête et le goût d'enquêter après les obsèques de son père.

— Tu parlais d'une personne discrète, absente des réseaux sociaux, en parlant de l'homonyme de Lacroix. Mais est-ce que ce n'est pas ce qui caractérise toutes ces victimes ? Un P.-D.G. retraité, des ex-condamnés désociabilisés devenus toxico, vieux garçon ou faisant le tapin. Que des individus vivant seuls, dont personne ne remarquerait la disparition, du moins pour quelques jours. Je suis sûr qu'à chaque fois, on a pris la peine de signaler leur absence aux employeurs ou à l'entourage.

— C'est bien ça ! Encore un détail troublant : on a appris par exemple que Céline Fleur, Salim Berkhi et le dernier en date, Frédéric Diaz, ont changé leur annonce d'accueil sur leur mobile, très certainement au moment de leur enlèvement. À chaque fois, le même prétexte, quelques jours passés à l'étranger sans possibilité de consulter leur téléphone. Des anciens criminels, discrets, avec peu d'amis ou de relations proches, pas de compte Facebook ou Instagram... C'est évident que cela prend plus de temps pour détecter une disparition anormale. Dans leur cas, la mort était pliée dans les trente-six heures si on se fie aux témoignages des personnes les ayant vus vivants pour la dernière fois.

— Il faut quand même avoir du cran et une organisation méticuleuse pour enlever et réunir un tel casting. Je veux dire... les victimes de la forêt d'Esmoulins : transporter quatre personnes, dont trois figures de grandes affaires criminelles françaises, puis deux mecs que tu viens de jeter en pâture dans un immense gang-bang. C'est surréaliste !

— Ah oui, j'ai oublié de te dire, enchaîne Éric qui agite sa main devant le visage de son collège pour reprendre la parole. Tu te rappelles le Vito blanc ? Celui qui a ramené Lacroix et Michel déguisés en cochons de leur petite fête et qui a probablement servi à transporter les victimes jusqu'à la forêt. Eh bien, c'est une doublette ![1]

1. Nom donné à une usurpation de plaques d'immatriculation.

— Comment on s'en est aperçu ? La voiture a été retrouvée ?

— Oui, mais bien plus tard, et encore à presque deux heures de distance. Les victimes ont été enterrées dans la nuit du 17 au 18 septembre. Le Vito n'a été retrouvé que le 23, c'est-à-dire au bout de cinq jours. Pourquoi ? Si on prend les victimes, qui vivaient soit en région parisienne pour Lacroix, Berkhi et Fleur, soit dans le Rhône pour Patrick Michel, on a un axe de plus de six cents kilomètres avec comme étapes relais la forêt, mais aussi le manoir décrit par Rouxel, près de Troyes. Tu imagines, localiser un véhicule sur une distance aussi importante ? Ils savaient forcément que nous allions nous concentrer sur cette zone, donc le véhicule a été conduit… à l'est ! Brûlé dans une forêt après Belfort, tout près de la frontière suisse. Il est impossible de revenir de là-bas à pied, ce qui confirme que cela ne peut être le fait d'une personne seule, ce dont nous nous doutions déjà… Et encore une fois, c'est de la provoc'…

— Pourquoi ?

— Véhicule brûlé, saccagé et donc difficile à exploiter. Et à quelques pas du brasier, du sang sur le sol. Selon les premières analyses, il pourrait y en avoir presque un litre, appartenant à Salim Berkhi. Comme une évidence encore une fois… Aucun doute, j'ai eu la confirmation avant de venir. Quant aux plaques du véhicule ? Les originales sont au nom d'un type qui vit dans le Morbihan et se sert de son Vito pour transporter son matériel de pêche. Son nom, François Fleur ! François Fleur, tu comprends ? Il s'amuse avec nous !

— OK, ne va pas plus loin. Comme François Lacroix et Céline Fleur… Je commence à comprendre quand tu dis qu'on se fout de notre gueule…

— Et si tu veux mon avis, ce n'est pas terminé. Bon, on arrive... rien que de parler de tout ça, je transpire de tous les côtés. On va se refaire une petite beauté pour être présentables. Je te préviens, il va falloir bien se tenir !

La voiture s'arrête aux abords d'un petit portail encadré par deux piliers dont l'un porte une pancarte avec le nom du lieu : Maison Saint-Vincent. Franck cherche alors l'application Maps sur son smartphone afin de capter la description du lieu. Derrière la cour, il peut apercevoir une grande bâtisse blanche en bordure de la Roseraie du Val-de-Marne et son jardin botanique. Il se penche alors vers Éric, le regard interrogatif, pas vraiment serein.

— Attends, c'est quoi au juste cet endroit ?

— Un couvent !

— Un couvent, tu te fous de moi ? Tu m'as fait lever à six heures et demie un dimanche matin pour aller taper la discut' à des bonnes sœurs ? Qu'est-ce qu'on vient foutre ici ?

— Peut-être trouver la clé de l'énigme autour de Ouesli...

Éric tire le frein à main et déverrouille sa ceinture avant de bondir de la voiture et de s'étirer, tout en allumant une cigarette. Il tapote le capot pour inviter Franck à accélérer le mouvement.

Les deux policiers avancent calmement vers le portail et sonnent pour annoncer leur venue. Quelques secondes plus tard, une porte s'ouvre au loin et une femme chétive en tenue de nonne vient alors à leur rencontre, d'un pas lent et serein.

Lorsqu'elle n'est plus qu'à quelques mètres, Éric tente de faire les présentations, légèrement intimidé par cette robe traditionnelle. Cela change des interrogatoires face aux dealers en survêtements troués de club de football.

— Bonjour, je suis le policier que vous avez eu au téléphone hier et...

La religieuse acquiesce sans dire un mot et déclenche l'ouverture du portail, dont les grincements s'entendent à l'autre bout de la rue.

— Je vous attendais, suivez-moi, dit-elle tout en faisant demi-tour, sans même prendre la peine de vérifier l'identité des deux officiers.

Les deux hommes traversent la cour décorée de statuettes bibliques en tout genre et agrémentée de quelques arbres aux couleurs automnales, puis pénètrent dans un immense couloir bordé de portes blanches qui se ressemblent toutes, débouchant sur un escalier en bois. Après avoir fait grincer quelques marches et le parquet impeccablement ciré d'un nouveau couloir, les deux hommes entrent dans une petite chambre.

— Excusez-moi, comment devons-nous vous appeler ? demande Éric, tout penaud de se retrouver dans une chambre à devoir questionner une religieuse.

— Appelez-moi Marie-Anne, je ne voudrais pas vous mettre mal à l'aise en intégrant trop de formalisme dans nos appellations. Vous souhaitiez donc me parler de Sonia. Voici la chambre qu'elle a occupée. J'avais conservé un carton avec quelques vêtements que nous lui avions fournis à son arrivée. Cette pièce n'est pas vraiment une chambre que nous proposons habituellement à nos sœurs ou visiteurs car elle est très étroite. Mais à l'époque, nous n'avions que celle-ci de disponible.

— Merci. Si vous le permettez, nous allons y jeter un œil, informe Éric pendant que Franck fait le tour de la pièce en fuyant le regard de cette femme au ton sympathique, mais au regard austère. Comme vous le savez certainement, Sonia s'appelait en réalité Sabrina Collet. Elle avait fui pour échapper à des extrémistes religieux sous l'emprise d'un imam qui est décédé il y a quelques jours dans des circonstances macabres, dont je vous épargne les détails. C'est pourquoi nous avons besoin d'informations supplémentaires sur Sabrina et son entourage.

—Je sais très bien, Lieutenant, pourquoi on nous l'avait confiée. Et même si nous vivons loin de toute l'agitation médiatique de cette société qui ne prend pas le temps de vivre, j'ai appris ce qui est arrivé à cet imam que l'État souhaitait expulser. J'ai du mal à saisir un possible lien avec Sonia, mais je ne suis pas là pour faire votre travail.

—Vous continuez à l'appeler Sonia ?

—Conformément à sa volonté... Lorsqu'elle est arrivée chez nous, elle nous a expliqué que la seule façon de retrouver goût à la vie serait d'enterrer définitivement la vie de Sabrina pour laisser place à Sonia. Cela aurait également été une folie de continuer à l'appeler par son prénom. Nous n'étions que quelques-unes à savoir réellement pourquoi elle se trouvait parmi nous. Cela peut toujours être dangereux, une fuite est si vite arrivée.

Franck, en entendant cela, ne peut s'empêcher de penser au film *Sister Act* avec Whoopi Goldberg, dans lequel une chanteuse de cabaret trouve refuge dans un couvent pour échapper à la mafia, et finit par monter une chorale à succès. Ici, les lieux ne respirent ni le jazz ni le gospel. Tout semble si froid et insonore. On pourrait s'écouter penser en silence durant des heures.

Pendant près de trente minutes, Éric reprend en détail les quelques semaines passées par Sabrina dans l'établissement. Marie-Anne évoque avec amertume et empathie les douleurs de la jeune fille coupée du monde, qui se sentait coupable d'avoir laissé son père seul avec son handicap. Toutes ses pensées étaient pour lui. Elle était consciente d'avoir anéanti la seule relation familiale qui lui restait depuis que sa mère les avait abandonnés alors qu'elle était en bas âge. Un traumatisme psychique difficile à surmonter, n'ayant comme seul souvenir que quelques photos et un visage qui n'avait laissé aucune trace dans sa mémoire. Difficile de se construire une personnalité et de fuir les pièges de l'adolescence avec cette présence maternelle avortée.

La religieuse raconte les longues journées monotones et stressantes de la jeune fille qui ne disposait d'aucun téléphone ou ordinateur et se trouvait totalement déconnectée de son entourage virtuel. Elle passait son temps à traîner dans les couloirs tout en proposant ses services pour les tâches ménagères et autres activités du centre. Une réadaptation difficile, avec des crises d'angoisse répétées. Après quelques semaines, elle était enfin parvenue à se balader à l'extérieur en prenant soin de bien se camoufler pour ne pas être reconnue.

— Nous lui avions donné des vêtements qui lui conféraient presque une allure masculine, avec ses cheveux attachés et sa casquette. Parfois, elle pouvait partir pendant deux ou trois heures, mais à son retour, ses vieux démons la rattrapaient.

Marie-Anne confie ensuite à Franck et à Éric qu'elle s'attendait malheureusement à cette issue tragique, même si elle avait tout fait pour aider la jeune femme à remonter la pente. Elle passait des heures le soir dans sa chambre, à la réconforter, à lui expliquer qu'elle avait encore la vie devant elle et qu'il n'était jamais trop tard pour prendre en main sa destinée. Qu'un jour elle pourrait vivre de nouveau avec son père. Tentatives vaines qui butaient sans cesse sur le même constat : elle était sans argent, sans amis, sans projet, et donc, sans aucune possibilité de fuir.

Les larmes aux yeux, la religieuse donne des détails sur la nuit de la disparition de Sabrina, durant laquelle elle n'a pas réussi à trouver le sommeil, espérant la retrouver dans son lit le lendemain matin.

— J'ai entendu à la radio qu'une jeune fille avait été retrouvée au bord de ce canal, à quelques kilomètres d'ici. J'ai tout de suite compris que c'était elle. En raison des circonstances particulières de sa présence ici, la police n'est venue que plusieurs jours après le drame. Tout était terminé, je n'ai même pas eu le courage de ranger sa chambre. La fatalité avait déjà laissé place au deuil. J'ai mis beaucoup de temps à m'en remettre, et même aujourd'hui, il n'y a pas une journée ou je ne prie notre Seigneur pour qu'il l'aide à trouver la paix dans le repos éternel. Elle était si jeune et tellement influençable. Une de ces enfants que la vie décide de placer au mauvais endroit au mauvais moment.

Éric et Franck écoutent attentivement, prenant soin de ne pas couper ce récit poignant qui les prend aux tripes. Le genre de conversation qui met mal à l'aise, lorsque l'empathie prend le pas sur les aspects pragmatiques de l'enquête. Il est plus facile de se montrer efficace devant la pire des pourritures.

Peu à peu, les deux policiers sentent que Marie-Anne s'affaiblit et présente des difficultés dans son élocution. Ses mains sont parcourues de tremblements et ses jambes vacillent à chacun des souvenirs évoqués.

Éric cherche à freiner ces émotions pour s'attarder sur un point qui le questionne.

— Marie-Anne, je crois que nous pouvons dire que vous

avez été admirable avec cette jeune fille. Ce que nous cherchons à savoir, c'est si Sabrina, enfin Sonia, aurait pu recevoir de la visite ou entrer en contact avec un proche autre que son père ?

— Personne n'était au courant de sa présence ici, et elle n'avait pas accès au téléphone, à l'exception de quelques appels avec la police, juste après son arrivée. Après, je ne peux pas garantir qu'elle ne voyait pas d'autres personnes à l'extérieur. Nous l'avons cachée quelques semaines, mais cela ne pouvait durer éternellement...

— À l'exception de son père, elle ne vous a jamais parlé d'un autre proche ? Quelqu'un qui lui manquait et qui pouvait tenir à elle ?

— Pas que je sache. La seule fois où je l'ai vue avec quelqu'un ici, c'était un policier. Ils se connaissaient a priori depuis plusieurs années, et il prenait régulièrement de ses nouvelles. Maintenant que vous le dites, c'est la seule personne que j'ai vue franchir notre portail pour venir lui parler. Il est venu peut-être deux ou trois fois, et ils se sont isolés dans la chambre de Sonia.

— Un policier, vous dites ? Seul ?

— Oui, seul, je pense même qu'il venait à titre personnel.

— Quand vous dites « dans sa chambre », ils flirtaient ? Ou c'était amical ?

— Lieutenant, pas de ça chez nous... Non, c'était, je dirais, chaleureux, peut-être affectueux, mais rien de plus. Mais vous savez, ma mémoire n'est plus ce qu'elle était.

— Ce policier, vous avez son nom ? Vous pourriez me le décrire ? Car le dossier ne fait pas référence à d'éventuelles visites au couvent, ce qui aurait pu être dangereux. Il vous a présenté une carte de police ou donné une identité ?

Marie-Anne prend une respiration avant de tousser légèrement, puis elle agite sa main avant de se masser le front, comme pour essayer de remettre ses souvenirs en ordre.

—Excusez-moi, mais je me mélange un peu les pinceaux dans les termes. Il est venu en civil, mais au moins une fois en uniforme. Ce n'était pas un policier...

—Vous êtes sûre de vous ?

—Certaine. Je me souviens qu'une fois il s'est présenté en uniforme. Pas un policier, mais un gendarme...

27

Lundi 27 septembre 2021 – 8 h

Lorsque Franck pénètre aux aurores dans le hall du commissariat, la tension est palpable. Il règne un parfum de crise, mélange de stupeur et d'agacement qui ne dit pas son nom. Le lieutenant file jusqu'au couloir menant à son bureau sans que personne ne le regarde, chacun préférant avancer tête baissée, le nez dans ses papiers.

Alors qu'il arrive près du bureau d'Éric, celui-ci jette un objet contre la vitre pour attirer son attention, puis lui fait signe d'entrer. Après avoir entrouvert la porte, Franck est surpris par le visage fermé d'Isabelle qui se trouve face à lui, les fesses posées sur le bureau de son collègue.

Aucun des deux policiers présents n'ose rompre le silence devant le regard interrogatif de Franck, dont les mimiques annoncent clairement le besoin de comprendre ce qui se trame.

—Vous ne voulez pas me dire ce qui se passe ? lance-t-il, ne supportant plus ce mutisme collectif devenu embarrassant.

—Portet s'est fait agresser, annonce Éric, caché derrière son écran et tapotant de temps à autre sur son clavier.

Isabelle baisse la tête pour fuir le regard de Franck qui lui évoque des sentiments troublants et confus.

—C'est arrivé quand et où ?

—Vendredi soir… Il rentrait chez lui, ça s'est passé aux pieds de son immeuble. Un type était assis dans le noir et semblait se lamenter sur son sort. Il ne l'a pas remarqué tout de suite avec l'obscurité mais le gars avait le visage dissimulé et la tête baissée. Ils ont discuté un peu, le mec a donné un nom et des infos sans doute bidon puis il s'est jeté sur Portet sans raison et l'a allumé.

—Méchamment ?

—Je n'ai pas tous les détails, mais a priori plusieurs plaies au visage, des contusions au tibia et un poignet cassé. Il s'est fait mettre K.-O. en quelques secondes. C'est un voisin qui l'a retrouvé couché par terre dans l'obscurité. C'est certainement arrivé au moment où il rentrait chez lui.

Franck reste estomaqué par l'annonce. L'attaque d'un policier est toujours un événement vécu comme une atteinte à l'institution, encore plus lorsqu'il s'agit d'un gradé. Même si rien ne permet de lier l'agression au fait que Portet soit un flic, une forme de paranoïa aiguë dictée par l'émotion prend toujours le pas sur la raison et génère les hypothèses les plus folles.

—Où… Où est-il ? demande Franck qui tente de chasser les centaines de visions qui lui passent par la tête.

—Il est resté en observation pendant quarante-huit heures, mais a priori il n'y a rien de grave. Il est rentré chez lui hier soir. On lui a plâtré l'avant-bras et il marche avec une béquille. C'est l'affaire de quelques semaines, guère plus. J'ai appris la nouvelle tard hier soir par Isabelle. Lorsqu'elle m'a averti, j'ai voulu lui rendre visite à l'hôpital mais il était déjà sorti. Tu connais Portet, il a voulu que ça reste discret.

Franck fustige Isabelle d'un regard glacial, se demandant pourquoi elle ne l'a pas mis au courant dès la veille.

—Le plus traumatisant dans l'histoire, c'est que... reprend Éric, toujours ébranlé par cette attaque qu'il tente de raconter de manière lucide.

—Quoi ? Qu'est-ce qui est le plus traumatisant ? le presse Franck qui s'agace de plus en plus.

—Le gars a sorti une lame qu'il lui a collée sur la gorge. Inutile de te dire ce qu'il a vu défiler à ce moment-là. Même s'il était dans les vapes, ça laissera forcément des traces...

Franck réfléchit quelques secondes avant de reprendre son interrogatoire :

—Il a bien dû s'expliquer ? Dire quelque chose ! On ne monte pas une punition de ce genre sans motif valable.

—Tu sais comme moi que ce ne sont pas les déséquilibrés qui manquent ! Le gars aurait évoqué une séparation avec sa femme ou une connerie du genre. De nos jours, il en faut peu. Mauvais endroit, mauvais moment... Mais bon, on n'avait pas besoin de ça, surtout avec ce qui nous est tombé dessus ces derniers jours !

Au même instant, à la stupéfaction générale, Portet fait son apparition, le visage tuméfié, boitant comme Verbal Kint dans *Usual Suspects*. La porte claque sur son passage et fait l'effet d'une bombe dans le bureau. Franck reste figé sur les micro-cicatrices qui apparaissent dans le cou de son supérieur, tandis qu'Isabelle ne semble pas vraiment surprise par le retour de celui que l'on sait solide comme un roc.

— Commandant, vous ne devriez pas être ici, ce n'est pas raisonnable ! s'étonne Éric qui se lève de sa chaise en agitant les mains.

— Écoute, c'est à moi d'en décider, il me semble ! Je pense que vous êtes tous au courant, mais je n'ai pas l'intention de m'éterniser là-dessus. On doit se concentrer pleinement sur les affaires en cours. J'ai des piles de dossiers qui m'attendent, des réponses à donner et un Artigo au taquet qui nous met une pression d'enfer. Pas question de traîner en route. Je suis un grand garçon et je vous demande de mettre mon agression de côté. C'est un acte isolé qui n'a rien à voir avec ce sur quoi nous bossons. Alors on tire un trait temporairement sur cette affaire, le temps de trouver les noms et de coffrer ceux qui nous font danser au bout d'un fil depuis des semaines. La douleur des coups est beaucoup moins insupportable que le sentiment d'être baladé comme un pantin ! C'est dit, je ne reviendrai pas là-dessus, et je compte sur vous pour faire passer le message.

Pendant quelques secondes, on entend les mouches voler. Chacun comprend que le boss a déjà repris du poil de la bête, mais aussi qu'une haine profonde envers son agresseur doit attiser les braises intérieures de cet impulsif qui ne supporte pas le rôle de victime. Se réfugier dans le boulot est une manière d'éteindre les flammes, mais nul doute qu'en temps voulu, il cherchera celui qui l'a molesté de la sorte et lui fera passer un sale quart d'heure.

Au moment où Portet s'apprête à retourner à son bureau,

Franck monte au créneau et hausse le ton, laissant de côté les risques de son impertinence :

— Commandant, désolé de vous dire ça, mais vous semblez faire des conclusions un peu hâtives ! La situation est grave, on est en plein dans une période de vindicte incontrôlable. Ça tape de partout, et sous nos yeux. Depuis plusieurs jours, votre nom a été cité et relayé dans les médias. Tout le monde sait que les cadavres sont aux portes de notre commissariat. Et comme par hasard, on vous agresse devant chez vous ! Désolé, mais j'ai du mal à exclure le fait que tout ceci ne soit pas lié !

— Qu'est-ce que tu veux dire ?

— Que depuis le début, on se fout de nous ! On nous glisse des indices, tous aussi incohérents les uns que les autres. À chaque fois qu'une piste est refermée, une autre se creuse. On n'a pas de mobile, pas l'ombre d'un profil de tueur, avec un s ou pas. Bref, on se fait balader... Et maintenant, votre agression. Il faut envisager le fait que l'agresseur en avait après vous personnellement. Pourquoi en bas de chez vous ? Pourquoi son visage était-il dissimulé ? Pourquoi avait-il un couteau ? Pourquoi, après vous avoir mis K.-O., il est parti sans rien dire ou sans laisser la moindre trace ? Et aujourd'hui, vous êtes là devant nous, presque défiguré... et lui savait que ça ferait le tour des effectifs de police. Peut-être pour nous foutre la trouille !

Portet se crispe et envoie valser cette idée d'un revers de la main, sans parvenir à masquer sa contrariété.

— Arrête un peu de te faire des films, Franck ! Comme tu l'as fait remarquer, la situation est déjà suffisamment compliquée comme ça. Je ne pense pas qu'on prenne de tels risques uniquement pour venir nous faire payer le fait de faire notre boulot. Ce n'est pas après nous que ces tueurs en ont mais après des cibles bien précises qui ont visiblement toutes des morts sur la conscience.

— Est-ce possible ? Une vendetta contre la police après avoir terrorisé le pays en envoyant quelques grands criminels moisir dans une boîte en sapin ?

Pendant plusieurs secondes, les regards restent braqués les uns sur les autres, poussant chacun dans une réflexion intérieure.

— Diakité !

Le nom est jeté par Franck au visage de son commandant qui devient livide à l'évocation de ce nom.

— Qu'est-ce que ça vient faire là-dedans ? s'énerve Portet qui fait mine d'avoir oublié en fronçant légèrement les sourcils. Cette affaire, c'est du passé !

— Peut-être pour vous, Commandant, mais pour eux, qu'est-ce qu'il en est ? Je vous rappelle que ce n'est pas la première fois que vous être pris à partie de la sorte ! Et on doit au moins étudier cette piste. Vous ne pouvez pas faire comme si ça n'avait jamais existé !

Éric tente de capter le regard d'Isabelle, qui reste dans l'expectative. Les deux lieutenants ne semblent pas sur la même longueur d'onde que Franck et Portet, même si le nom évoqué ne leur est pas totalement étranger.

Au même moment, Éric est distrait par la sonnerie de son téléphone portable. Il arrête son regard quelques instants sur l'écran avant de déverrouiller son ordinateur et de pianoter sur son clavier pendant que Portet s'adresse à Franck.

— Franck, je veux que tu te calmes. Tu t'agites dans tous les sens et balances des infos sans savoir quoi que ce soit. On a besoin de toute notre lucidité et pas de divaguer à la moindre occasion.

— OK, alors la seule chose que je vous demande, c'est de me laisser interroger Ibrahima Diakité, puisque visiblement ça n'a pas été fait. Histoire de vérifier qu'il n'est pas mêlé à votre agression.

— C'est inutile et c'est du temps de perdu, réfute Portet qui ne veut rien entendre.

— En revanche, il y a dorénavant une certitude, Commandant ! s'écrie Éric qui tourne son écran vers la porte d'entrée du bureau.

Une photo aux contours flous, prise en noir et blanc, montre le visage de Portet agonisant, l'agresseur positionné sur son torse, l'écrasant sur le sol.

Une photo de plus postée dans la galerie d'un site de photos illégales et nauséabondes.

Le visage de Portet est dorénavant exposé là où sont passés le corps décapité de l'imam Ouesli, les masques de porc de Patrick Michel et François Lacroix, les visages terrorisés de Salim Berkhi et Céline Fleur, et enfin, le cadavre de Frédéric Diaz…

Franck était donc dans le vrai ! Tout est bien lié, ce n'est pas un hasard. Il se tourne alors vers Portet une dernière fois, d'un air de dire « Vous voyez que j'ai raison… »

— Commandant, laissez-moi interroger Diakité !

Mais Portet referme la porte après avoir reçu un appel de Julien Artigo, mettant fin prématurément à cet échange qui n'a pas livré de conclusion. Isabelle se redresse brusquement, puis se tourne alors vers Franck, le seul à pouvoir apporter un semblant de lumière.

— Mais qui est ce Diakité, bon sang ?

28

Après quelques secondes de flou, Éric est appelé en urgence par Portet et sort précipitamment du bureau. Franck et Isabelle restent seuls, se fuyant du regard. Leurs pensées défilent, mais ils se contentent de garder la tête baissée et de s'ignorer, à contrecœur. La situation est embarrassante à tout point de vue. Isabelle attend le retour d'Éric pour éclaircir la situation et demander à Franck des explications.

Franck finit par s'installer sur la chaise de son collègue et se plonge dans le rapport du meurtre de Frédéric Diaz. Les images sont saisissantes : le corps paraît momifié, les yeux sont exorbités. Cela change des scènes de crime où certains organes déchiquetés par les impacts de balle macèrent dans le sang.

Ici, tout paraît propre et limpide. Le lieutenant reste plusieurs secondes scotché devant le cliché montrant la victime assise et ligotée tenant fermement une plaque contenant l'inscription « Je ne l'ai pas tuée ». Sans ce visage tuméfié portant les stigmates d'une mort violente, cela pourrait ressembler à une photo de classe sur laquelle un enfant tiendrait fièrement l'ardoise avec le nom de son école et l'année de sa classe.

Juste à côté, les conclusions du légiste après l'autopsie lues dans les grandes lignes font froid dans le dos :

Aucune injection de barbiturique ou produit paralysant...

Injection létale semblable à celles utilisées lors des exécutions pratiquées aux États-Unis...

Présence de potassium.

Franck relève la tête, les yeux rivés sur un écran en veille, et imagine le calvaire vécu par cet homme, sans arriver à chasser l'idée qu'il l'a bien mérité. Il visualise Martine Arnaud, restée attachée durant une journée entière devant ce spectacle macabre, face à l'assassin de sa fille.

Ce crime est à l'image d'un monde où la folie gagne en imagination. Les idées extrêmes s'échappent et prennent le large. Il n'y a plus de norme, y compris pour le crime.

Sans aucune transition, et toujours pour essayer d'ignorer la présence d'Isabelle qui attend désespérément le retour d'Éric, Franck se jette sur son téléphone et compose un SMS.

« Portet a été agressé méchamment ce week-end. Pour le moment, on ne sait pas par qui ni pourquoi. J'ai un mauvais pressentiment, fais attention à toi. »

Le message est envoyé à Walter, qui répond deux minutes plus tard :

« J'espère rien de grave. Merci de m'avoir prévenu. Ne sois pas inquiet, le passé c'est le passé. Je suis en vacances pour une semaine. Tiens-moi au courant si on sait qui a fait ça. À + »

Franck n'a pas le temps de verrouiller son smartphone

que la porte claque de nouveau, et Éric déboule comme une furie devant lui en tapant du poing sur le bureau.

— Oh, Franck ! Tu n'as pas un truc à nous expliquer, là ?

Isabelle, les bras croisés et le visage fermé, réintègre la conversation. Cette question lui brûlait les lèvres depuis plusieurs minutes mais elle craignait de se faire envoyer bouler. Elle réalise aussi son erreur : elle aurait dû envoyer un message hier à Franck pour l'avertir de l'agression du commandant.

— Je pensais que vous saviez, répond Franck qui continue d'ignorer Isabelle tout en bouillonnant intérieurement. Portet a déjà été agressé par le passé, ce n'est donc pas la première fois ! C'est pour ça qu'il t'a fait venir ?

— Non, c'est pour avoir les détails sur la photo. Il est persuadé que celui qui a fait ça n'est qu'un anarchiste du web anti-flic, qui cherche à imiter les tueurs, les vrais. Un effet de mode, en somme ! Sur le reste, il n'a rien lâché et m'a vite fait comprendre que je devais quitter le bureau. C'est quoi cette agression, comment c'est arrivé ?

— Je ne sais pas si c'est à moi de vous en parler, et encore moins si Portet apprécierait.

Isabelle s'avance et pose la main sur l'épaule de Franck qui sursaute.

— On ne joue pas, là, enchaîne-t-elle d'une voix amicale et déterminée. La situation est déjà bien assez compliquée. Si tu sais qui aurait pu s'en prendre à lui, tu dois nous le dire. Il est bien trop occupé pour prendre en main son cas personnel. Mais nous, on est là ! Tu as évoqué un certain Diakité, qui est-il ?

Franck, hésitant, finit par se mettre à table, hypnotisé par les modulations suaves de la voix d'Isabelle.

— Ça s'est produit il y a environ cinq ans, avant que vous

n'arriviez sur l'antenne de Créteil. Portet et moi, nous nous connaissons depuis mes débuts dans la police. J'avais fait un stage dans l'une de ses brigades en Seine-Saint-Denis. C'est lui qui m'a aidé à rentrer ici après son arrivée en tant que commandant. Pendant des semaines, on a bossé sur une affaire de guérilla urbaine entre jeunes des cités, sur fond de trafic de drogue et de recel de téléphones portables. Une enquête qui a duré des mois. C'est parti un peu dans tous les sens car les gangs étaient sans foi ni loi. Un peu comme dans l'affaire du frère d'Elraoui. Un après-midi, nous sommes intervenus dans la cité du Pavé Neuf, un quartier classé prioritaire à Noisy-le-Grand. On savait qu'une émeute allait éclater car on avait filé le train à une petite bande adverse qui s'apprêtait à mener une expédition punitive dans le quartier. Mais au moment de l'interpellation de deux d'entre eux, tout est parti en vrille…

— Qu'est-ce que tu veux dire ? interroge Éric, impatient de connaître l'issue de ce récit dont il n'avait pas connaissance.

— À la base, on était venus pour empêcher des voyous d'aller astiquer ceux du Pavé Neuf. Mais les locaux nous ont repérés, juste au moment des interpellations. On a vu arriver en quelques minutes une centaine de jeunes, tous prêts à en découdre, que ce soit avec nous ou les gusses que l'on venait d'intercepter. En deux minutes, on était complètement dépassés. J'ai pris des coups dans le dos tandis que d'autres cherchaient à nous traîner au sol. L'un des collègues s'est retrouvé face à deux racailles armées de lames. Il a sorti son arme, à la base pour impressionner, mais ils ont continué à le provoquer et l'un d'eux s'est approché pour le planter. Il a tiré…

— L'un d'eux était ce fameux Diakité ? questionne Isabelle de plus en plus proche.

Franck sent sa gorge se nouer et les contractions lui tiraillent la cage thoracique. Comme une montée d'adrénaline au souvenir de cette atmosphère d'hystérie collective, la peur d'être lynché, de commettre ou de subir l'irréparable.

Il reprend ses esprits et tente de chasser ses émotions, ignorant le parfum envoûtant d'Isabelle qui continue de lui chatouiller les narines.

— Non… pire que cela, reprend-il en avalant difficilement sa salive. Dans la cohue, il s'est fait bousculer et la balle perdue a fini dans la poitrine d'une gamine qui s'était mêlée au loin à cette stupide révolte de quartier. Elle était tout sauf méchante. Elle avait quatorze ans et s'appelait Aminata Diakité. L'affaire de la jeune Aminata, ça doit bien vous évoquer quelque chose ? Je vous laisse imaginer les renforts qu'il nous a fallu pour évacuer et sécuriser la zone. Nous avons dû faire appel aux C.R.S. pour boucler le quartier, faire venir les ambulances, puis évacuer les personnes présentes.

— Aminata… oui, bien sûr. Je me souviens de cette affaire, se rappelle Isabelle.

Ce cas avait une fois de plus remué l'opinion publique. Ses parents et sa famille avaient crié à la bavure policière dans les médias et même au journal télé. Qu'est-il arrivé après cela ?

— Le lieutenant Walter Portaz était mon équipier et ami. C'est lui qui a tiré… Il a bien entendu fait l'objet d'une garde à vue. Il y a eu plusieurs enquêtes et passes d'armes entre police, IGPN et justice pour arriver à prouver que ce n'était qu'un accident. Bordel ! Un putain d'accident causé par la peur de mourir. Bien entendu, les médias, mais aussi les réseaux sociaux, pourtant beaucoup moins présents et agressifs à l'époque, ont cherché à nous juger comme des cowboys, des cinglés de la gâchette. Je vous passe aussi les prises de parole de certains connards d'acteurs issus des cités qui y sont allés de leurs commentaires hostiles envers la police. Aucun n'était présent, aucun ne détenait la vérité. Il n'y a qu'une vérité : s'il n'avait pas sorti son arme ce jour-là, on y passait tous !

Franck retourne s'asseoir sur la chaise d'Éric, face à l'écran qui affiche toujours la photo de Portet à la merci de cet inconnu qui le moleste dans l'obscurité. Isabelle et Éric n'osent plus l'interrompre et attendent l'épilogue de ce triste et énième drame.

—Après des mois et des mois de procédure, tout le monde a enfin pu retrouver un semblant de vie normale. De notre côté, on a tout fait pour tasser les choses et ne rien envenimer. La hiérarchie nous imposait de fermer nos gueules, de ne pas répondre aux provocations dans la rue. Walter a été muté dans la région grenobloise, après avoir fait l'objet de nombreuses expertises. Psychologiquement, il avait trop morflé pour rester ici, et puis il aurait pu être reconnu et pris à partie dans la rue. Mais celui qui a fait front et a tout encaissé, droit comme un i, c'est Portet ! C'est lui qui dirigeait l'opération. Il a ordonné que l'on intervienne en pleine journée. Les mecs étaient arrivés chargés de calibres et de munitions, et Dieu seul sait ce qui se serait passé si on ne les avait pas interceptés. Mais voilà, en voulant éviter un drame, il a déclenché une émeute, et malheureusement, une gamine y a laissé sa peau. Il ne s'est pas démonté, n'a pas fui ses responsabilités. Il a tout assumé du début à la fin.

—Mais alors, qui l'a agressé à l'époque ? demande Éric

qui reste perplexe devant cette histoire jamais évoquée jusqu'ici, mais qui reconnaît bien là les traits de caractère de son supérieur.

— C'est arrivé environ un mois après les faits. Le nom de Portet avait été beaucoup trop exposé et sali dans la plupart des journaux. Un soir, en rentrant chez lui, il est tombé dans un guet-apens. Quatre types cagoulés lui sont tombés dessus et l'un d'eux l'a bien allumé. Dix jours d'hosto ! Mais bon, pas bien malins les types, enfin, surtout un, Ibrahima Diakité, le frère d'Aminata. Il a été confondu grâce aux caméras de surveillance situées à environ huit cents mètres de chez Portet. Ils sont descendus et repartis de là, avec un véhicule dont la carte grise était au nom d'Ibrahima. De vrais amateurs... Il n'avait même pas de casier sérieux, il a fait ça par pure vengeance. La perte de sa sœur l'avait rendu dingue. Il n'a jamais balancé les noms des trois autres gars et s'est donné comme seul responsable lorsqu'il s'est fait serrer. Il a pris deux ans ferme, et a été condamné six semaines après l'agression. Le tribunal correctionnel avait suivi les réquisitions du parquet qui réclamait « une peine extrêmement lourde ». Nous étions une vingtaine de flics présents à l'audience pour soutenir Portet. Depuis le verdict, le commandant n'a jamais évoqué cette affaire et nous a bien fait comprendre qu'il fallait faire de même. Vous comprenez, maintenant ? On est en pleine vendetta nationale, où les victimes sont des individus impliqués de près ou de loin dans des affaires pas nettes. Et là, rebelote, Portet est de nouveau agressé, sans raison, sans la moindre explication. Alors je me pose des questions, je me dis que c'est peut-être lié, qu'il a sûrement des raisons de s'inquiéter. Et je ne peux m'empêcher de penser aussi à Walter, ce flic qui tente de se refaire une vie discrètement à six cents kilomètres d'ici...

— Tu l'as averti ? interroge Éric.

— À l'instant, par SMS. Lors de la première agression, il était en arrêt, mis de côté le temps que l'enquête de l'IGPN aboutisse. Sa garde à vue n'avait pas été facile pour lui.

— OK, bon, ce Diakité, tu sais où le trouver ?

— Rien d'insurmontable, ce n'est pas le genre à se cacher, réplique Franck, qui sent son collègue et lui sur la même longueur d'onde.

— Bon, alors on y va tout de suite. Si cet enfoiré a quelque chose à voir avec l'agression, on va en avoir le cœur net. Et ce coup-ci, pas question d'attendre le tribunal pour donner la punition. Il y a un enfoiré qui a publié une photo sur un site connu montrant l'un des nôtres en train de morfler, juste pour attirer tous les détraqués du Net. Pas question d'attendre, on a déjà été beaucoup trop passifs.

29

Quelques mois plus tôt...

Samedi 9 janvier 2021 – 23 h
Quelque part dans le nord de l'Ardèche, le long de l'A7

L'ambiance est glauque dans ce petit bar-restaurant situé dans une zone industrielle en sortie d'autoroute, bordée d'hôtels bas de gamme aux chambres bon marché. Le décor ferait presque penser à un vieux routier américain des années 1980 le long de la route 66. Les queues de billard frottent contre le sol pendant que les boules claquent et que les pintes de bière réchauffent les corps entre deux coups. Le parquet en bois craque sous les bottes en cuir, et une légère odeur de whisky se dégage du comptoir où sont accoudés de vieux motards qui font une halte pour la nuit. L'endroit possède un esprit vintage et est essentiellement fréquenté par des hommes qui aiment se retrouver pour boire quelques verres en écoutant du bon vieux hard rock, celui de AC/DC, Motorhead, Scorpions, Ozzy et les Guns.

Ici, on peut rester des heures seul dans ses pensées, sans avoir l'impression que la serveuse cherche à vous foutre dehors ou vous pousse à consommer des cocktails de midinettes à dix euros. La bière et quelques alcools forts sont les uniques boissons du soir, le tout accompagné de cacahuètes et chips à l'ancienne. Tous cherchent à repousser le sommeil, à fuir le moment où l'on se retrouve seul dans une chambre exiguë et mal isolée, à entendre le voisin remonter sa braguette après avoir pissé ou son poste de télévision comme s'il était collé sous son propre oreiller.

Il reste environ une vingtaine de clients lorsqu'un homme pénètre sur les lieux et se dirige vers l'une des chaises hautes disponibles au bar, à quelques mètres de la caisse. Il remarque un individu assis, les coudes sur le comptoir, tenant fermement son verre de vodka décoré d'un zeste de citron. Il ne manque que le paquet de cigarettes pour compléter ce portrait du parfait célibataire dépressif qui noie son chagrin dans l'alcool. Mais la juridiction et les lois ont réussi à casser ce cliché en obligeant les malheureux à se geler dehors pour assouvir leur passion destructrice de leurs poumons. Avec les températures sibériennes qui sévissent à l'extérieur, autant dire que les allers-retours devant l'entrée n'excèdent pas les deux minutes, même pour les plus résistants ayant de la réserve adipeuse et l'apparence de « gros durs ».

Monsieur vodka ne ressemble pas vraiment au stéréotype de la clientèle habituelle, pas plus que celui qui vient d'entrer. Ils ont les traits fins, un visage légèrement marqué mais propre et bien rasé, l'allure quasi squelettique et les vêtements passe-partout de bons pères de famille. Leur apparence tranche avec le look du motard, du routier ou encore celui du maçon en déplacement sur un chantier à plusieurs centaines de kilomètres de chez lui.

Naturellement, le dernier arrivé s'approche du comptoir et demande à s'asseoir juste à ses côtés.

— Excusez-moi, cette chaise est libre ?

— Oui, lui répond l'homme avachi, dont la consommation d'alcool et la semi-obscurité ont réduit son champ de vision.

— Merci, j'essaierai de ne pas faire trop de bruit et de ne pas vous déranger, enchaîne l'individu avec une certaine assurance.

— Oh, vous pouvez y aller. Le vacarme m'aide à ne pas m'écouter penser. C'est sûrement le bruit qui me tient encore debout. Et la vodka...

— Je vois. Vous permettez que je vous offre un verre ? Je déteste boire seul. Votre prénom, c'est ?

— Écoute, je vois où tu veux en venir, mais trace ta route ailleurs. Même avec trois grammes, je ne suis pas homo et je ne suis pas venu pour me faire dépuceler si c'est ce que tu as en tête.

— Ça tombe bien, tu n'es pas mon genre, réplique l'homme légèrement amusé. Vraiment, j'ai l'air d'un homo ? Je ne sais pas si je le prends pour un compliment ou pas. En tout cas, tu n'es pas très perspicace, laisse-moi te le dire. J'étais au lit avec une femme il y a moins de deux heures...

— Homo ou pas, je m'en fous en fait. Pour tout te dire, tu ressembles à Bono du groupe U2 avec ta chevelure et tes lunettes.

— Bono ? On ne me l'avait jamais faite, mais je le prends pour un compliment aussi, même s'il a soixante piges, c'est-à-dire au moins vingt de plus que moi. Bon, et sinon, tu ne veux pas me dire ton prénom ?

— Stéphane... et toi ?

— Moi ? Écoute, appelle-moi Bono, je crois que je m'y suis habitué...

Les deux hommes esquissent un sourire complice qui détend l'atmosphère et permet d'atténuer ce cadre glauque de vieux alcooliques de comptoir.

— Bon alors, Bono... tu étais avec ta femme il y a deux heures, pourquoi tu te retrouves dans ce bar à me taper la discussion ?

— Erreur, camarade. J'ai dit que j'étais avec une femme... pas ma femme. Je viens souvent dans ce coin paumé pour y retrouver des filles rencontrées sur des sites en ligne. Voilà... j'ai fait sa connaissance en quelques minutes, on a tiré un coup, et sans mot dire elle est repartie de son côté et moi du mien. Le plan parfait, quoi. Sans arme, ni haine, ni violence comme auraient dit certains...

— Dis donc, un vrai gentleman. Et ta femme, dans tout ça ? Tu en as une ?

— Je ne suis pas marié mais on peut dire que oui.

— Et où est-elle ?

— Chez moi. Sans doute à mijoter les prochains reproches qu'elle va me faire en rentrant. Les mêmes questions, la même rengaine. Le genre de situation où tu penses l'aimer moins qu'hier et mieux que demain. Le genre de situation merdique où tu vis avec quelqu'un qui te déteste jour et nuit, qui pourrait te crever pendant ton sommeil tellement tu lui sors par les yeux. Une femme qui ne comprend plus rien de ta vie, de tes sentiments, de tes peurs, de tes colères. Celle qui arrive à te faire disjoncter pour un rien pendant le seul moment où tu te sens à peu près bien, en oubliant ton quotidien insipide. Bref, ma femme.

Stéphane secoue la tête et s'envoie une gorgée de vodka qu'il avale en deux temps, en grimaçant et en frappant sa jambe de sa main. Il reste quelques secondes en apnée, cherchant une répartie à cette vision déprimante du couple.

— Tu m'excuseras l'ami, mais ton discours, très peu pour moi ! Garde tes arguments pour arriver à bander quand tu es au pieu avec une autre gonzesse que la tienne. T'as une femme, respecte-la !

Bono esquisse un petit sourire en coin, avant de se rabattre à son tour sur son breuvage anesthésiant.

— Tu as raison. Je ne t'en veux pas. Moi aussi, j'ai tenu pendant des années ce genre de discours. Tu sais, cette femme, je l'ai aimée. On a vécu des années comme un couple que je trouvais presque parfait. Mais la vie est une chienne qui te becte les mollets quand tu t'échappes de l'enclos. Parfois, on pense d'une certaine façon, mais le destin te pousse dans tes retranchements et finit par faire de toi celui que tu as toujours détesté. Alors oui, je suis bien ce salopard, là devant toi, qui trompe sa femme et vit en ne pensant qu'à sa petite gueule. Tu es en droit de ne pas m'apprécier, je ne me défendrai pas plus…

— Tu me fais bien rire, Bono ! s'énerve Stéphane qui tape du poing sur la table et manque de faire valser son verre. De quoi tu me parles ? D'une vie que tu traites de chienne ? T'es quoi ? Un pauvre cadre commercial qui s'est fait lourder ? Tu as dû vendre ton pavillon ? Qu'est-ce que tu sais de la souffrance ?

— On a toute la nuit pour s'écouter parler, mon ami… Tu penses avoir plus morflé que moi ?

— Ferme là ! Ce que je sais, c'est que si je le pouvais

encore, je rentrerais chez moi pour embrasser ma femme et m'allonger à ses côtés. L'écouter respirer, l'entendre gémir, la sentir blottie contre moi. Tous ces petits gestes de couple capables de guérir toutes les plaies existentielles. Et toi, tu te prives de ça, j'en ai la gerbe...

— J'en déduis donc que la tienne est partie ?

Stéphane se crispe, presse son verre de toutes ses forces, ce qui fait ressortir les veines de son avant-bras musclé et tremblant. Les dents serrées et le visage échauffé par la colère, il devient haine et vengeance.

— Elle est morte. Elle est morte... parce qu'on l'a tuée.

30

Lundi 27 septembre 2021 – 14 h
Rosny-sous-Bois

Durant tout le trajet, les trois policiers restent silencieux et crispés. Éric s'en tient aux consignes données par Franck sur l'itinéraire. Isabelle, froide et distante, est consciente qu'elle aurait impérativement besoin de crever l'abcès dans un tête-à-tête qu'elle n'arrive pas à provoquer.

Le véhicule s'engage dans une petite rue étroite bordée de plusieurs barres d'immeubles dont les portes de garage se suivent et se ressemblent toutes. Le quartier est plutôt résidentiel et discret, bien loin de l'agitation des cités voisines, sans pour autant afficher un quelconque signe de richesse. Des appartements à foison, construits dans le début des années 1990 pour répondre au grand besoin de logements des banlieusards parisiens.

Le véhicule banalisé est garé quelques centaines de mètres en amont de l'entrée arrière du bâtiment menant à l'appartement d'Ibrahima Diakité. Après la mort de sa sœur cinq plus tôt, sa famille et lui ont bénéficié d'un énorme élan de solidarité de la part de la population locale, mais également de nombreuses personnalités qui les ont soutenus dans leur combat pour que justice soit faite. À l'image de ce qui a pu être constaté aux États-Unis, la mort d'Aminata est devenue le symbole de l'impunité policière face aux jeunes de banlieue, mais aussi de couleur. C'est le combat médiatique, mais également politique, qui a été mené par le comité de soutien.

Un an après les faits, la famille s'est installée dans le Var, et Ibrahima a emménagé dans un deux-pièces de cet immeuble à l'apparence tranquille.

Les trois policiers longent la ruelle, prenant soin de se faire discrets avant de s'engager par la porte arrière qui mène à l'escalier central. Après avoir vérifié les noms sur les boîtes aux lettres, Franck fait signe aux deux autres de monter à l'étage. Avant de partir, il a pris la peine de rechercher le numéro de plaque de la voiture de Diakité, une Clio noire, garée à l'emplacement qui lui est réservé. Selon les dernières informations, il travaille comme livreur pour plusieurs fast-foods du quartier, alternant les périodes de chômage avec d'autres petits boulots du même style. Le hall empeste l'urine de chat et les poubelles. Pas vraiment le repère d'assassin menant une vindicte nationale contre les crimes impunis. Franck reste persuadé que cette piste n'a qu'une chance sur cent d'aboutir, mais il ne croit plus en aucune forme de logique et veut en avoir le cœur net.

Juste avant d'appuyer sur la sonnette, il est retenu par Éric qui chuchote :

— On ne sait pas sur qui on va tomber, et il me semble que tu faisais partie de cette fameuse opération, donc c'est mieux s'il ne te voit pas tout de suite. Reste en retrait et laisse-nous faire.

Éric ne sonne pas et frappe deux coups à la porte. Une chaise qui crisse se fait entendre, accompagnée de quelques bruits de pas. Le policier frappe de nouveau pendant que Franck se tient à l'écart, l'arme à la main.

La porte s'ouvre timidement et laisse à Isabelle le soin d'entrevoir le visage de Diakité. Éric passe en force et les trois policiers pénètrent dans l'appartement.

— POLICE ! Tu recules ! Il y a quelqu'un d'autre avec toi ?

— C'est quoi ce bordel ?! s'exclame Diakité qui lève les mains en l'air et recule de trois pas contre le mur.

— Bouge pas ! hurle Isabelle avant d'emprunter le couloir pour jeter un œil dans le coin de la pièce et dans la chambre située juste à côté. Pas la moindre trace d'une autre présence. Toutes les portes et placards sont scrutés et les fenêtres refermées. L'appartement fait à peine trente mètres carrés, sans étage ou grenier, ce qui simplifie la tâche.

— Attendez, vous ne voulez pas me dire ce que vous foutez là ? Je n'ai rien fait.

Au même moment, Franck fait un pas à l'intérieur et s'immobilise dans l'entrée. Les traits de Diakité se tordent en une grimace de haine. Il fronce les sourcils, le regard figé et les paupières contractées.

— Je te reconnais, toi, enfoiré ! Qu'est-ce que tu viens foutre chez moi ?

Éric passe derrière Diakité et le saisit par le cou tout en tentant de lui faire une clé de bras pour le maîtriser. Il sent quelque chose de dur sous son sweat-shirt au niveau de l'avant-bras et relève sa manche.

—Reste tranquille ! On a quelques questions à te poser. Si tu commençais par nous expliquer comment tu t'es fait ça ?

Les trois policiers fixent du regard le plâtre qui part du poignet et va jusqu'au coude.

—Je ne dirai rien avant que ce type sorte ! C'est de sa faute et celle de son équipe si ma sœur est morte, alors virez-le !

—Justement, reprend Franck, si je suis là, ce n'est pas un hasard, Ibrahima ! C'était un accident, et je te rappelle que tu nous as traînés dans la merde et que tu as agressé mon patron. Alors ne commence pas sur ce terrain-là. On veut savoir deux choses : un, tu étais où vendredi soir vers vingt-et-une heures ? Et deux, comment tu t'es fait cette blessure au bras ?

—Va chier. Je ne te dirai rien.

—Tu préfères venir avec nous en garde à vue et qu'on retourne l'appartement ? suggère Isabelle pendant qu'Éric resserre la prise.

—Lâche-moi, sérieux. J'ai mal, je peux à peine bouger la main ! Pourquoi vous m'emmerdez, vous n'avez plus votre compte avec les jeunes de cité que vous martyrisez ?

—Contente-toi de répondre, réplique Isabelle. Et autant te dire que si on n'a pas les réponses, tu pars avec nous pour nous les donner.

N'étant pas en mesure de lutter, Diakité se résout à leur donner ce qu'ils demandent, tout en fermant les yeux pour faire abstraction de la présence de Franck.

—Vous avez vraiment de la chance que je sois seul,

sinon ça ne se serait pas passé comme ça, bande de minables ! Le plâtre, je suis tombé de scooter lors d'une livraison il y a dix jours. Je ne sais pas ce que vous voulez me coller sur le dos, mais je vais vous la mettre profond ! Vendredi, je suis allé mater un match de foot à Clichy avec des potes. Vous n'avez qu'à vérifier sur mon téléphone, mon compte Insta contient des photos prises avant et pendant le match.

Isabelle récupère le téléphone dans le coin cuisine et lui demande de le déverrouiller et d'ouvrir l'application. Les dates et photos ne trompent pas, cela correspond bien au créneau durant lequel Portet a été agressé chez lui.

—Ton histoire d'accident de scooter, tu as une preuve ? Un document médical ? interroge Franck qui se confronte au regard haineux de Diakité, très amaigri au fil des années.

—Toi, je te le répète, je ne veux pas t'entendre. L'arrêt de travail est sur la table, là-bas. Vous n'avez qu'à vérifier et vous verrez bien.

Isabelle saisit une pile de documents à moitié chiffonnés et retrouve aisément l'ordonnance du médecin datée du 21 septembre, soit deux jours avant l'agression de Portet.

Elle hoche la tête en regardant Éric et Franck, confirmant ainsi l'incompatibilité entre l'état de santé de Diakité et la violence inouïe des coups portés au commandant durant la nuit du 24. Fausse bonne piste, qui meurt, tuée dans l'œuf.

—Vous ne voulez pas me dire ce que vous êtes venus faire chez moi ?

Éric calme une nouvelle fois les ardeurs de Diakité en lui écrasant le pied de son talon.

—Arrête de beugler comme ça ! Le commandant Portet,

avec qui tu as des antécédents si je ne m'abuse, a de nouveau été agressé vendredi, ça ne te dit rien ? Ça ressemble étrangement à la fois où tu lui es tombé dessus avec tes petits copains, il y a cinq ans. T'es peut-être au courant de quelque chose ? Tu veux probablement nous en parler ?

— Portet ! Rien que le nom, j'ai la gerbe. Ce connard est responsable de la mort de ma sœur et...

Éric envoie un coup de coude dans le dos de l'interrogé qui se cabre avant de reprendre son souffle.

— Un conseil, l'ami : tu parles de l'un des nôtres, alors montre un peu plus de respect si tu ne veux pas chier tes dents.

— OK, c'est bon, ça va. J'ai compris, vous êtes venus jouer les cowboys. Alors quoi, votre boss s'est fait tabasser et vous me suspectez ? J'ai fait de la taule pour ça, je vous rappelle. J'ai autre chose à foutre ! S'il a pris cher, c'est bien la preuve que c'est un sale type et que d'autres que moi en ont après lui. Alors si vous n'avez rien à charge contre moi, tirez-vous ! J'ai encore quelques contacts dans la presse. Je peux aussi les appeler pour leur dire que vous êtes venus chez moi pour vous venger...

— Pas la peine, interrompt Isabelle. On va te laisser et te foutre la paix. Mais réfléchis un peu. Dans ton entourage, la famille, tout ça, certains ont peut-être eu l'idée de faire justice de la même manière que toi. Réfléchis bien avant de répondre...

— Quoi, cinq ans après ? Vous êtes sérieux, là ? Ma famille a refait sa vie ailleurs. Ma sœur n'avait que très peu d'amis et pas de petit copain. Vous me faites chier avec vos insinuations... Les flics, il faut un peu vous remettre en question !

— Et Walter Portaz ? ajoute Franck. Le flic qui a tiré accidentellement sur ta sœur.

— Je sais très bien qui c'est. Rectification, le flic qui a tué ma sœur ! Eh bien quoi ?

— Tu n'as pas cherché à le recontacter ou à le menacer ?

— Vous êtes graves, vraiment graves. Ton pote ripoux, si j'avais voulu le tuer, il y a longtemps que ce serait fait et j'aurais assumé la zonzon qui va avec. Bien sûr que ça m'a traversé l'esprit ! À une époque, je n'avais qu'une envie, lui défoncer le crâne à coups de barre de fer. J'aurais pu casser du flic à tous les coins de rue. Aujourd'hui, la haine est toujours là, mais je n'ai plus l'énergie. J'essaie d'avoir une vie normale. Et de toute façon, je ne sais même pas où il se cache, ce rat d'égout…

— Eh ! Dernière fois qu'on te dit de surveiller ton langage, s'emporte Isabelle qui fait mine de le gifler.

Au même moment, Éric sent son mobile vibrer dans sa poche. Il relâche la pression sur Diakité et lui ordonne de rester dans le coin de la pièce, à bonne distance. La situation semble plus détendue, bien loin de ce à quoi les policiers s'attendaient à leur arrivée, pensant se retrouver face à l'un des « punisseurs en cours ».

Voyant le numéro, Éric prend l'appel qui ne dure que quelques instants pendant lesquels il prononce des fragments de phrases inquiétants comme « Tu es bien sûr de toi ? » ou « Elles datent bien d'aujourd'hui ? ».

Franck et Isabelle, sans se regarder, affichent le même air soucieux et crispé, prêts également à dégainer à la moindre entourloupe de Diakité. Celui-ci reste immobile sans broncher, et fixe Franck d'un œil noir, perdu dans ses souvenirs de vengeance.

Après avoir raccroché, Éric presse le pas de ses compères

pour décamper en vitesse, laissant le suspect en plan, sans la moindre explication.

— C'était l'un de mes informateurs, un hacker spécialiste des sites que je surveille sur le dark web. Il y a de nouvelles photos publiées... une sacrée mise en scène. C'est... c'est peut-être bien la fin.

31

Dix jours plus tôt...

Vendredi 17 septembre 2021 – dans la profondeur de la nuit

— Entre là-dedans !

L'homme déambule, bâillonné et menotté, les mains tremblantes et maculées de sang. Il est poussé à l'intérieur d'un container en acier situé au troisième sous-sol d'un chantier en stand-by depuis plusieurs semaines. Un projet d'immeuble avec galeries marchandes et parking souterrain, pris en otage par des histoires de gros sous entre promoteurs immobiliers.

La victime a du mal à tenir debout, tétanisée par les abus de drogues et autres substances ingurgitées au moment du rapt.

Le bourreau n'a aucune pitié et l'envoie valser au sol avec un coup de pied dans le dos et une violente charge à l'épaule. Ses yeux écarquillés traduisent cette terrifiante certitude que la mort est proche. Le ruban adhésif autour de sa bouche lui est violemment retiré par le tortionnaire, qui écrase de tout son poids sa cage thoracique, puis lui retire sa cagoule.

— Regarde-moi. Je veux voir tes yeux. Je veux jouir du moment où tu comprendras qui je suis et ce que je vais te faire. Je sais que tu ne peux pas parler donc n'essaye pas, tu risquerais de te briser les cordes vocales.

Le supplicié reste prostré au sol, incapable de réagir, foudroyé par la terreur. Seul face à ses démons, il a compris que cet homme ne lui laissera aucune chance.

— Voilà… c'est ce regard que je cherchais. Tu ne t'échapperas pas de ce trou à rats. Quand je serai parti, je veux que tu fermes les yeux et que tu y repenses, jusqu'à ce que tu en crèves. Tu boiras ta propre pisse et tu supplieras qui voudra bien t'entendre de te faire sortir, mais personne ne viendra. Je vais te laisser cette petite lumière pour que tu puisses te voir dépérir, mais aussi te couper la langue pour t'empêcher de hurler. À partir de cet instant, c'est toi avec toi, seul. Au fait, voilà ta bouffe, j'espère que tu te régaleras jusqu'à la dernière miette…

Le tortionnaire soulève un drap blanc souillé d'un sang poisseux. La vision déclenche un haut-le-cœur chez l'homme au sol, qui vomit et tente de se recroqueviller sur lui-même, en vain.

La scène d'horreur s'inspire de la plus grande barbarie médiévale. Par terre se trouve la tête d'un homme décapité.

Exposée tel un trophée de guerre, elle présente des signes de torture sauvage pratiquée sur les lèvres, le nez, les oreilles et les globes oculaires. Une lame tranchante semble avoir parcouru chaque portion de peau, lacérant tout sur son passage.

Le visage est méconnaissable, tailladé de toutes parts, comme si l'auteur avait souhaité faire disparaître toute forme d'humanité et ne laisser que les cicatrices du crime sur la victime.

32

Lundi 27 septembre 2021 – 15 h 15

Après avoir quitté le logement de Diakité, le trio de policiers se précipite au commissariat pour prendre la mesure des dernières informations communiquées par Éric à la direction. Les éléments se confondent et semblent confirmer de nouvelles victimes. Parmi elles, une présomption forte : celle que le tueur se serait donné la mort à côté de sa dernière victime.

Durant le trajet, les échanges avec la hiérarchie sont flous, parfois contradictoires. Portet joue les intermédiaires entre les différents services et communique en temps réel ses conclusions à Julien Artigo et au procureur. Les photos indiquent une adresse, une nouvelle fois à moins de deux kilomètres du commissariat. Une équipe d'intervention composée d'un commando d'élite et d'une brigade locale est dépêchée sur place pour sécuriser les lieux et les opérations de prélèvement autour des corps. Le risque de se retrouver face à un ou plusieurs individus armés n'est pas exclu, et il est clair que personne ne parvient à démêler le vrai du faux, pas plus que le profil du cerveau derrière cette série de meurtres assené comme une massue sur la justice et ses représentants.

À quelques centaines de mètres de leur destination, Franck, installé à l'arrière du véhicule, s'agite soudain après avoir reçu un SMS. Éric lui lance des coups d'œil inquiets dans le rétroviseur pendant qu'Isabelle, assise sur le siège passager, ne peut s'empêcher de se retourner pour l'interroger du regard.

Il relit à plusieurs reprises le message qui semble embarrassant.

Les doigts tremblants, engourdi par l'anxiété, Franck tente de répondre et cherche ses mots. L'épilogue de ces semaines de jeux de piste au rythme des cadavres exhibés sous leurs yeux est peut-être en train de se jouer dans les minutes à venir, et il ne peut se permettre de manquer le bal.

Il essaie timidement de botter en touche :

« Ça tombe vraiment mal, on a de nouveaux cadavres qui viennent d'arriver. Sans doute en lien avec l'affaire. On peut se voir plus tard ? »

Soudain, Franck est pris de doutes, mais également de remords. Il ne peut s'empêcher de penser que Walter est certainement en danger. Malgré la distance qui les sépare, il ne le verra jamais comme un simple ex-collègue. Après ce qu'ils ont traversé ensemble lors de l'affaire Diakité, il se sent coupable de ne pas saisir la perche qui lui est tendue pour le revoir.

Pas le temps de cogiter, la réponse arrive dans la foulée et plonge Franck un peu plus dans la stupéfaction.

Il souffle avant de prendre une longue inspiration pour annoncer au reste de l'équipe qu'il ne va pas pouvoir les accompagner au commissariat à cause d'une urgence. Il insiste auprès d'Éric qui peste mais finit par céder et le déposer au coin de la rue.

Le véhicule s'éloigne, vitre ouverte sur le visage interloqué d'Isabelle.

Aussitôt, il saisit son téléphone et rappelle Walter.

— Agressé quand ? Par qui ? Walter, cela devient dangereux, il faut que tu viennes déposer plainte !

— Ne t'emballe pas. Rien de méchant, mais tu m'as parlé de ce qui est arrivé à Portet et je n'arrête pas d'y penser. Je ne peux pas déposer une plainte ici et tu sais pourquoi.

— Là, c'est différent. Si on essaie de s'en prendre à toi, ça peut mal finir !

— Je prends le risque ! C'est pour ça que j'ai besoin de te parler, mais je ne veux pas que mon nom apparaisse dans cette affaire. Je ne veux pas revivre ce que j'ai vécu. Je ne veux même pas que l'on sache que j'étais sur Paris.

— Je comprends, mais tout seul, que veux-tu que je fasse ? Tu attends quoi, au juste ?

— À quelle heure tu pourrais être à notre café, celui où nous allions tout le temps ? Viens et laisse-moi une heure pour tout t'expliquer. Le type… je l'ai vu, j'ai vu son visage. Ça veut dire que je peux te faire un portrait. Tu comprends ? Après, tu en feras ce que tu voudras, mais pas un mot de tout ça.

Franck prend quelques secondes de réflexion, puis se dit que cette possible description de l'agresseur est une lueur d'espoir bienvenue dans l'obscurité de cette enquête, dans laquelle les meurtres poussent comme de la mauvaise herbe. Il ne peut s'empêcher de penser que si les agressions de Portet et Walter sont liées, il est donc peut-être le prochain sur la liste...

— D'ici une demi-heure, notre lieu habituel. Ne sois pas en retard.

33

Samedi 9 janvier 2021 – 23 h 30
Toujours deux hommes dans ce bar, face à leur destin.

Stéphane continue son monologue, enquillant les shoots de vodka. Sa vision se brouille de plus en plus et il se morfond dans son récit dramatique. Le visage de Bono, qui écoute attentivement, est de plus en plus flou. Les lumières du comptoir se mélangent à celle filtrant par les interstices de la porte d'entrée.

L'alcool aidant, Stéphane se livre comme jamais sur l'amour qu'il avait pour sa femme, et la haine qu'il éprouve pour celui qui l'a tuée, tout en oubliant qu'il est face à un inconnu. Pourtant, Bono joue son rôle de confident à merveille, capable d'extirper les mots enfouis depuis si longtemps par la solitude.

— Comment c'est arrivé ?

— Elle a été fauchée… Percutée de plein fouet à presque

deux cents kilomètres-heure par cette espèce de sous-merde...

— Deux cents kilomètres-heure ? Mais comment c'est possible ?

— On était en intervention pour sécuriser des travaux de nuit sur l'autoroute. Il faisait froid, la chaussée était glissante. Il a toujours dit qu'il ne nous avait pas vus... Mais je sais... je sais !

Stéphane triture nerveusement une serviette en papier qui traîne sur le comptoir et finit par la réduire en charpie.

— J'étais gendarme, comme elle. Nous étions dans la même brigade. Ce soir-là, on était sur l'A7 au niveau de Montélimar. Les voies étaient réduites, il y avait beaucoup de trafic. Cet enfoiré est arrivé comme un obus, on n'a pas eu le temps de réagir... J'ai juste pu sentir le sang et la chair broyée sur mon visage.

— Quelle horreur ! Elle est morte sur le coup ?

— Tu sais, Bono... j'ai cherché autour de moi. J'ai eu l'espoir quelques secondes que ce ne soit pas elle, mais quelqu'un d'autre. J'ai cherché, appelé dans la nuit pendant que la voiture s'encastrait sur le rail de sécurité. Le corps d'Émilie a été projeté à presque trente mètres. L'autre est sorti indemne, protégé par l'airbag de sa grosse bagnole de caïd, pendant que ma femme mourait en effectuant son travail. Il était chargé de cannabis et de trente kilos de cocaïne. Il devait se rendre jusqu'à la frontière espagnole pour traverser au petit matin. Tu sais ce que ça fait, Bono, de voir toute ta vie anéantie en moins d'une seconde ? Tes idéaux de justice envolés, tes rêves brisés...

— Disons que je peux essayer d'imaginer, même si ce n'est pas simple...

— Imaginer ? Ben non, tu ne peux pas... Après ça, tu

dois passer à l'hosto, prendre une douche parce que ta peau est couverte du sang de celle que tu aimes. Tu chiales, tu cries, tu tapes... Tu ne dors pas, ton corps ne t'obéit plus, il te prend en otage et fait de toi un zombie. Et derrière, tu dois parler à la famille, assurer les obsèques, les démarches, vendre ta maison qui ne te sert plus à rien... Et un beau jour, on t'explique même que tu dois reprendre ton uniforme parce que tu es fait pour ça et que ça peut te sortir du trou dans lequel tu rampes comme un ver de terre.

— Tu l'as fait ? Je veux dire, tu as repris ton poste de gendarme ?

Stéphane se passe la main dans les cheveux, avant de se frotter le nez, puis le menton, tout en tapant le sol de sa jambe tremblante. Cette confession intime semble réveiller ses plus douloureux souvenirs, enfouis dans un coin de son cerveau.

— Ils m'ont tout proposé... Des horaires aménagés, me muter, me filer un poste où je ne serais plus exposé au public. J'ai tout essayé pour ne pas craquer. Je ne pouvais pas partir car j'attendais le procès. C'était il y a plus de dix ans, mais je me souviens de tout. Ce qui a été dit, expliqué, entendu, projeté, défendu... J'en ai encore la gerbe, comme si on m'avait collé la tête au fond des chiottes. Si tu l'avais vue et entendue, cette ordure ! Cachetons ou pas, que tu sois triste ou même abattu, j'aurais tout donné pour lui arracher la peau des os.

— Il a pris cher au moins ?

La remarque provoque un petit rire sans joie chez Stéphane dont le visage rougit au fur et à mesure que sa colère s'exprime.

— Tu parles, lui et son enculé d'avocat ont bien joué leur

coup. Il s'est fait passer pour une victime ! Soi-disant que des racailles de son quartier le faisaient chanter et se servaient de l'appartement de sa mère comme nourrice. Ils le forçaient à faire trois à quatre go fast par an, sans quoi ils s'en prendraient à sa famille. Il n'a pas balancé un seul nom, soi-disant par peur des représailles. Prétendant qu'il était défoncé aux stups ce soir-là, il a joué la carte de la panique. Une belle version dans laquelle il disait avoir eu peur et perdu le contrôle du véhicule. Tout était pipé ! Il avait trente-cinq condamnations sur son casier judiciaire, tu m'entends, trente-cinq ! Moi, j'étais là et je sais qu'il nous a percutés délibérément. Quand tu entends ensuite les termes « homicide involontaire aggravé », je te jure qu'il y a de quoi devenir dingue. Dix ans ! Voilà ce qu'il a pris ! Libéré au bout de huit... Aujourd'hui, il pourrait être là à discuter avec nous, ce rat d'égout ! Après ça, j'ai tout plaqué, j'ai quitté la gendarmerie. Je vis chaque jour en haïssant la justice de mon pays. Je suis seul, asocial, je n'ai plus goût à rien. Je passe ma vie à chasser le mal derrière un écran pour ne voir personne. Si je le pouvais, j'écraserais la terre sous mes pieds et je me laisserais crever. Tu vois, je te parle parce que j'ai bu, mais sinon je t'aurais envoyé bouler. Je suis un handicapé des autres, incapable de ressentir quoi que ce soit dans ce corps glacé et vide.

Stéphane fond en larmes tout en tapant du poing contre sa poitrine. Bono ne recule pas face à cet aveu brut sans pudeur.

—C'est noir comme tableau... J'avoue qu'elle n'est pas gaie, ton histoire.

—Tu comprends pourquoi je ne peux pas saquer les types comme toi qui trompent leur femme ? Vieillir, c'est perdre les petits bonheurs de la vie. Mais ça, on ne s'en rend compte qu'une fois qu'on les a perdus. Un jour, tu comprendras peut-être...

— Tu as sûrement raison, je ne dis pas le contraire. Tu sais, en t'écoutant, je me dis que je n'aurais pas pu laisser ce mec en vie. Chaque jour, ça me rongerait.

— Je te rassure... ça me ronge, et pas qu'un peu. Quand j'ai appris sa sortie il y a trois ans, j'ai tellement eu la rage que j'étais prêt à tout faire pour le retrouver. Mais le pire, c'est qu'entre-temps, il s'est passé autre chose. Une autre perte. Un autre crime abject qui a fini de m'achever. Et à partir de là, les événements se sont enchaînés...

34

Lundi 27 septembre 2021 – 16 h

Franck accourt au petit troquet porte d'Italie où il avait l'habitude, à la grande époque, de retrouver son équipe le matin pour prendre un café. Cela fait plus de trois ans qu'il n'a pas revu Walter, depuis sa mutation dans la région grenobloise. Il revient fréquemment sur la région parisienne pour voir une partie de sa famille, mais c'est trop douloureux pour lui de se confronter à son passé. L'affaire Aminata Diakité aurait pu briser son existence, et le souvenir de ce coup de feu ayant ôté la vie de cette jeune fille qui se trouvait au mauvais endroit au mauvais moment le hantera jusqu'à sa mort. Franck en est bien conscient, c'est pour cela qu'il n'a jamais forcé les choses pour revoir celui qu'il considérait comme un ami.

Cela aurait pu être moi. Voilà ce que chaque flic de la brigade s'est répété pendant des mois, devant une hiérarchie insistant sur le fait que dégainer son arme est souvent le signe d'un point de non-retour.

Au moment d'entrer dans le café, Franck a un haut-le-cœur, une forme d'appréhension qui ne dit pas son nom. Il est partagé entre le stress inexplicable de sa rencontre avec Walter et l'excitation de rentrer au commissariat pour avoir les derniers éléments à propos des corps découverts.

Il transpire, avance d'un pas lourd et hésitant, ne sachant pas quelle direction prendre.

Une fois à l'intérieur, il affiche un sourire forcé en direction de l'homme assis dans le fond de la salle, à la table fétiche autour de laquelle ils aimaient se retrouver pour refaire le monde. À ce moment-là, Franck revoit défiler bon nombre de souvenirs, essentiellement empreints de convivialité et d'échanges complices. Jusqu'à cette dernière fois, lorsque son ami est resté de longues minutes hébété après l'annonce de son départ, des larmes plein les yeux face à ce destin perfide.

Walter paraît amaigri, le visage creusé, le teint terne et la peau marquée par des petits boutons de fatigue.

— Ça me fait plaisir de te revoir, lâche Franck avant même une poignée de main.

— Moi aussi. J'aurais aimé que l'on puisse se revoir dans un autre contexte. Tu sais que je n'ai rien contre toi et que je t'apprécie. Mais on ne peut pas dire que ma vie soit bien rose depuis l'affaire.

— Pourquoi tu ne m'as jamais appelé lorsque tu passais dans la région ?

— Tu sais pourquoi. C'est trop difficile. Tous les amis que j'avais dans mon ancienne vie me ramènent à cette journée et à ce qui a suivi. Désolé, je ne peux pas.

Franck fait signe au serveur de lui servir la même chose

que son ex-collègue, un expresso serré et un grand verre d'eau.

— Je comprends. Tu as changé, je trouve. Tu as maigri et tu n'as pas l'air en forme.

— Après ma mutation, j'ai sombré dans une dépression. J'ai perdu presque dix kilos. Ça a été dur de s'adapter à une autre ville, de reprendre du service et de se faire à cette nouvelle vie. Si Émilie n'avait pas été à mes côtés, je serais mort à l'heure actuelle... Mais bon, le temps sait effacer certaines cicatrices, et à un moment, il a bien fallu aller de l'avant. Ça n'a pas été simple mais je suis plutôt bien tombé, et les autres flics étaient là pour m'aider. Après, pour ma tronche, ça fait quatre semaines qu'on file le train à une petite bande de casseurs qui agit la nuit à bord de voitures volées roulant avec de fausses plaques. Deux bijouteries, un magasin de sport et deux entreprises spécialisées dans la micro-informatique. Même mode opératoire, voiture bélier et un maximum de gratin en cinq minutes, montre en main. Tu n'as pas idée. Un mois à nous balader de piste en piste, à interroger toujours les mêmes petits mafieux qui se disent blancs comme neige. Traques, planques, auditions... je suis naze. Ces congés tombent à pic.

— Je vois bien de qui il peut s'agir. Nous, avant d'être collés sur l'enquête de ces mystérieux meurtres en série, on nageait en pleine guerre des gangs. Pas plus reluisant, et tout aussi épuisant. Écoute, j'aurais tellement aimé qu'on se voie un peu plus longtemps, mais je suis attendu au commissariat au plus vite. C'est le feu, et je veux comprendre ce que tu m'as expliqué par SMS. Raconte-moi ce qui t'est arrivé.

Walter blêmit, s'excite sur la serviette sous sa tasse et triture sa petite cuillère dans tous les sens. Il semble gêné par la situation, même s'il a conscience de ne plus pouvoir faire marche arrière.

— Franck... tu dois me donner ta parole. Je te l'ai déjà demandé et je te le répète : je ne veux pas que tu parles de moi ! Dans aucun PV, aucun rapport. Je ne veux pas que tu glisses mon nom à qui que ce soit. Si vraiment il y a un lien entre l'agression de Portet et ce que j'ai subi, alors je me sens obligé de t'en parler. Mais tu sais comment fonctionne la machine. Tu sais ce qui arrivera si cette affaire ressurgit du passé. J'ai mis trop de temps à retrouver une vie normale, à m'extraire de cette histoire avec la famille Diakité. Tu dois me le promettre !

Franck se sent écartelé entre son éthique de flic, qui lui hurle d'ordonner à son ami d'aller déposer plainte sur le champ, et son empathie face au discours sincère d'un homme qui a trop souffert et ne veut plus jamais se retrouver en première ligne d'une quelconque affaire.

— Tu as ma parole, Walter. Mais avant toute chose, il faut que tu m'expliques. Comment c'est arrivé ?

— Si tu ne m'avais pas envoyé ce SMS en début de matinée, il est évident que je ne t'en aurais jamais parlé. Quand tu m'as dit que Portet avait été agressé, ça a fait tilt. Puis ça a trotté ensuite dans ma tête. Je suis arrivé sur la région parisienne samedi matin. Avant de monter dans le Nord, j'avais prévu de passer chez mon beau-frère, à Lagny-sur-Marne. Un coin tranquille, à l'écart de tout, avec des immeubles résidentiels où il n'y a pratiquement aucune délinquance. Je suis arrivé en bus à environ deux kilomètres de l'adresse, puis j'ai marché. À un moment, je suis arrivé à hauteur d'une espèce de petit hangar, avec une porte de garage qui était ouverte. L'endroit était sans doute squatté par des S.D.F. J'ai entendu un cri à l'intérieur, donc naturellement, je suis entré. Et c'est là qu'un type a déboulé derrière moi et m'a sauté dessus en me donnant un coup de genou dans le dos. J'ai eu le souffle coupé et je suis tombé.

— Est-ce qu'il a dit quelque chose ? Tu as réussi à le voir ?

— J'étais affalé sur le ventre, un peu sonné. Il s'est assis sur mon dos et a sorti une lame qu'il a collée contre ma joue. J'ai fait semblant d'être complètement K.-O. pour qu'il ne se méfie pas. Il a prononcé quelque chose d'assez flou, du genre « Tu sais pourquoi je suis là ». Cette phrase aussi m'a trotté dans la tête. À un moment, j'ai senti qu'il se penchait en arrière, probablement pour récupérer quelque chose. J'ai réussi à pivoter et à lui saisir le poignet. Puis, je lui ai envoyé un crochet dans le sternum et un coup dans la gorge. Ça l'a projeté en arrière. C'est là que j'ai vu qu'il était cagoulé, habillé en combinaison noire. J'ai récupéré la lame au sol et lui ai arraché sa cagoule au moment où il se redressait. Je dirais que je suis resté peut-être deux secondes face à lui. Il a reculé puis est parti en courant, en toussant et en ayant du mal à respirer.

— Et toi, qu'est-ce que tu as fait ? Tu n'as pas cherché à lui courir après ?

— Cela va te paraître idiot, mais je suis resté figé, bloqué sur son visage. Je cherchais s'il m'était familier. Ensuite, j'ai hésité à le poursuivre, mais je ne l'ai pas fait, pour les mêmes raisons qui font que je ne veux pas que tu parles de moi. Je me suis dit : « Tu n'as rien, ne fais rien, ne te fous pas dans la merde. » Je sais, c'est une sale réaction égoïste, mais je veux qu'on me foute la paix. Il y a plein de choses qui me sont passées par la tête, et au final, je n'ai pas bougé. Je suis parti.

— À quoi il ressemblait ? demande Franck, tourmenté

par cette nouvelle agression, oubliant qu'Éric et Isabelle sont peut-être en train de découvrir des éléments déterminants sur l'enquête en cours.

— C'est dur à dire, mais je dirais quarante, quarante-cinq ans, guère plus. Environ un mètre quatre-vingts, cheveux châtain clair, la peau soignée, type européen, pas d'accent. Pas de signe distinctif, pas la tête stéréotypée du voyou ou du mafieux… Un type propre sur lui, pas un vagabond. Si je devais le catégoriser, il a plus la tête du pervers sexuel que du bagarreur.

— Peut-être que c'est ce qu'il cherchait ? Un violeur homo. Ce n'est pas fréquent mais ça existe.

— J'en doute. En général, ils chassent à proximité des bars ou des boîtes spécialisées, et plutôt le soir, un peu à la méthode d'un Jeffrey Dahmer, à qui il ressemblait d'ailleurs. Pas comme ça en pleine journée. Non, je pense qu'il voulait vraiment m'agresser… Et même me séquestrer, qui sait ? On ne pourra le dire que s'il se fait coffrer un jour. Je t'avoue que je ne sais pas du tout quoi en penser, je n'arrête pas de me poser des questions !

— C'est maigre comme indication. Je pourrais dresser un signalement en bidonnant un témoignage d'indic sur une autre affaire. Tu vas aussi me donner l'adresse exacte pour que je regarde à quoi cela correspond et ce qu'on a dans le secteur. Un squat… c'est aussi le lieu dans lequel on a retrouvé le corps de l'imam Ouesli. Et niveau mode opératoire, ça ressemble à la manière dont Portet s'est fait tomber dessus, même si ce n'est pas spécialement original. Le type n'a rien dit d'autre ?

— Non, du moins je n'ai rien entendu de plus. « Tu sais pourquoi je suis là » ou « Tu sais ce qui t'attend », c'était quelque chose du genre mais je n'arrive pas à me remettre la phrase en tête. Je suis resté K.-O. quelques secondes.

— À part Émilie et ton beau-frère, quelqu'un savait que tu venais sur la région parisienne ? questionne Franck.

— Pas vraiment. Les collègues du service, mon supérieur. Je l'ai placé comme ça dans des discussions banales où tu parles de tes congés. Après, je suis arrivé en train à la gare de Massy, au départ de Grenoble, donc je me suis enregistré sur l'application SNCF. Difficile de savoir si c'était prémédité et si j'ai été suivi. Cela me paraît peu probable. Je pense plus à un type qui guettait la rue depuis sa fenêtre et m'a vu passer.

— Ces temps-ci, il faut tout imaginer !

— À qui tu penses ? s'enquiert Walter. Diakité et sa bande ? Pourtant, ce n'était pas vraiment le genre de type qu'on trouve dans son entourage.

— Figure-toi qu'on est allés le cuisiner ce matin, chez lui.

— Qui, Diakité ? Par rapport à Portet ?

— Oui. Passage obligatoire au vu des antécédents.

— Et alors ?

— Alors, rien, réplique Franck sans se montrer convaincu. Ça ne colle pas. Il est plutôt rangé, calmé même, depuis le tapage qu'il a fait après la mort de sa sœur. De plus, il est en ITT suite à un accident. Je ne vois pas comment il pourrait s'en prendre à qui que ce soit. Et puis, ce n'est pas en phase avec le type que tu as vu. Donc, soit ton agression et celle de Portet sont deux coïncidences absolument incroyables, soit...

— Va au bout de ta pensée...

— Soit il est malin, et c'est commandité. Par lui ou quelqu'un d'autre. Pourquoi et dans quel but ? Je vais devoir creuser, et vite. Car si liste il y a par rapport à Aminata Diakité, je suis le prochain dessus, tout en sachant qu'il reste une hypothèse, celle que ces deux agressions soient en lien avec les expéditions punitives et les meurtres sanglants qui sévissent depuis deux semaines. Et on a des éléments pour le penser : des photos publiées de Portet, de la même manière que les autres victimes, sur des sites spécialisés et interdits. Je t'avoue que là, je me sens dépassé…

— Si je peux me permettre une remarque, l'interrompt Walter. Le peu que j'ai vu dans les médias à propos des meurtres, ça ressemble à du travail de pro. Le mec qui m'est tombé dessus, c'était limite de l'amateurisme, sinon je ne serais pas là à t'en parler. Il y a aussi des opportunistes. Tu vois, comme les corbeaux au téléphone. Si tu sais qu'il y en a un qui sévit, tu peux en profiter pour menacer des gens, puisque tout le monde ramènera cela à une seule et unique personne. Ici, c'est peut-être la même chose. Sachant que des tueurs courent toujours et semblent s'en prendre à des mecs ayant un passif avec la justice, il est possible que certains veulent en profiter pour y ajouter des vengeances personnelles.

— Ça se tient, même si, malheureusement, on n'a rien de bien concret pour faire des rapprochements. Écoute, il faut que je parte. Note-moi l'adresse à laquelle tu t'es fait agresser. Je vais creuser et voir ce que je peux trouver avec le portrait que tu m'as donné. Il y a peut-être des caméras autour, des dépositions d'autres victimes… Il faut fouiller !

— Tiens-moi au courant. Je vais repartir en fin d'après-midi mais je suis joignable si besoin. Je suis désolé de tout ça, j'aurais préféré que cela n'arrive pas, mais voilà, c'est arrivé. Je te demande deux choses : la première, c'est de prendre soin de toi, et la seconde, c'est de ne pas me mouiller dans cette histoire, même si les circonstances l'exigent un jour. Je ne veux pas que tu prononces mon nom. Il y a des situations que je ne suis plus capable d'affronter, je pense que tu comprends.

Walter récupère ses affaires sur la chaise à côté de lui dans ce café presque vide. On entend seulement le brouhaha de la rue et de la circulation, ainsi que celui des verres nettoyés qui s'entrechoquent sur leur rack. Il se lève et laisse un billet de dix euros au patron qui le remercie sans même l'avoir reconnu, lui qui venait pourtant plusieurs fois par semaine il y a quelques années.

Il repasse devant Franck, qui lui confirme à nouveau qu'il ne parlera pas de lui au commissariat et encore moins à Portet.

Après le départ de Walter, Franck rentre en vitesse au commissariat avec un seul objectif : comprendre.

Savoir si les jeux sont faits, et s'il y a de nouveaux joueurs éliminés.

35

Lundi 27 septembre 2021 – 17 h
Commissariat de Créteil

Plantée devant l'entrée du commissariat, Isabelle allume sa troisième cigarette d'affilée face au soleil qui se couche peu à peu à l'horizon. Le temps semble s'être arrêté sur cette belle journée de fin d'été qui vient de donner son verdict et de plonger les esprits dans la stupeur.

Elle n'a pas le moindre regard pour Franck qui arrive au pas de course, transpirant, et sans avoir pris la peine de se garer correctement.

Dans les couloirs, le silence a pris le pas sur l'agitation habituelle des affaires courantes. Portet vient de passer plus d'une heure avec le commissaire et Artigo pour préparer et coordonner les annonces officielles. Pendant ce temps, des dizaines de flics s'excitent sur leurs claviers, notent, impriment, cherchent des points de correspondance entre les différents éléments. Chacun est partagé entre le soulagement et la prudence, voire la méfiance, sur le fait qu'un homme seul ait pu orchestrer une telle machination.

Lorsque Franck croise Portet en discussion avec Éric et quelques autres flics, l'heure est à la digestion.

Stéphane Roche. Le nom est placardé sur tous les murs, murmuré par toutes les lèvres, et provoque toutes les interrogations du monde.

Qui est donc cet ancien gendarme que l'on vient de retrouver avec une balle dans la tête devant un container situé dans un sous-sol, à quelques mètres d'ici ?

Que faut-il comprendre de la lettre qu'il a laissée à ses pieds, justifiant ses actes avant de mettre fin à ses jours ?

Quelle est l'identité de l'homme retrouvé à l'intérieur du container, mort de faim et de soif, gisant au sol à côté de la tête de l'imam Ouesli, dans un tel état de décomposition qu'elle ferait fuir un charognard ?

Peu à peu, les morceaux du puzzle s'assemblent, viennent garnir le tableau des Post-it dans la catégorie « point d'interrogation », même si certaines zones d'ombre restent à éclaircir.

Les mêmes informations sont diffusées en boucle dans chaque bureau, commentées, parfois complétées ou infirmées par un Portet qui tend l'oreille pour ne pas perdre l'ombre d'une piste.

Franck s'approche du bureau d'Éric afin de se mettre au courant des dernières nouvelles.

— Où étais-tu ? demande Portet agacé, qui ne comprend pas pourquoi l'équipe arrive au compte-gouttes.

— Désolé, je devais passer voir un de mes indics, un ancien proche de la filière Ouesli. Ça m'embêtait d'annuler.

Sans réagir, à la fois contrarié et pris par le temps, le commandant retourne à ses occupations.

— Éric, tu me mets au parfum ? Combien de nouvelles victimes ?

— Deux. Peut-être les deux dernières...

— Pourquoi ? Et est-ce qu'on a déjà leur identité ?

— C'est en cours de vérification, mais pas besoin de chercher bien loin. Les deux avaient leurs papiers sur eux. Stéphane Roche, c'est celui qui s'est donné la mort.

Éric balance sur la table des photos tout juste tirées de l'imprimante laser.

— Il s'est flingué et a laissé une lettre sur place. Dans le container, juste derrière son corps, on a retrouvé un autre type : Gregory Lopez, dit Igor.

— Mort également ?

— Oui. Et pour lui, ce n'est pas tout frais, peut-être depuis quelques jours, même si ça restera à déterminer lors de l'autopsie.

— On sait ce qui l'a tué ?

— Il avait la langue tranchée net. À part cela, le corps ne présente pas ou peu d'ecchymoses, et aucun autre traumatisme visible, du moins sans examen approfondi. Selon toute vraisemblance, il est resté dans ce container pendant plusieurs jours, sans eau, sans nourriture. Seul dans l'obscurité avec pour seul compagnon... la tête de Ouesli.

— Tu déconnes ? Ça veut donc dire qu'on tient aussi celui qui est à l'origine de tout ça ?

— Pour le moment, tout le monde reste prudent... et discret. Mais bon, on a le même mode opératoire : le message « Je ne l'ai pas tuée » sur le corps, les photos postées sur le darknet... Il n'y a pas de doute, du moins sur l'assassinat d'Igor et celui de l'imam. Pour le reste, il va falloir des semaines, voire des mois pour arriver à faire le lien avec les autres affaires. Dans un premier temps, il faudra récupérer tout ce qui appartenait à ce Stéphane Roche. Tout analyser, disséquer, reprendre un par un chaque dossier et trouver pourquoi ça matche.

— À commencer par ce type-là, Igor... Ce n'est pas pour rien qu'il se suicide devant son cadavre, non ? Il y a là une symbolique évidente...

— Pas la peine de chercher bien loin, tout est déjà sorti des bécanes en moins de deux minutes. Igor est un ancien petit voyou du début des années 2000. Rien de bien méchant jusqu'à ce qu'il prenne dix ans de taule pour avoir fauché une gendarmette au bord de l'autoroute en 2009. Une certaine Émilie Masson, qui vivait en couple avec un autre gendarme, Stéphane Roche.

— Attends, tu veux dire qu'il termine par l'assassin de sa femme ? Puis finit par se buter lui-même ? Quoi, sans s'expliquer ? Sans aucune forme de justification ?

— Si... à ses pieds, il a laissé une lettre. Pièce à conviction de la plus haute importance. Le problème, c'est qu'elle mentionne clairement l'imam et ce fameux Gregory que l'on surnomme Igor, mais pas les autres victimes, du moins pas de manière formelle.

— Cette lettre, tu l'as lue ?

— Qu'est-ce que tu crois... j'ai pris une photo avec mon téléphone dès que j'ai vu circuler la copie. C'est assez intrigant. Tiens, lis-la.

Éric tend à Franck son Samsung déverrouillé pour lui faire lire le texte. À quelques mètres de là, dans le brouhaha général, Portet est en pleine conversation téléphonique depuis plusieurs minutes. Chacun semble travailler dans son coin, dans un but bien précis.

Franck analyse chaque mot, chaque lettre. Le discours est poignant, tranchant. Il lui comprime la gorge. Une chose est certaine : personne n'a été épargné…

Lorsque vous lirez ces mots, vous serez certainement face à mon corps sans vie. Cette vie que j'aurai décidé de fuir. Mais pas avant d'avoir nettoyé ce que la justice de ce pays a souillé de ses mains sanglantes.
Combien de gens vivent avec des remords ?
Combien souffrent mais se taisent ?
Combien se réveillent seuls face à leur colère ?
Combien sont étouffés sous le chagrin ?
Combien trouvent le courage de changer les choses ?
Je n'ai pas réussi à vivre parmi vos péchés. Chaque jour, petit à petit, mes sens m'abandonnent, le goût de vivre se consume comme la flamme d'une bougie qui meurt au cœur de la nuit.
J'aurais pu laisser un stylo et quelques feuilles de papier à cette ordure qui a assassiné ma femme et que vous avez laissée sortir. Mais cela lui aurait donné beaucoup trop d'importance. J'ai préféré le laisser sécher, comme une pomme pourrie rejetée par l'arbre qui l'a vue naître.
Au moment où j'écris ces lignes, je pense à l'autre. Sa tête que j'ai arrachée de son tronc.

Vous et vos belles idées, vos pensées utopiques qui poussent à croire que tout être humain mérite cette énième chance que vous vous croyez autorisés à lui donner.
Vous dites qu'ils méritent le pardon. Ils n'auront pas le mien.
L'espèce humaine a dû, et devra à jamais, s'autoréguler, éliminer tous les parasites qui polluent nos sociétés...
Je les ai tous tués, pour les remettre à la place qui est la leur.
Je pars avec le sentiment d'avoir fait ce que je devais faire.
Faites de mes actes ce que vous voudrez dans votre monde que je hais.
Vous me regardez tous, mais vous ne voyez pas.
Vous ne saurez jamais ce qu'il y a en moi et tout ce qui est en vous que je méprise.
Je ne sais pas s'il y aura une suite, et quelle sera la place que l'on m'accordera.
Mais croyez-moi, le combat continuera.
Cette lutte ne fait que commencer.

Après avoir encaissé ces lignes et la soif maladive de vengeance qui les anime, Franck observe attentivement la photo de Stéphane Roche placardée au mur, et repense à la description fournie par Walter après son agression : « quarante, quarante-cinq ans, environ un mètre quatre-vingt, cheveux châtain clair, la peau soignée, type caucasien... »

Ça matche ! C'est peut-être lui, mais alors, pourquoi ?

Roche a-t-il précipité son geste fatidique de peur d'être arrêté, après avoir échoué dans sa tentative d'agression ?

Est-ce bien cet ancien gendarme révolté qui a agressé Portet et a décidé de venger la mort d'Aminata Diakité ?

Et si oui, quel est le lien entre eux ?

Éric, le regard dans le vague, semble chercher la réponse à une question que personne ne sait identifier clairement. Il trace minutieusement les horodatages de chaque photo découverte en ligne sur les différentes affaires. Pour chaque cadavre, le même message exposé sur le corps : « Je ne l'ai pas tuée », à l'exception d'une seule photo, celle de Portet. Lui n'a pas été tué, alors que l'agresseur a eu tout le loisir de le faire, et aucun message n'a été délivré.

Éric et Franck ont le même sentiment depuis quelques jours : il ne peut y avoir un seul tueur, et peut-être même que ces meurtres ne sont pas reliés. Mais sur quoi s'appuyer lorsque les scènes de crime ne contiennent aucun ADN exploitable et qu'elles sont souillées par le sang d'autres victimes ?

Une chose est certaine cependant : tout ceci est le fruit d'un travail méticuleux, de quelqu'un qui est organisé, avec un sang-froid exceptionnel. Quelqu'un qui ne laisse rien au hasard et prémédite chacune de ses interventions.

Assis en face de son collègue et en proie aux mêmes questionnements, Franck bute sur un point sur lequel il a promis à son ami de se taire : comment quelqu'un d'aussi fort et pointilleux a-t-il pu échouer si lamentablement dans sa dernière tentative d'agression de Walter ?

Là encore, ça ne colle pas. Il est également persuadé que

plusieurs affaires se superposent et plongent toutes les hypothèses dans une boucle infinie.

Il relit à plusieurs reprises le message de Stéphane Roche et ne parvient même pas à le haïr.

À travers cette déferlante de violence, il perçoit la détresse d'un homme à l'agonie qui refuse de partir sans punir. Une application de la loi du Talion qui ne le laisse pas insensible et lui rappelle bon nombre de souvenirs de lecture de polars.

— Quand on lit ça, lance Franck face à un Éric toujours aussi concentré devant son écran, cela ressemble à une confession sans vraiment en être une. Le meurtre du fameux Igor, OK, pas de doute possible. C'est l'homme qui a ôté la vie de sa femme. Pour Ouesli, il a lui-même enfermé la tête dans ce container, mais sans dire ouvertement pourquoi. Mais quid des autres ? Puisqu'il avait la ferme intention de se donner la mort, pourquoi, dans ce cas, ne pas tout avouer ? Il n'y a pas un mot sur les quatre corps enterrés dans la forêt d'Esmoulins. Rien non plus sur Frédéric Diaz. Et bien entendu, pas un mot sur vous, Commandant…

Sur ces paroles, Portet, pourtant en pleine discussion avec deux de ses flics, se retourne, le regard noir.

— De quoi tu parles ? Je t'ai expliqué que cela n'avait rien à voir avec mon cas personnel.

— Alors pourquoi cette photo de vous publiée en ligne ?

— Je te l'ai déjà dit : c'est du mimétisme. La vengeance d'un petit con que j'ai dû serrer par le passé et qui surfe sur les meurtres en cours pour m'afficher. Dans les faits, il n'y a rien à comparer aux victimes que l'on a pu retrouver, et je te répète de la mettre en veilleuse sur le sujet.

Franck s'assied, vexé dans son rôle de bon soldat, mais ne rend pas les armes.

—Vous ne m'enlèverez pas l'idée que ce n'est pas un hasard. Tant que l'on n'aura pas trouvé le lien entre Roche et les autres victimes, je refuse de croire que le dossier est clos. Et on pourrait avoir d'autres surprises...

Au même moment, un autre flic pénètre dans la pièce, leur tendant plusieurs feuillets comme un trophée, puis se tourne vers Éric et Franck.

—Commandant... un jeu d'enfant. On tient le lien entre Roche et Ouesli. C'était bien l'une de nos pistes en cours... Bien joué, les gars !

36

Dimanche 10 janvier 2021 – 00 h 15
Seuls, face à un destin sombre.

— Qui était cette fille pour toi ?

Stéphane reste prostré devant son verre, de plus en plus saoul au fil des shoots de vodka qui pourtant n'altèrent en rien les souvenirs de ce visage angélique qui continue de le hanter.

— Elle s'appelait Sabrina. Lorsque j'ai quitté la région après la mort d'Émilie, je me suis installé en Île-de-France. Sabrina était l'une de mes voisines, elle vivait avec son père. Des gens simples, attachants, avec peu de moyens. Une fille adorable, mais faible et influençable. Les barbus de la cité ont commencé à lui tourner autour. J'ai tout fait pour la protéger, mais lorsque je suis reparti vivre en Rhône-Alpes, elle a sombré. J'étais régulièrement en contact avec son père qui m'exposait la situation. Les fidèles d'un imam salafiste l'avaient enrôlée de force. Ils en avaient fait une esclave, le père en chialait au téléphone. Lorsqu'il a voulu éloigner sa fille, la situation est devenue hors de contrôle et elle a dû se cacher chez des bonnes sœurs. Je suis même allé plusieurs fois la voir en me faisant passer pour un gendarme toujours en activité. Sabrina avait confiance en moi, j'essayais de la pousser à se battre pour s'en sortir, mais ces enfoirés lui ont rendu la vie impossible. Elle avait si peur, elle était si fragile. Ce qui devait arriver arriva...

— Tu veux dire... qu'ils l'ont butée ?

Stéphane tape si fort sur le comptoir que les verres s'entrechoquent et manquent de se briser... Autour, les tables se vident, mais les derniers clients sont trop éméchés pour entendre quoi que ce soit.

— Ils l'ont poussée à bout... ces enculés. Elle s'est tailladé les veines. Et le pire, c'est qu'elle m'a appelé quelques minutes avant pour me dire au revoir. Je n'ai jamais su d'où elle m'avait téléphoné. Mais j'ai vécu avec ça... cette dernière phrase où elle me disait adieu, et j'étais là comme un con, à plusieurs centaines de kilomètres à ne rien pouvoir faire. Bon sang, ferme tes yeux, Bono, et imagine un peu...

Pendant plusieurs secondes, le silence règne en maître. Chacun reste enfermé dans sa bulle de colère et ravale sa salive, contenant une rage intense qui pourrait anéantir quiconque oserait se mettre en travers de leur route.

Parfois, les mots ne viennent pas.

Parfois, le langage n'est pas la bonne solution.

Mais lorsque leurs regards se croisent de nouveau, ils comprennent que l'un et l'autre sont sur la même longueur d'onde.

— Et le pire, reprend Stéphane, sur un ton désabusé...

J'ai perdu ma femme, j'ai perdu Sabrina, à cause d'une justice incapable de punir les coupables. En 2018, l'assassin de ma femme s'est retrouvé libre comme l'air, et pour ces ordures de terroristes, on se contente d'essayer de les expulser au lieu de les exposer au public en train de se balancer au bout d'une corde. Mais mon histoire avec cette putain de justice ne s'arrête pas là ! Elle m'a fait boire le calice jusqu'à la lie. Elle m'a détruit à petit feu. J'aurais préféré crever plutôt que de supporter ça. Je préfère prendre une balle dans la tête plutôt qu'en prendre cinq dans le bide et me vider de mon sang.

— Que veux-tu dire, au juste ?

— Que ce pays est en train de partir en vrille, et qu'il ne me manquera pas. Chaque jour, je crève un peu plus de voir le laxisme avec lequel on traite les pourris de ce monde. Il y a quelques mois, j'ai vu une espèce d'ordure en train de mater des gosses à la sortie d'une école. Bien planqué, l'enfoiré. Je l'ai même vu approcher une gamine au loin. J'ai hurlé, ce qui l'a fait fuir, et j'ai pris une photo avec mon téléphone. Lorsque j'ai amené l'histoire aux flics, on m'a envoyé bouler. Personne ne m'a pris au sérieux.

— Je connais bien ce genre de problème. Il faut attendre que le sang soit versé pour mettre les criminels au trou.

— Le pire, tu sais ce que c'est ? Je suis un ancien flic et on m'a traité comme de la merde. J'ai appris plus tard que le type en question avait tué une gosse. L'assassin de la petite Marine, à la fin des années 1970. Cette merde était protégée, c'est une évidence, alors mon témoignage a été passé sous silence. Ça me fout la gerbe ! J'ai des haut-le-cœur à chaque fois que je songe à tout ça. La haine chasse le chagrin et inversement, c'est une machine infernale, toute la journée. Tu vois un peu, camarade, à quoi ma vie est réduite ?

Dans la pénombre grandissante, Bono se passe la main sur la tempe, tourmenté par ce récit poignant qui résonne aussi fort en lui que les riffs de guitare joués par la puissante sono. L'esprit fermé dans un premier temps, il ressent maintenant une forme d'empathie qui l'attriste sincèrement.

—Je te comprends, mon ami, répond-il avant de se lever et de faire quelques pas pour se dégourdir les jambes. Tu sais... c'est drôle, ce soir le destin m'a amené ici, face à toi. J'ai pris le temps de te laisser parler, et dans le fond, je suis sûrement le seul à pouvoir t'entendre. Il y a une différence entre écouter et entendre... Crois-moi, je sais ce que tu as vécu.

—Non, rétorque Stéphane qui hoche la tête aussi franchement que le ferait un enfant de six ans. Tu n'as jamais affronté la mort d'aussi près que moi. Le rouleau compresseur de la vie ne t'a pas pilonné pour te réduire en miettes. Ne dis pas que tu peux me comprendre...

—Je t'écoute depuis des heures... Maintenant, il est temps que je te parle d'autre chose que de mes infidélités. Maintenant, c'est à ton tour d'écouter. Il est temps que je te parle de l'histoire de ma vie...

37

Lundi 27 septembre 2021 – 18 h 15

Éric et Franck font les cent pas dans le bureau. L'un s'agite dans tous les sens tandis que l'autre se ronge intérieurement les sangs.

Éric traque sans merci certains sites interdits, à la recherche de nouvelles photos, et discute sur des forums privés avec des individus aux pseudos tous aussi grotesques les uns que les autres. Quelques minutes auparavant, il a obtenu confirmation de la bouche de sœur Marie-Anne que Stéphane Roche était bien le gendarme qui rendait visite à Sabrina Collet, alias Sonia, au couvent. Elle l'a reconnu sur photo, sans la moindre hésitation.

Enfin un élément qui matche ! Une explication plus que crédible au traitement barbare infligé à Ouesli et toute la symbolique de sa décapitation.

Et qu'en est-il des autres ? En haut lieu, tous les dossiers des victimes, avocats, enquêteurs, proches, sont passés au peigne fin, retravaillés à la moulinette dans les logiciels dernier cri, capables d'effectuer tous les rapprochements possibles. Mais pour le moment, aucune piste sérieuse ne permet de faire avancer le Schmilblick.

Assis dans son coin, Franck ne peut s'empêcher de penser aux agressions de Portet et de Walter. Des sentiments contraires continuent de lui torturer l'esprit, alternant l'hypothèse d'une simple coïncidence avec l'idée d'une punition envers les flics de l'affaire Diakité. De temps en temps, la vision d'Isabelle vient aussi jouer les trouble-fête, lui signifiant qu'elle est toujours responsable de la plupart de ses interrogations. La nuit est encore longue, le sommeil n'est plus qu'un souvenir, et l'adrénaline, une denrée rare.

Le tableau continue de se garnir de noms et de caractéristiques, et se forme une frise chronologique sur laquelle apparaît chacune des victimes avec les lieux des meurtres et les modes opératoires.

Au fil des minutes, les Post-it s'accumulent autour des diaporamas montrant les photos de chaque visage, affichant d'un côté un sourire innocent et de l'autre les stigmates de longues heures d'agonie. Il ne manque qu'une légende cynique : « AVANT, APRÈS. »

Avant le jugement, après la sentence.

Sur chaque scène de crime, les corps se distinguent par leur peau nécrosée, rongée de l'intérieur et devenue répugnante.

Le puzzle s'assemble, et c'est un mystérieux jeu de piste sans direction ou règle qui se dessine.

Tout en haut, le visage de Ouesli resplendissant, au sommet de son art de grand orateur, juste à côté de la photo de son tronc, orphelin de sa tête.

Les annotations sont nombreuses : « 15/09, 1re victime, squat, Billal, Sabrina Collet... » Les mentions « Gang Elraoui » et « antiterrorisme » sont barrées comme pour indiquer les pistes abandonnées. Tout autour, des noms de complices, de potentielles victimes, toutes aussi jeunes les unes que les autres, et une flèche verte reliant Sabrina, Ouesli et Stéphane Roche indiquant « suicide mai 2018 ». Sur le montage, le père de Sabrina, décédé également, semble regarder sa fille s'éloigner au loin, sans parvenir à la rattraper. Père et fille, avec la même expression sur leur visage meurtri, le regard perdu dans le vide et coupé du monde.

Juste au-dessous, se trouve le portrait de Grégory Lopez dit « Igor », encerclé de clichés le montrant à l'agonie, déshydraté, la bouche desséchée, mort dans l'incapacité de percevoir quoi que ce soit.

« Dernière victime, retrouvée le 27/09, responsable mort Émilie Masson (compagne de Stéphane Roche). »

Douze jours séparent la découverte de ces deux victimes, deux individus dénoncés ouvertement dans la lettre de suicide de Stéphane Roche et qu'il a pris la peine de rassembler avant son geste fatidique. Pourquoi donner une telle indication sur les deux crimes et faire volontairement abstraction des autres ?

Pour chaque cas, il y a pourtant un dénominateur commun : le message « Je ne l'ai pas tuée », mais aussi les photos postées sur le dark web, impossibles à retracer, avec le même rituel et la même mise en forme. Cela provient obligatoirement de la même personne, ou d'un groupe de personnes qui se concertent.

Sur une seconde partie du tableau, les traits rouges et inscriptions bourrées de points d'interrogation offrent un spectacle aussi alambiqué qu'une démonstration scientifique lors d'un cours à la faculté.

On peut retrouver les quatre victimes de la forêt d'Esmoulins : Patrick Michel, François Lacroix, Céline Fleur et Salim Berkhi, encerclées les photos de leurs corps qui se font face dans le trou de l'enfer, accompagnées des détails sur la soirée de la veille : le Vito, les masques de porc, le manoir de Bernard Rouxel.

À chaque fois que l'un des flics passe devant ces images, il lui est impossible de ne pas avoir le souffle coupé en pensant au calvaire des quatre victimes. Assises, bâillonnées durant de longues heures, incapables de bouger, contemplant leur propre mort dans les yeux de celui se trouvant face à eux, à seulement quelques centimètres, et au fil des minutes, la terre qui continue de monter, le cœur prêt à exploser et l'esprit hanté par l'issue fatale à laquelle ils succomberont tous les quatre.

Se regarder mourir dans les yeux de l'autre.

Fixer un masque de porc, se remémorer à jamais que l'on vous juge comme tel.

Difficile de faire plus horrible comme instant de vie en communauté.

Sous ces photos, les visages angéliques de la petite Marine et de Flora, reliés d'un trait rouge épais, sont dirigés vers leurs bourreaux respectifs.

En bout de fil, on retrouve Frédéric Diaz, exécuté par injection létale de la main de sa belle-mère. Une histoire qui fait encore la une de toutes les discussions du commissariat. Tuer pour se venger, c'est déjà quelque chose qui demande un sang-froid exceptionnel, mais forcer la décision d'une tierce personne en lui donnant l'occasion de contempler durant des heures la mort de son pire ennemi, cela dépasse tout entendement.

La vision de ce tableau semble totalement irréelle, comme tirée du scénario d'une suite de *Dexter*, dont Portet continue de nier l'existence dans le monde réel.

— C'est quand même étrange… lâche Franck qui ressent le besoin de couper le silence.

— Quoi donc ? lui demande Éric qui continue de chater via son mobile sur des applications de geeks.

— Tout ça… Regarde, tu as sept meurtres pour quatre scènes de crime. Le squat, la forêt d'Esmoulins, la cave et enfin le container au sous-sol. Si tu regardes bien, il y a à chaque fois la volonté de faire différemment de la fois précédente, de ne laisser aucun détail pouvant permettre de regrouper les affaires. À l'exception du message et des photos. Pourquoi ? Et pourquoi dans la lettre ne mentionner que deux de ces crimes ? Si tu sais que c'est toi et que tu écris tes dernières lignes avant de te faire sauter la tronche, pourquoi ne pas tout déballer ? Ça ne colle pas, il y a forcément autre chose, et d'autres personnes impliquées…

— Il faut attendre d'en savoir plus. L'analyse du matériel informatique de Stéphane Roche va donner des réponses. Une perquisition et des saisies sont en cours dans son appartement situé à Vienne dans l'Isère. On a retrouvé une douzaine de composants : PC, serveurs, onduleurs, adaptateurs Wi-Fi, Raspberry, caméras. On vient d'avoir un premier compte rendu des auditions menées sur le voisinage de sa résidence. C'était un type complètement désociabilisé, vivant seul, replié chez lui, qui ne sortait jamais et passait ses nuits sur son ordinateur. Il aurait confié n'avoir comme seul revenu que l'argent qu'il gagnait en jouant sur des sites en ligne. Une fois que tout sera passé à la loupe, on aura peut-être des réponses, mais sur une première impression, ça peut tout à fait matcher avec le profil capable d'aller poster sur le dark web. Si c'est un crack, il ne nous aura laissé que des miettes. Pour le reste...

— Pour le reste, on a sept morts sur les bras. Sept victimes impliquées dans des affaires judiciaires plus ou moins médiatisées, plus ou moins référencées d'ailleurs. Et toutes avec une année concordante : 2018. Sabrina Collet, la victime du clan Ouesli et Christine Léandre, l'assistante de François Lacroix : deux suicides à quelques semaines d'intervalle, en 2018. Et tous les autres ont été libérés de prison la même année : Céline Fleur et Salim Berkhi, la mère et le beau-père de Flora, Patrick Michel, le bourreau de la petite Marine, puis Frédéric Diaz, l'assassin de Sophie Arnaud, et enfin Grégory Lopez dit Igor, celui qui a renversé Émilie Masson, la femme de Stéphane Roche. Tous remis en libre circulation la même année, c'est tout sauf anecdotique. Et dans chaque affaire, une victime, une femme ou une fillette. D'où le sens du message « Je ne l'ai pas tuée »...

— Franck, on sait tout ça ! C'est écrit sous nos yeux. On a déjà tous les éléments. Tu veux en venir où ?

— Quelle serait honnêtement la probabilité pour qu'un seul homme soit concerné de près ou de loin dans autant d'affaires criminelles ? Tout gendarme qu'il était, il ne pouvait connaître toutes les victimes, c'est impossible. Pour Igor et l'imam, OK, disons que ça le touchait personnellement. Mais les autres ? Quelles raisons avait-il de prendre autant de risques pour les punir d'une telle manière ? Tu imagines ce qu'il a dû entreprendre, ne serait-ce que pour mettre sous terre les quatre victimes d'Esmoulins, après avoir offert à Lacroix et Michel une nuit torride au manoir où toute une assemblée secrète de pervers en tout genre les a réduits à de vulgaires poupées gonflables ? Il y a derrière toute cette mise en scène une haine profonde, un désir XXL de réduire à néant leur existence.

—Tu joues les psys ? Laisse ça à ceux qui devront se taper en long, en large et en travers la biographie de Stéphane Roche. C'est un coup de folie, un pétage de plombs dans lequel il a cherché à emmener avec lui un maximum d'ordures.

—Moi, je te dis qu'il ne peut y avoir un seul homme. Matériellement déjà, c'est impossible.

—Compliqué sans doute, impossible non. Tu sais comme moi que pour tuer ou camoufler un crime, certains peuvent renverser des montagnes.

Franck prend le temps de la réflexion pendant qu'il tape du bout des doigts sur le rebord métallique du bureau sur lequel il s'est installé.

—Disons alors que je ne pense pas qu'un homme puisse éprouver autant de haine envers sept individus. Ces crimes perdent de leur sens si ce ne sont pas uniquement des vengeances personnelles.

—Jusqu'à preuve du contraire, la lettre ne parle d'aucun complice ni d'aucune forme d'assistance.

—C'est vrai, mais elle ne mentionne pas non plus tous les crimes...

—À l'heure où on se parle, tous les commissariats du pays doivent être en train de chercher tout ce qui peut être en lien avec ces affaires. Il faut juste bosser, faire marcher la technique, et je suis sûr qu'on trouvera un lien pour les autres. La photo de Stéphane Roche va être diffusée partout. Je l'ai envoyée à Rouxel, l'organisateur de la soirée au manoir, pour qu'il sonde ses fidèles. On l'a aussi fait suivre à toutes les familles, proches, avocats des victimes. On trouvera, ça va forcément matcher !

Franck fixe longuement chacun des visages, cherchant sur leurs lèvres une parole qui pourrait le guider dans ce jeu de piste, pendant qu'Éric attrape sa veste sur le portemanteau pour aller allumer une cigarette dans le patio.

— Dis-moi, on n'oublie pas quelqu'un dans tout ça ? remarque Franck qui ne détourne pas le regard du tableau.

— Elraoui et son gang ? Je crois qu'on peut affirmer que cela n'a rien à voir.

— Non, pas du tout. Portet et son agresseur ! Pourquoi est-ce que ça ne figure pas sur la liste ?

— Pourquoi ? Je crois que le commandant a été clair là-dessus. Aucun lien ! C'est l'agression caractérisée d'un petit malin qui a voulu profiter de la situation pour se faire un flic.

— Et qu'est-ce que tu fais de la photo retrouvée en ligne ?

— Justement, en voulant reproduire ce mode opératoire, c'est un signe de plus que ça n'est pas lié. J'ai pas mal bossé sur les photos retrouvées. Celle de Portet est significativement différente des autres. L'image n'a pas tout à fait les mêmes caractéristiques, pas la même résolution, encodage, format, système de nom... Et puis, pas de message ! Je suis convaincu que ce n'est pas la même personne qui l'a postée. J'ai même envie d'ajouter que si c'était lié, Portet serait mort à l'heure où on se parle !

Franck reste sans voix, bouillonnant de rage à l'idée que le commandant ne soit pas le seul à s'être fait agresser. Il y a aussi Walter ! Mais il n'a qu'une parole et a juré de ne pas le mouiller. En même temps, Éric a raison : ces agressions n'ont rien en commun avec les meurtres, longuement préparés, soignés, étudiés point par point. Ici, cela ressemble à de l'improvisation, de l'agression gratuite. Portet, parce qu'il était un flic médiatisé en raison des affaires en cours, a dû exciter certains malades qui ont voulu prouver qu'ils étaient plus forts et plus costauds, et qu'ils avaient aussi le droit de vie et de mort. Et pour Walter, finalement ? Il repense aux paroles de l'agresseur : « Tu sais pourquoi je suis là... » Mais qu'est-ce que ces mots prouvent réellement ? Rien du tout. Qu'il s'agisse d'un voyou de passage ou d'un pervers en tout genre, il est possible qu'il ait agi sans même savoir à qui il avait affaire.

Il sent au fil des minutes qu'il est de plus en plus compliqué d'analyser les choses avec lucidité sans tomber dans la paranoïa ou les raccourcis faciles.

Juste avant de sortir, Éric lance un dernier argument :

— Et puis, n'oublie pas... la première agression de Portet suite à l'affaire Diakité dont tu nous as parlé, c'était il y a cinq ans, si je me souviens bien, donc bien avant 2018. Rien que ce détail, l'idée que le tueur ait pu en avoir après lui tombe à l'eau. Crois-moi, d'ici quelques semaines, on trouvera le petit con qui n'a rien trouvé de mieux que se défouler sur un flic une veille de week-end pour se donner l'impression d'exister. Et une fois qu'on l'aura...

Sur ces dernières paroles, la porte claque et Franck se retrouve seul avec des hypothèses floues qui s'emmêlent avant de se dissoudre.

La peur de se tromper, la peur pour sa vie.

Après quelques secondes d'un silence lourd, le téléphone vibre. Un message.

Franck récupère son smartphone tout en saisissant un gobelet de café tiède.

C'est une réponse de Marie Guillemin, la collègue de

bureau qui travaillait avec Christine Léandre sous les ordres de François Lacroix.

Par acquit de conscience, Franck lui avait envoyé le matin même le portrait de Stéphane Roche pour savoir s'il pouvait coller avec le fameux Sébastien que fréquentait Christine via un site de rencontre.

Le mobile contre Lacroix reste le détail le plus énigmatique de tous ces crimes d'une violence inouïe. Certes, l'homme d'affaires jouissait d'une réputation sulfureuse, mais le suicide de son assistante est clairement le seul fait divers qui puisse justifier une telle punition.

Mais Lacroix menait-il une vie parallèle ? Avait-il des secrets cachés ?

C'est bien tout l'enjeu de multiplier les pistes et de n'éliminer aucune hypothèse.

La réponse de Marie Guillemin s'affiche.

« Bonjour Lieutenant, désolée mais ce visage ne me dit rien. Ce n'est pas le fameux Sébastien dont Christine était si proche. Vous avez bien fait de m'envoyer ce message car j'ai fouillé dans quelques cartons et je l'ai trouvé. Une fois que j'aurai compris comment faire une photo avec ce téléphone, je vous l'enverrai. »

Franck ne paraît pas surpris par cette réponse. Stéphane Roche, meurtri depuis la disparition de sa femme, n'était vraiment pas du genre à aller sur des sites de rencontre pour adultes.

Il se contente d'envoyer en réponse à Marie une formule de courtoisie, tout en insistant poliment pour avoir au plus vite la photo dont elle dispose.

Le temps d'avaler une gorgée de café amer et de se perdre dans le bazar sur le bureau d'Éric, le retour ne se fait pas attendre.

« La voici. J'espère que cela pourra vous aider. »

Le logo indiquant le téléchargement en cours apparaît dans l'interface de messagerie tandis que la fenêtre mouline et enchaîne les tours de pistes pour indiquer l'état d'avancement.

Sans savoir pourquoi, Franck est soudain pris d'un coup de stress, un malaise étrange, mélange de curiosité et d'appréhension. La boule au ventre s'installe et sa gorge se noue.

La photo s'affiche enfin et s'agrandit sur l'écran du téléphone en même temps que sa stupeur.

Quelques instants hors du temps, où l'atmosphère se fige. Un intense moment de confusion, où le gobelet de café chute et vient inonder les boules de papier froissé sur le sol.

Au même moment, le commandant Jean-Baptiste Portet est convoqué de manière privée et non officielle par sa hiérarchie, commissaire en tête, accompagné du patron, Julien Artigo.

38

Lundi 27 septembre 2021 – 18 h 30

Franck erre dans les couloirs, cherchant à rester discret, à l'abri des regards importuns. Il mobilise ses derniers efforts pour conserver sa lucidité et masquer la tension extrême qui lui envoie des décharges dans la poitrine.

Après quelques mètres, il voit enfin Éric revenir de sa pause clope et le saisit par le bras.

— Éric, j'ai besoin que tu m'aides, je peux compter sur toi ?

— De l'aide ? Quoi, au juste ? Pourquoi tu as l'air d'avoir vu un fantôme ? Et où tu m'emmènes, là ?

— Portet est en réunion en haut. J'ai besoin de récupérer quelque chose dans son bureau. Il faut que tu fasses le guet pour moi, OK ? Et s'il se pointe, que tu le retiennes quelques minutes le temps que je sorte.

— Mais pourquoi tu veux aller fouiller dans le bureau du patron ? T'es dingue ? Les couloirs sont bondés. Tout le monde va te repérer !

— Non, pas si j'y vais au bon moment. Écoute, il n'y a rien de méchant ou de compliqué, j'en ai pour dix minutes, guère plus. Tu marches ?

— Mais qu'est-ce que tu veux récupérer là-bas ? Dis-moi au moins...

Franck baisse la tête puis vérifie tout autour de lui que personne ne capte leur conversation.

— Écoute... pour le moment, je ne peux rien te dire, mais tu dois me faire confiance. C'est l'affaire de quelques minutes et voilà tout. S'il arrive, tu trouves un prétexte pour l'emmener sur une autre aile. Je peux compter sur toi ?

— T'es chiant, toujours avec tes mystères ! souffle Éric qui repousse d'un revers la main posée sur son bras.

Sans répondre, Franck file vers le bureau de Portet qui n'est pas fermé à clé, comme d'habitude. Il se faufile à l'intérieur et referme la porte discrètement tout en restant accroupi pour ne pas être vu à travers la vitre. Puis, il avance à genoux vers le bureau. Sur le côté est empilée une dizaine de casiers stratifiés. Il ouvre les premiers, puis les referme tour à tour, ne s'accordant que quelques secondes pour trouver ce qu'il est venu chercher. La paperasse en tout genre s'est entassée au fil du temps, de manière parfois totalement désordonnée. Des copies de PV, de mails, de rapports qui, pour des raisons parfois futiles, ne sont pas encore passées par le broyeur de documents.

Son esprit est lucide, méthodique. Il revoit exactement la pochette rouge, déposée ici des années plus tôt par son supérieur. Il est convaincu que celle-ci n'a pas été jetée ou déplacée. Elle revêt une importance beaucoup trop personnelle, et pour rien au monde Portet ne s'en débarrasserait.

Est-ce qu'il l'aurait consultée dernièrement ou ramenée chez lui ? Rien n'est moins sûr.

Après plusieurs minutes de recherche, l'un des derniers casiers dévoile enfin l'objet de cette pseudo-effraction.

Franck vérifie par acquit de conscience le nom écrit au Stabilo sur l'en-tête cartonné de l'épais dossier contenant plusieurs centaines de feuillets.

Il prend ensuite la peine de bien remettre chaque chose à sa place avant de déguerpir sans un bruit. Un clin d'œil furtif à Éric, dont la moue semble dire « et maintenant ? », puis il trace en direction de l'escalier pour aller s'isoler au dernier étage dans l'une des salles de réunion, loin des bureaux et de l'agitation collective.

Il s'enferme dans une pièce et reste à ras du sol, utilisant la torche de son téléphone afin de rester invisible depuis le couloir...

Les mains tremblantes et l'esprit troublé, il commence à survoler chaque pièce du dossier pour mettre le doigt sur un élément bien particulier. Une dizaine de pages de comptes rendus, qu'il a lui-même lues et relues à une époque.

Les mots ont un arrière-goût de déjà-vu, mais aussi de trop peu. Une série de questions-réponses sans saveur, un tour de passe-passe psychologique où les dés sont pipés.

Enfin, son index vient s'écraser à quelques centimètres d'une phrase qui vient faire tilt.

Non, non... C'est donc bien ça...

À l'étage inférieur, Portet pénètre dans un bureau, aussitôt refermé derrière lui. L'ambiance est glaciale, bien loin des briefings où les échanges sont à la fois collaboratifs et structurés. Les yeux sont braqués sur lui, un brin accusateurs. Suffisamment pour le déstabiliser.

— De quoi s'agit-il ? J'ai l'impression de me retrouver en garde à vue.

Julien Artigo s'avance, plusieurs documents à la main, pendant que le commissaire, embarrassé, reste en retrait et tente de faire bonne figure.

— Commandant, je ne vais pas nous faire perdre notre temps. Vous avez été victime il y a quelques jours d'une agression, n'est-ce pas ? Une agression qui vous a coûté une nuit d'observation à l'hôpital, c'est exact ?

— C'est exact.

— Pourquoi avez-vous caché le caractère intentionnel de cette agression ?

— Je n'ai rien caché du tout. Cette agression n'avait rien de prémédité ou de personnel. J'étais au mauvais endroit, au mauvais moment.

— Vous êtes bien sûr de cela ?

Portet prend un air ahuri, mais cherche surtout à comprendre à quelle sauce on essaie de le manger.

— Si vous me disiez plutôt ce qui se passe ? J'ai été agressé, oui. Mais vous, qu'est-ce que vous avez à voir là-dedans ?

L'un des deux hommes en arrière s'avance et agite une photo sous les yeux de Portet qui recule d'un demi-pas.

— Est-ce que cet homme vous dit quelque chose, Commandant ?

Portet fixe attentivement le visage de l'individu d'une quarantaine d'années, très brun, les cheveux crépus, profil latin, peut-être italien. Puis, il hoche la tête en signe de dénégation.

— Non, je ne le connais pas. Je devrais ?

— Et celui-ci ? J'imagine que oui.

Une nouvelle photo devant son visage. Portet devient blanc comme un cachet d'aspirine, tétanisé tel un hématophobe en crise de panique à la vue d'une mare de sang.

Son silence en dit long.

— Au vu de votre changement d'attitude, Commandant, la réponse ne fait aucun doute, et il n'y a, bien entendu, pas de débat vu votre passé commun.

— Pou... pourquoi vous me montrez ces hommes ? demande Portet qui ne peut s'empêcher de bafouiller et tente d'estomper son embarras.

— Le premier se prénomme Mario Cavalera. C'est un ancien de la maison, officiellement révoqué depuis quelques années après de nombreuses mesures disciplinaires et une interdiction d'exercer. Il a fait l'objet de plusieurs suivis psychiatriques et il est considéré comme potentiellement très dangereux. Depuis, il est suivi et fiché par les services de renseignement intérieur. Il y a plusieurs années, il a notamment tenté de monter un petit groupuscule d'anciens flics, militaires et barbouzes pour effectuer des opérations armées envers certains repris de justice. Lui et sa bande sont les suspects principaux dans le meurtre de deux anciens braqueurs, abattus de trois balles en pleine tête dans un café de Barbès, il y a environ cinq ans. Depuis, on le traque sans parvenir à mettre la main dessus ni à lui coller quoi que ce soit sur le dos. Avec la découverte de ces photos, nous avons des raisons de penser que les deux individus que nous venons de vous présenter se connaissent, et même plus que cela. Le soir de votre agression, ils ont été confondus par une webcam domestique, à quelques centaines de mètres de votre domicile. Un particulier avait installé cela de manière totalement illégale, car il était persuadé que son voisin essayait d'empoisonner son chien. C'est lui qui nous a signalé qu'ils étaient restés plusieurs minutes sur place, avec un comportement étrange. Mais le plus embêtant n'est pas là…

Artigo, jusqu'ici silencieux, monte au créneau pour tirer droit sur les conclusions évidentes :

— Commandant, ces hommes sont certainement impliqués dans votre agression. Et le mobile ne fait malheureusement aucun doute. Mais ce n'est pas tout. Nous avons soumis leur portrait à des témoins clés dans les différentes instructions en cours, notamment le premier homme qui vous a été présenté. Il a été reconnu par le gardien de l'immeuble dans lequel nous avons retrouvé le cadavre de Frédéric Diaz et la pauvre Martine Arnaud. La veille, il traînait près des caves. Il a également été reconnu par un voisin de Céline Fleur, la mère de la petite Flora. D'après lui, il a vu à plusieurs reprises cet homme planquer devant son domicile et guetter ses allées et venues. Il est donc essentiel de les neutraliser dans les plus brefs délais. Ce que nous sommes en train de dire, Commandant, c'est que ces hommes sont également impliqués dans la liste des meurtres qui ébranlent nos services depuis des semaines, ce qui accrédite la thèse que Stéphane Roche n'a pas agi seul. Et votre nom fait dorénavant partie de cette liste noire dont l'origine reste inexplicable.

Franck dévale l'escalier après avoir récupéré sa veste dans son bureau. Il file en direction de la porte arrière donnant sur le parking, affolé comme un lézard dont on aurait coupé la queue. Il cherche à fuir tous les regards qui se posent sur lui, sans pour autant être certain de ce qu'il s'apprête à faire.

Plus rien n'a de logique à ses yeux. Tout est improvisé, pensé à l'instinct.

Pour la première fois de sa vie, il ne sait plus quelle conduite adopter, ni vers qui se réfugier.

Il compose et recompose les mêmes numéros sur son mobile, mais à son grand désarroi, ne tombe que sur des répondeurs.

Arrivé devant sa voiture, il ouvre brutalement la portière et s'engouffre à l'intérieur de l'habitacle. Ses doigts sont crispés sur les touches du téléphone, essaient encore et encore. Sa main est en surchauffe et de plus en plus imprécise.

Il met le contact et se prépare à passer la marche arrière lorsqu'il aperçoit Isabelle, le dos calé contre le mur du bâtiment, un genou replié et une cigarette aux lèvres. Son visage est caché par la fumée.

Sans réfléchir, il descend, claque la porte et se dirige vers elle. Isabelle ne cache pas sa surprise de le voir débarquer si précipitamment. La timidité légendaire de Franck qui le prenait en otage semble avoir disparu, comme si elle lui avait accordé une trêve.

Sans attendre les formules de politesse, il lui expose la situation :

— Isabelle, j'ai besoin de toi !

— Arrête avec ça, on en a déjà suffisamment parlé, répond-elle sèchement, tuant dans l'œuf la moindre tentative de flirt.

— Non, tu ne m'as pas compris. J'ai besoin de toi d'un point de vue professionnel. Il faut que tu m'aides.

Toujours autant surprise, Isabelle ne comprend pas où Franck veut en venir.

— Tu veux dire, pour partir en opération ? Mais où et quand ? Et surtout pourquoi ?

— Écoute, je ne peux pas tout t'expliquer, mais si tu viens, je te raconte tout en route. Je n'ai pas une seconde à perdre.

— C'est officiel, ton truc ? Ça vient de Portet ?

— Non, pas du tout. C'est moi. Imagine que c'est une intuition... qui ne me laissera pas vivre en paix si je ne la vérifie pas.

— Tu aurais pu demander à n'importe qui d'autre là-haut. Éric, les autres ? Pourquoi moi ?

Franck tourne la tête et compose un nouveau numéro sur son portable tout en essayant de convaincre Isabelle de l'accompagner.

— Écoute, disons simplement... que nous sommes pareils, et que, comme moi, tu n'as rien à perdre.

Le téléphone sonne... une voix décroche enfin.

— M. Diakité ! Enfin, j'arrive à vous joindre...

Isabelle accompagne Franck jusqu'à son véhicule sans savoir si elle va monter à bord. Elle ne peut s'empêcher de méditer sur la dernière phrase de Franck : « Tu n'as rien à perdre. » Ce n'est pas faux, mais à l'inverse, que pourrait-elle gagner à se lancer à l'aveuglette dans une expédition qui ne montre pas son visage ?

Elle reste circonspecte devant l'échange que, de toute évidence, son collègue est en train d'avoir avec le père de l'individu qu'ils ont interpellé à son domicile en début d'après-midi.

Elle tend l'oreille, puis comprend rapidement que la situation est confuse, mais aussi qu'il y a urgence.

« Monsieur, j'ai besoin de joindre votre fils le plus rapidement possible... »

« Oui, monsieur, je suis de la police. Oui, je connais votre histoire, croyez-moi, il faut me dire où je peux le trouver, là, tout de suite ! »

« Non, je ne lui cherche pas d'histoire, c'est tout le contraire... »

« Monsieur, vous ne comprenez pas bien, je crois... je ne compte pas l'arrêter, mais le protéger. Il est une cible ! »

39

Dimanche 10 janvier 2021 – 1 h 10
Chaque existence se fait son propre destin.

Stéphane a la gorge nouée, incapable d'avaler les dernières gorgées de son verre devenu tiède, dont le glaçon s'est liquéfié au même rythme que sa pensée. Bono termine son récit et fait signe à la serveuse de leur ramener la même chose…

— Non, stop, j'ai trop bu… Si je continue, je vais me trouver mal, proteste Stéphane qui semble avoir retrouvé toute sa lucidité.

— Tu es sûr de toi ? Cela pourrait te manquer ensuite, et ils vont bientôt fermer.

— Oui, je suis sûr. Je ne veux plus rien. Je n'arrive pas à croire tout ce que tu viens de me raconter…

— Pourtant, c'est vrai. Tout est vrai. C'est mon histoire,

celle que j'ai vécue et qui me pourchasse chaque jour que le ciel nous accorde.

Stéphane affiche un visage frustré et dépité.

—Je ne sais pas quoi penser de tout ça. Au fond, je me demande si je n'aurais pas préféré ne jamais te rencontrer. Chaque jour est un putain de cauchemar qui reprend là où le précédent s'est terminé. Et ce que tu viens de me dire ne m'aide pas. Nous ne sommes pas pareils, je ne suis pas l'un des tiens. On a peut-être des raisons d'avoir la rage mais elles sont différentes. Je... je crois que je ne t'estime pas.

Bono fait un tour à quatre-vingt-dix degrés sur sa chaise et s'installe face à Stéphane qui n'écoute plus et replonge le nez dans son reste de vodka.

—Ce que tu penses de moi m'importe peu. La question, c'est ce que tu veux, ce que l'on peut faire ensemble. Regarde-toi, tu ne supportes même plus l'idée de laisser entrer cet air que tu respires à contrecœur dans tes poumons, alors dis-moi ce que je pourrais aggraver dans ton cas ? Ou plutôt, dis-moi ce que tu veux réellement.

—Comment ça ce que je veux ?

—Oui, ce que tu veux ! Ce que tu veux faire du reste de ta vie. Ce qui te manque chaque matin, mais que tu peux encore prendre aux autres. Ce qui n'est pas qu'un mirage ou une lueur mélancolique que l'on appelle un souvenir ? Qu'est-ce que tu peux encore accomplir ?

—Écoute-moi bien, Bono. Tu n'as pas bien compris qui je suis, ou ce que je viens de t'expliquer. Si je ne me suis pas encore collé un flingue dans la bouche, c'est uniquement parce que je n'ai même plus le courage d'en trouver un. Cette vie-là, je n'en veux plus, elle n'a plus rien à m'apporter. Ce que je veux, c'est crever, et ça viendra...

— Tu crois en Dieu, mon ami ? Je veux dire, tu crois qu'il y a une vie après la mort ?

— Je n'en sais rien. Je me suis souvent posé la question, mais personne n'a la réponse, il me semble, alors à quoi bon y réfléchir ?

— Alors, laisse-moi te poser une seule question.

Bono s'approche et colle son visage pratiquement contre l'oreille de Stéphane, qui se crispe et n'ose plus bouger.

— Tu m'as dit, reprend Bono, que ta femme était tout pour toi. Que tu crèves à petit feu depuis qu'une ordure l'a sauvagement percutée. Et maintenant, tu veux en finir. Mais si demain, une fois mort, tu devais te réveiller aux côtés de ta femme, si tu pouvais lui expliquer que tu aurais pu la venger mais que tu ne l'as pas fait, comment est-ce que tu parviendrais à te justifier ?

Stéphane, ivre de colère, explose intérieurement et saisit Bono par le col, tout en essayant de contenir ses larmes. Il l'envoie valser un mètre en arrière, ce qui attire la méfiance du barman qui craint qu'une bagarre de viande saoule ne se déclenche à nouveau dans l'établissement.

— Tu n'es qu'un enfoiré, Bono ! Pourquoi tu me racontes ça ? Qu'est-ce que tu cherches, à m'achever ?

— Calme-toi, calme-toi… Assieds-toi, rétorque Bono qui cherche avant tout à calmer le jeu. Ce n'était pas une provocation. Tu refuses sans doute de me croire, mais j'ai la même haine que toi. Je suis un écorché vif, celui qui rêve de dégainer pour assouvir sa soif de vengeance. Tu n'as pas l'air de comprendre, mais tel que je suis là devant toi, je vais peut-être devenir ton meilleur ami… et t'aider à te venger.

— Mais bon sang, tu es qui, au juste ? Pourquoi tu es venu me voir ? C'était vraiment un hasard que tu viennes t'asseoir ici ce soir ?

— Stéphane, souviens-toi, il n'y a pas de destin, mais ce que nous faisons de notre vie. Il n'était pas écrit que nos vies seraient brisées par des ordures qui ne méritent même pas de vivre. Nous ne sommes pas les seuls dans ce cas, et rien ne nous oblige à subir cette situation jusqu'à notre dernier souffle. Du moins, je n'en ai pas l'intention. Je me suis fait cette promesse : tous ceux qui m'ont piétiné finiront amputés de leurs jambes. Ceux qui ont posé leurs mains sur ma bouche auront les bras coupés. Il y aura une punition pour chacun d'entre eux. J'ai le droit de me venger et tu l'as aussi.

— Des paroles, des paroles. Mais qu'est-ce que tu veux faire ? Regarde-nous, on est deux pauvres types en train de boire jusqu'à plus soif en se prenant pour ce qu'on n'est pas. Non, c'est beau de rêver mais on va crever avec nos idées noires... Quand ? C'est à nous d'en décider.

Bono se rapproche de nouveau et continue de se poser en confident chaleureux, prêt à tout pour inverser la tendance et faire pencher Stéphane vers son côté noir.

— Je peux t'aider... On peut t'aider. Je sais que tu as du mal à me croire, mais c'est la stricte vérité. Alors, on va faire quelque chose de simple. Je vais te donner une feuille et un stylo. Si tu as envie que l'on se reparle rapidement toi et moi, tu me notes ton numéro. Et si tu ne veux pas, il te suffit d'en écrire un faux. Et tu as ma parole que tu n'entendras plus parler de moi. Dans le cas contraire, c'est une autre vie qui t'attend.

Bono temporise quelques secondes avant de sortir de sa poche une feuille de bloc-notes qu'il dépose sur le comptoir, devant un Stéphane pétrifié, incapable de se raisonner et de prendre une décision.

Il pose ensuite un stylo sur la feuille, puis se dirige vers la caisse.

— Je vais régler. Lorsque je reviens, je veux voir un numéro sur ce papier.

Pendant quelques minutes, Stéphane reste seul, entouré de ses vieux démons, martelé par des pensées sordides, absorbé par un vide émotionnel abyssal.

Le sourire de sa femme flotte devant lui et l'envoûte autant qu'il le tourmente. Un instant d'extase rapidement cassé par le visage de celui qui a détruit leur vie et qui attise son désir de l'égorger comme un loup étripe une brebis.

Tous les sentiments contraires se confondent et ne forment plus qu'un mirage de colère.

Le temps défile... Plus rien ne compte. Stéphane repasse une à une les formules prononcées par cet homme qu'il ne peut plus chasser de son esprit.

Pourtant, lorsque Bono est de retour, le papier n'est plus vierge.

Il le saisit, esquisse un léger sourire. Rien de plaisant ou d'ironique. Peut-être tout simplement de la complicité.

Bono replace la feuille dans sa veste, puis se rhabille, sans mot dire.

Au moment de regagner la sortie, il se retourne vers Stéphane, qui l'interpelle une dernière fois.

— Bono, je peux te demander quelque chose ?

— Tu peux... même si je ne promets pas d'y répondre.

— C'est quoi ton véritable prénom ?

Bono sourit de nouveau, cette fois-ci presque amusé malgré la teneur dramatique des propos échangés durant cette soirée.

— Si le numéro que tu m'as fourni est le bon, tu le sauras

bien assez tôt. Je ne peux pas tout te dévoiler. Sache que j'ai apprécié t'écouter et que j'ai beaucoup d'empathie pour ce qui t'est arrivé. Ton histoire m'a pris aux tripes. C'est peut-être parce que nous avons un point commun. Un élément qui rend les choses plus personnelles. Ta femme avait le même prénom que la mienne... Émilie.

40

Lundi 27 septembre 2021 – 22 h 15

Le sous-sol, aménagé en garages destinés à des particuliers, est totalement désert en semaine à cette heure-là. Toute l'allée est utilisée en journée par des clandestins qui ont aménagé les lieux en atelier automobile illégal où se répètent des activités illicites en tout genre : changements de moteur, désossage de voitures volées et achat de pièces falsifiées. Les carcasses s'y entassent, parfois brûlées ou broyées. Ici ne règne qu'une doctrine : se taire et ne pas chercher à savoir ce que fait le voisin.

Dans les box, des centaines, voire des milliers de composants achetés à des prix défiant toute concurrence sont entreposés. Les habitants se sont résignés à ne plus chercher à savoir ce qui se pratique dans ces sous-sols, et il y a bien longtemps que la police ne vient plus rôder. Seuls quelques irréductibles flics de la vieille école ont encore leurs entrées, sous couvert de garantir qu'aucune descente ne sera faite, en échange de quelques tuyaux sur des trafics plus lucratifs.

Au milieu de l'obscurité, les phares d'une grosse berline noire se rapprochent du fond de la galerie, au niveau d'un cul-de-sac sale et poussiéreux, sans électricité, où personne ne viendrait s'aventurer seul.

La voiture se stoppe et les portières claquent. Un son brutal qui résonne dans le vide.

Des bruits de pas lourds progressent en direction d'un des garages, et un rideau métallique grince en remontant, laissant entrevoir un vaste dépotoir où nichent rats, souris et araignées en tout genre.

Une ombre se dessine à l'arrière du véhicule et une lampe de poche projetée dans le fond du coffre vient éclairer le visage déterminé de l'individu.

—Alors, c'était donc toi. Tu as fait tout ça pour lui, résonne la voix de Franck qui se rapproche du véhicule et pointe son arme en direction du suspect.

L'homme cherche dans la pénombre d'où proviennent ces paroles en agitant sa lampe dans tous les sens.

—Qui est là ? Qui parle ?

—Cette phrase, tout provient donc de cette phrase. « Vous pouvez écrire ce que vous voudrez, me faire avouer ce que je n'ai pas fait, mais la seule vérité, c'est que je ne l'ai pas tuée. » Je ne l'ai pas tuée ! C'est l'histoire de toutes ces femmes impliquées dans tous ces meurtres, mais c'est aussi ton histoire, celle d'Aminata Diakité !

Franck s'avance encore, le canon pointé vers son ami qui parvient à deviner le visage de celui qui vient de prononcer ces quelques mots.

—Franck... c'est bien toi ? Alors là, franchement, je te

tire mon chapeau. Dis-moi comment tu as réussi à remonter jusqu'ici.

Walter, serein et déterminé, ne paraît nullement impressionné par le revolver braqué sur lui. Il avance d'un pas nonchalant, tentant de garder l'avantage pour attaquer une guerre des nerfs dans laquelle il compte prendre l'ascendant.

— N'avance pas, Walter. N'avance pas ou tu sais ce qui arrivera...

— Quoi, tu vas me tirer dessus ? Vraiment ? Tu oublies tout ce qu'on a vécu tous les deux ? Dis-moi comment tu as su. Comment tu es arrivé jusqu'à ce lieu ?

— Avant ça, je veux que tu ouvres le coffre et que tu me montres ce qu'il y a dedans. Tu ouvres et tu recules.

Sans broncher, affichant un petit rictus narquois, Walter s'exécute. Il fait claquer la poignée du coffre et l'ouvre, tout en pointant sa lumière à l'intérieur. Franck se rapproche à deux pas du véhicule, et découvre un corps replié comme un fœtus, le visage tuméfié, les mains et les pieds attachés ensemble, formant une immense boule de cordages raides qui tiraillent la peau de la victime de toutes parts.

— Je pense que tu sais qui c'est...

— Ibrahima Diakité. C'était donc pour lui, toute cette mise en scène. Avant d'aller plus loin, qui d'autre est avec toi ici ?

— Personne, j'ai agi seul...

— Arrête. Ne me mens pas. Pas encore...

J'ai agi seul, Franck, que ça te plaise ou non. Cet enfoiré n'a que ce qu'il mérite. Et c'est loin d'être terminé. Je vais le torturer à mort et tu sais pourquoi.

— C'était sa sœur... Regarde-le, c'était un pantin, à la merci des médias. Il ne pouvait pas mesurer les impacts.

— Les impacts, c'est bien ça que tu dis ? Tu veux dire ma

vie totalement détruite ? Ma carrière de policier brisé, mon nom sali partout où je suis passé. Pendant des mois, j'ai dû vivre comme un paria, de peur d'être lynché dans la rue. Dis-moi, Franck, tu sais ce que ça fait de devoir déballer ta vie à des psys ? D'être cuisiné par l'IGS ? De justifier la manière dont tu t'es défendu, telle qu'on te l'apprend quand tu débarques dans le métier ? Est-ce que tu as déjà dû te présenter devant une commission de discipline qui te juge comme un minable, un moins que rien... une épine dans le pied qu'ils aimeraient écraser ?

—Toute cette histoire était devenue politique et tu le sais bien. Tu étais le flic à abattre aux yeux de l'opinion publique, le symbole de la lutte des violences policières face aux jeunes de banlieue. Tu sais comme moi que tu n'étais pas celui que tes détracteurs présentaient dans leurs articles, mais quand la tempête médiatique s'emballe, il n'y a rien que l'on puisse faire.

Walter ne peut empêcher un réflexe de colère et tape sur le toit de la voiture tout en riant jaune.

—Je l'attendais celle-là ! La tempête médiatique ! Mais enfin, Franck, on fait partie de quelle maison, au juste ? On est la police, on est des flics ! Explique-moi comment les médias et les réseaux sont capables d'inverser la machine judiciaire contre nous. J'étais juste un mec qui faisait son boulot, qui croyait en notre pays, en notre justice, en notre solidarité. Et du jour au lendemain, je me suis retrouvé seul, rabaissé, prêt à me faire lapider sur la place publique pendant que mes supérieurs cherchaient à m'envoyer laver les vitres.

—Je ne comprends pas, de quoi tu parles ? La hiérarchie t'a soutenu publiquement, non ? Personne ne t'a lâché, et

Portet a tout fait pour te tirer de là, c'est même lui qui t'a obtenu cette mutation à Grenoble.

—Naïf ! Tu as toujours été un mec juste et réglo, Franck, mais que tu es naïf. Qu'est-ce que tu crois ? Que j'ai eu le choix ? En public, oui, on m'a défendu, pour éviter que l'unité policière ne s'effondre avec cette affaire. Mais dans les réunions qui se tenaient à huis clos, que crois-tu qu'il se disait ? Ils cherchaient tous à sauver leur cul, à tout me mettre sur la courge. Portet le premier ! Sous ses allures de bon père de famille avec ses gars, il a été le premier à m'enfoncer, à vouloir me dégager. Je n'avais pas suivi les directives, j'avais soi-disant paniqué, je devais me remettre en question… Cet enfoiré a tout fait pour m'écraser. Cette soi-disant mutation, c'était uniquement pour sauver les meubles. À leurs yeux, j'étais fautif ! Alors on m'a mis de côté, je suis parti à l'autre bout de la France et je n'ai eu qu'à m'écraser, pendant que tout le monde faisait mine de ne rien voir. Et en surface, on devait tous faire bonne figure. Voilà la manière dont ça s'est passé ! Et bien entendu, il fallait que je ferme ma gueule et que je m'estime heureux de ne pas finir en taule et de garder mon job ! Tous des hypocrites, tous des merdes… Tu essaieras d'imaginer ce qu'est devenue ma vie ensuite…

—Je n'arrive pas à y croire… Comment as-tu pu en arriver là, Walter ? Au point de tuer ? D'avoir envie de buter ce mec ? C'était un coup terrible, c'est vrai. Mais c'est arrivé et on ne pouvait rien y faire. Cette fille est morte. Elle est morte et ce n'était pas ta faute. Mais tu avais encore la vie devant toi, tu avais Émilie !

Walter hurle quelques jurons tout en faisant un tour sur lui-même, au bord de l'hystérie.

—Émilie ? Qu'est-ce que tu crois ? Il y a bien longtemps

qu'elle s'est barrée. On y a cru quelques jours à cette nouvelle aventure. Mais dès notre arrivée, tout est allé de pire en pire. On ne pouvait même plus respirer l'un à côté de l'autre. Elle m'a largué du jour au lendemain, en se tirant sans même une explication. J'étais devenu un vrai connard et je le sais. Au boulot, on m'a placardé dans des missions de merde. Ils savaient très bien qu'ils ne pouvaient pas me virer, alors on s'est contenté de me filer des miettes. Mais pas de chance, ça m'a permis de réfléchir, de voir les choses autrement et de faire des rencontres.

— Comment as-tu connu Stéphane Roche, puisque c'est forcément de lui que tu parles ? C'est bien vous deux derrière tous ces crimes abjects ? Tuer ne vous rendra rien. Il vous lavera les mains avec du sang, et après ?

— Stéphane était comme moi, comme d'autres... Perdu, noyé, rongé par une noirceur extrême. L'envie de se buter tous les matins, tu as connu ça, toi ? Ce qui nous unissait Stéphane et moi, c'était le désir de vengeance. Sauf que lui voulait punir, puis mourir, alors que moi, je n'ai pas l'intention de m'arrêter là...

Franck a le bras qui tremble et des fourmis dans les jambes, mais il continue de fixer son regard sur celui qu'il n'aurait jamais pu soupçonner avant cette dernière journée fatidique. Il repense à leur rencontre au bar et à la manière dont Walter a essayé de le manipuler avec cette histoire de fausse agression. Il tente aussi de recomposer un puzzle dont toutes les pièces sont assombries. Et surtout, de comprendre...

— C'est toi qui as agressé Portet. Pourquoi ? Et pourquoi m'avoir raconté tous ces bobards tout à l'heure ? Qu'est-ce que tu cherchais réellement ?

— Portet, c'était la cerise sur le gâteau. Mais je ne voulais pas le tuer… simplement le terroriser, tenir sa vie au bout de ma main. Cela faisait partie de mon processus. Il fallait que je lui montre qui a les cartes en main, qui décide, qui mène la barque ! Les choix des victimes et les lieux n'étaient pas un hasard. Je savais que cette enquête le rendrait fou. Je suis passé devant chez lui, à quelques mètres de son appartement merdique, et je l'ai corrigé comme un maton met une raclée à un détenu. Ironie du sort, il m'a considéré comme un moins que rien et pourtant c'est moi qui ai joué, qui ai enchaîné les démonstrations de force, pendant que vous étiez totalement impuissants, à attendre un coup de pouce du destin qui ne venait jamais. Et pour toi ? Tu étais mon assurance ! Une manière de me garantir que tu ne me soupçonnerais pas, que tu ne chercherais pas à me mouiller dans quoi que ce soit. Il fallait que je te contrôle. Portet agressé, puis moi… tu étais le suivant et tu le savais. Franck, tu es naïf, je te l'ai dit… mais en plus, tu as peur. Au fond de toi, tu fais ce métier la peur au ventre, et tu as toujours eu besoin des autres pour sauver ton cul ! Je suis certain que depuis que l'on s'est vus, tu n'as jamais cessé de regarder dans tous les recoins pour voir si quelqu'un n'allait pas te sauter dessus. Dis-moi que j'ai tort, peut-être ?

Franck, les yeux écarquillés, est incapable de déglutir. Il fixe le viseur de son arme qu'il distingue à peine dans l'obscurité. Il n'arrête pas de se répéter intérieurement « Je dois garder le contrôle, je ne dois pas me laisser intimider », mais dans le fond, il sait que Walter a raison. Il est mort de peur, et son visage ne ment à personne, même sans lumière.

Il cherche une porte de sortie. Il doit continuer à lui parler, à gagner du temps. Il relève la tête et refuse d'abandonner.

—Walter, tu essaies de me manipuler, mais ça ne

marchera pas. Tout s'arrête ici pour toi, mais avant, je veux que tu m'expliques une chose...

— Non, toi d'abord, le coupe Walter. Je veux que tu m'expliques comment tu as su, comment tu es arrivé jusqu'ici. J'avoue que je n'aurais jamais parié un centime sur toi. Je te croyais planqué au fond de ton lit, les volets fermés et la porte verrouillée à double tour.

— OK, alors échange de bons procédés, comme disait Hannibal. Chacun son tour. Comment je suis arrivé ici ? Je vais te répondre...

41

Lundi 27 septembre 2021 – 22 h 35

Le véhicule banalisé de la police roule dans les rues à toute vitesse, gyrophare sur le toit et sirène à fond, traversant une à une les petites ruelles étroites et désertes en direction de l'adresse notée par Isabelle sur son téléphone.

Cramponné à son volant tel un pilote de rallye, Éric noie sa collègue de questions, signe de la nervosité ambiante qui règne dans l'habitacle.

— Tu es bien sûre de toi, Isa ? Qu'est-ce qu'il t'a dit, au juste ? hurle Éric qui tente de se faire entendre entre les coups de klaxon et les ronflements du moteur.

— Oui, c'est bien l'adresse qu'il m'a donnée ! Je ne peux pas t'en dire plus. Il m'a simplement expliqué qu'il fallait qu'on le rejoigne là-bas sans perdre de temps.

— Mais comment ça, c'est un flic dans le coup ? Quel flic ? s'excite Éric, qui ne comprend pas à quoi joue Franck à les envoyer parader en pleine nuit vers un immeuble vétuste situé dans une banlieue sordide.

— Celui de l'affaire Diakité dont nous a parlé Franck après l'agression de Portet. À un moment, j'ai pensé qu'il pourrait être une possible victime, mais c'est tout l'inverse. Il serait responsable de l'agression de Portet mais aussi du meurtre de François Lacroix et Frédéric Diaz ! Deux des victimes.

— Attends, mais il t'a dit ça sans explication ? Comment il est arrivé à cette conclusion ? Ce serait quoi le mobile ?

— Difficile à dire pour Portet, même si l'affaire Diakité semble beaucoup plus sombre que ce que l'on pense au niveau de la gestion interne. Mais pour les deux autres, Franck a découvert que ce flic, Walter, avait été l'amant de Christine Léandre, l'assistante de François Lacroix qui s'était suicidée après un burn-out professionnel. Je crois que tu as suivi l'enquête…

— Christine Léandre, mais oui bien sûr ! Mais comment il a su ça ?

— Walter a été reconnu sur une photo prise à l'époque par une amie de Christine, qu'elle lui a envoyée en fin de journée. Mais ce n'est pas tout. Il a un lien avec une autre victime : Sophie Arnaud, la fille tuée en 2000 par Frédéric Diaz, celui que l'on a retrouvé dans cette cave, assassiné de la main de sa belle-mère.

— Attends, comment ça, un lien ? C'était il y a vingt-deux ans et il n'y a aucun doute sur le meurtrier et ses potentiels complices.

— Pas au niveau du crime en lui-même. Sophie Arnaud

était la fille de Martine Arnaud, dont le tueur a utilisé la main pour effectuer l'injection qui a été fatale à Frédéric Diaz. Elle était veuve depuis des années, son mari est décédé d'un cancer. Mais ce soir, c'est un coup de fil que Franck a passé à Émilie, l'ancienne compagne de Walter, qui a tout changé.

— Explique ! s'impatiente Éric qui brûle tous les feux rouges, regardant droit devant tout en restant concentré sur les paroles d'Isabelle.

— Franck avait conservé son numéro, et lorsqu'il l'a appelée ce soir après avoir découvert la possible implication de Walter Portaz dans les meurtres, c'était un peu une bouteille à la mer. Émilie et Walter sont séparés depuis des semaines. Elle vit cachée, ne répond plus au téléphone. Elle l'a fait pour Franck car elle a confiance en lui. Lorsqu'a éclaté l'affaire Diakité, il les a aidés à traverser cette épreuve. Lors de leur discussion, elle a avoué avoir très peur de Walter depuis des semaines. Mais surtout, elle sait quelque chose qui n'est noté dans aucun dossier. C'est que si Sophie Arnaud est bien la fille de Martine Arnaud, elle est le fruit d'une relation extra-conjugale, à la fin des années 1970. Et son père biologique n'était autre que Pierre Portaz, le père de Walter.

— Tu veux dire que... cette Sophie était la demi-sœur de Walter ?

— Exactement. Sophie est née en 1978 et Walter sept ans plus tard, en 1985. À l'époque de cette relation adultère, le père de Walter n'était pas encore en couple avec sa mère et future femme, ils ne se connaissaient même pas. Walter n'a appris l'existence de sa demi-sœur qu'à sa majorité, lorsque son père le lui a avoué. Sophie avait déjà été assassinée et

Frédéric Diaz jugé et sous les verrous. D'après Émilie, lorsque Walter a appris le meurtre, cette histoire l'a bouleversé. Il est allé souvent sur la tombe de Sophie, sans pour autant chercher à prendre contact avec la famille, par respect pour ses parents. Le lien avec le meurtre de Frédéric est tout trouvé. Sa mort dans les conditions que l'on sait est tout sauf un hasard.

— Nom de Dieu ! Mais ce type est un fou furieux ! Franck n'aurait jamais dû s'y rendre seul, comment tu as pu le laisser y aller ? Est-ce qu'on ne devrait pas prévenir la cavalerie avant de se pointer là-bas ?

Isabelle ouvre la vitre et prend une bouffée d'air tout en jetant sa cigarette.

— J'ai fait ce que Franck m'a demandé de faire. Parce qu'il voulait que je lui fasse confiance, et c'est le cas. Je pense qu'il veut se donner une chance de lui faire entendre raison. L'empêcher de tuer Diakité avant que l'affaire n'éclate. Walter est son ami et je ne crois pas qu'il s'en prendra à lui. Mais personne ne peut prédire comment il réagira une fois démasqué... C'est encore un flic, ne l'oublions pas.

— Lui, oui... Mais il y a peut-être d'autres complices ou d'autres personnes impliquées. Avec Stéphane Roche et le dossier de ce flic, on a donc un mobile pour les meurtres de François Lacroix, le patron véreux de Christine Léandre, de Frédéric Diaz, l'assassin de la demi-sœur de Walter et de Gregory Lopez, l'homme qui a cartonné la femme de Roche. Il reste les trois autres victimes, Patrick Michel, l'assassin de la petite Marine et le couple Céline Fleur/Salim Berkhi, responsables de la mort de Flora. Tant que l'on n'a rien sur ceux-là, on ne pourra pas boucler le chapitre.

— On arrive, gare-toi un peu plus loin, on va y aller à

pied, en se faisant discrets. Le portable ne passe pas au sous-sol, donc méfiance, et on prend nos armes. Pour ce qui est des explications manquantes, c'est évident qu'il reste des vides à combler, mais je crois qu'il n'y a que Franck qui peut obtenir des réponses.

42

Lundi 27 septembre 2021 – 22 h 45

Walter, à la fois gêné et détendu, refuse toujours de lever les mains en l'air et se permet même d'applaudir ironiquement.

— Mes félicitations, Franck. J'avais imaginé beaucoup de scénarios, mais pas celui-ci. Jamais je n'aurais pensé que vous pourriez remonter jusqu'à moi par le biais de Christine, donc je ne peux que te dire bravo. Comme quoi, un flic a toujours une carte cachée dans sa manche. Mais tout ceci ne me dit pas comment tu es arrivé jusqu'à ce sous-sol, ce soir.

Franck se montre de plus en plus menaçant. Il tente de vaincre la peur qui le pousse à chercher une médiation pour sortir de cette situation qu'il a lui-même provoquée.

— Comme tu le dis, on est des flics ! Et un flic a aussi ses informations et ses indics, tu devrais le savoir. Puisque tu allais t'attaquer à Ibrahima Diakité, il te fallait un lieu proche de son domicile. Un endroit où les flics ne sont pas regardants et où personne ne pourrait effectuer les moindres recherches. Manque de pot, Ahmed, l'un de nos informateurs, a accès à tous les noms qui sont notés sur les registres de locations frauduleuses dans ce quartier. Sébastien L. ! C'est le pseudo que tu utilisais sur les sites de rencontre, celui de ta relation avec Christine Léandre. Celui aussi que tu utilisais pour tromper Émilie. Mon intuition a été la bonne. Tout comme celle qui m'a amené à fouiller le bureau de Portet pour récupérer le dossier de ton audition. La dernière, celle juste avant ta mutation, en ce début d'année 2018, d'où vous avez tiré toute la symbolique de vos crimes ! Cette fameuse audition où tu as prononcé ces mots : « Je ne l'ai pas tuée. » Ces mêmes mots que le chauffard qui a ôté la vie de la femme de Stéphane Roche a prononcés durant son procès. Finalement, vous êtes comme beaucoup de tueurs en série, tout ceci n'est qu'un jeu, avec des règles que vous aimez suivre et appliquer !

—Non ! Détrompe-toi, ce n'est pas un jeu, mais une démonstration de force ! Tu as beau avoir déchiffré certains codes, il n'en demeure pas moins que nous avons mis le pays et sa justice à genoux. On arrive à la fin... et tu es tout seul.

Walter marque un temps d'arrêt et cherche à traquer les réactions de Franck, dont l'obscurité masque les émotions sur son visage.

—Il y a quand même une dernière chose que je veux savoir, Walter, et je veux que tu me répondes. L'affaire Diakité t'a coûté ton job. Lacroix était un salopard de patron vicieux qui a poussé Christine au suicide. Tu viens de me dire que ta demi-sœur a été assassinée dans des conditions effroyables. OK, c'est beaucoup pour la vie d'un seul homme, je te l'accorde. De son côté, Stéphane Roche avait lui aussi des raisons de s'en prendre à celui qui a tué sa femme. Mais explique-toi pour les autres, pourquoi Patrick Michel ?

— Quoi, cette pourriture qui a fait du fric et s'est refait un nom sur le dos de sa pauvre victime en écrivant un bouquin ? C'est pour ce genre de salopard que tu te poses des questions ? Il n'y a rien à en dire. Stéphane l'avait coincé une fois en train de reluquer des gosses devant une école après sa libération. Mais tu connais comme moi le laxisme de notre justice, et elle a fait ce qui se voit chaque jour dans les médias : changer de trottoir pour ne pas voir. Alors, quand on a eu l'idée de tous les enterrer vivants, son nom est sorti naturellement. Faire justice, donner l'occasion et les moyens à ceux qui s'étaient promis de la renverser. Telle était notre devise.

— Mais Céline Fleur et Salim Berkhi, les parents de la petite Flora ? Pourquoi ? Encore une histoire de vengeance personnelle ?

Walter hésite, puis se contente de lever les mains au ciel, tout en pensant à l'arme qui se trouve dans le dos de sa ceinture. Franck n'est plus un ami mais ce n'est pas une cible, et il n'a pas dans l'idée initiale de le tuer. Mais que faire s'il refuse d'entendre raison ? Le regard perçant de son interlocuteur le ramène à l'urgence de la situation.

— Ces deux-là, on ne les connaissait pas personnellement, uniquement de réputation, et ils ne manqueront à personne.

— Mais pourquoi les avoir jetés dans ce trou avec François Lacroix et Patrick Michel ?

— Réfléchis bien, Walter. La réponse, tu la connais. Elle est en toi, en ta vocation, en ton job. Elle est dans tous les outils, indices, détails et dossiers qui composent ton quotidien. Elle est dans toute cette connerie d'intelligence artificielle qui nous entoure chaque jour et fait de nous des pantins qui appuyons sur une souris et un bouton pour attendre que la solution s'affiche.

Franck fronce les sourcils, montrant son incompréhension, tout en relâchant la pression sur son arme, qui devient de moins en moins menaçante. Il ne saisit pas ce que Walter essaie de lui faire comprendre et ses pensées s'enlisent.

— Quoi, tu ne comprends toujours pas ? reprend Walter qui insiste et monte le ton. Les inconnues de l'équation, les variables aléatoires, les facteurs aggravants… Tu peux appeler ça comme tu le souhaites, mais ce sont eux la clé pour noyer les investigations. À partir du moment où il y a une série de meurtres avec un rituel commun, il y a obligatoirement un rapprochement effectué entre les victimes. C'est la règle de base de nos recherches : trouver le dénominateur commun à tous ces meurtres. On parle de crimes avec un lien dans le mode opératoire, de tueurs en série. On savait exactement comment procéder pour contrer toutes les méthodes existantes : agir vite avec des délais proches sur des victimes médiatisées et sans le moindre lien. L'imam fiché S et ses milliers de fanatiques, le couple Fleur/Berkhi, deux personnages dont l'affaire et le procès ont été ultra médiatisés, impliquant des centaines d'intervenants. C'est le meilleur moyen de décupler les pistes, de couper court à tous les regroupements possibles. La justice devient impuissante, n'ayant plus que ses yeux pour pleurer.

Franck reste bouche bée devant ces révélations. Un constat lucide et logique, mais qui la ramène à une forme de résignation.

Ils avaient donc tout prévu, tout calculé. Le but était donc simplement de nous faire perdre du temps et de l'énergie.

Le plan de Walter est tellement machiavélique. Tuer des individus qui n'ont strictement rien en commun, à des endroits différents et sans laisser la moindre trace exploitable est la meilleure approche pour passer entre les mailles du filet.

Lorsqu'il y a une logique, un fil conducteur ou un mobile propre à un seul individu, il est plus facile de remonter jusqu'au coupable. Mais si les tueurs sont multiples, avec des motivations diverses, et prennent la peine de brouiller les cartes, l'enquête devient quasi impossible, à moins qu'une erreur soit commise. C'est également tout l'intérêt d'utiliser des scènes de crime isolées, ou, au contraire, avec du passage multiple. Les analyses et investigations sont obligatoirement plus compliquées que sur un domicile ou un lieu connu des victimes.

Walter a raison. Depuis le début, les pistes se sont multipliées de manière isolée, toutes tuées dans l'œuf, alternant désillusions et hypothèses stériles.

Franck fixe son ancien collègue du regard sans trouver les mots et sans savoir à qui il a affaire.

—Je ne sais pas quoi te répondre, ni si je dois vomir ou m'étouffer. Comment avez-vous fait pour effectuer toutes ces mises en scène sans vous faire prendre ?

—Comment ? À ton avis ? Un flic a toutes les entrées, tous les codes. Les hors-la-loi sont à portée de main, il n'y a qu'à demander pour avoir ce qu'on veut. Les enquêtes sur les dérives en drogues des soirées SM nous ont menés tout droit à ce château où se pratiquait la loi du silence. Rien de tel comme terrain de jeu pour assouvir notre vengeance. Et quand tu te présentes avec une carte de police, on t'écoute et on t'obéit. Un véritable jeu d'enfant : obtenir des fausses plaques, modifier les messageries des victimes, savoir ce qui se fliquait ou pas sur le dark web, qui sont les flics en charge de l'enquête… On était dans notre zone de confort pour faire ce que l'on ne soupçonnera jamais d'un flic : tuer !

— Tu ne peux pas, Walter. Tu ne peux pas franchir la ligne rouge, même si celui en face de toi mérite la mort.

— Ne cherche pas à me comprendre, ne cherche pas à me juger. Le temps peut atténuer beaucoup de choses, mais pas la perte d'une sœur ou d'une femme. Ne cherche pas à mettre un nom sur ce que nous faisons. Tu ne feras que te retourner l'estomac et le cerveau. Oublie tout ce que tu crois savoir sur ceux qui tuent, nous ne sommes pas de leur espèce. N'oublie pas une chose : ce que nous savons avec certitude des tueurs en série, nous l'avons appris de ceux qui ont été arrêtés. Tous ces profilers, experts en criminologie, ont bâti leurs certitudes sur des noms de *serial killers* qui sont passés derrière les barreaux. Il reste tous les autres, ceux qui sont en liberté ! Ceux qui ont su déjouer tous les pièges et n'ont pas l'intention de se faire connaître. Pour certains, se faire arrêter pour être mis sur le devant de la scène fait partie d'un processus de glorification. Avoir ce moment de gloire dans les médias, être reconnu pour ses actes, avoir un droit de vie ou de mort plus important que Dieu. Ils ont besoin de la lumière pour exister, pour aller à l'apogée de leur quête de toute-puissance. Mais je ne suis pas de ceux-là, j'ai agi pour soulager ma conscience, pour les punir et les soumettre à ce qu'ils méritent : une agonie lente et cruelle. Voir ces gens en liberté, profiter d'une vie qu'ils ont eux-mêmes lâchement ôtée à d'autres était sans doute la chose la plus intolérable à laquelle la vie m'a confronté. La rectification est désormais faite. Il me reste celui-ci à finir et ensuite je disparaîtrai. Je dois partir loin et refaire ma vie. Je vais le faire, et tu sais pourquoi. Tu dois me laisser finir.

Franck entend les gémissements de Diakité dans le coffre qui tente de changer de position et de bouger ses membres engourdis, ankylosé par les drogues, les coups et la peur de mourir. À cet instant, il ne sait plus exactement s'il est homme, flic ou ami. Ses pensées s'embrouillent et tournent sur elles-mêmes comme une toupie.

Il règne un flottement lourd et pesant, une tension dramatique accrue par le décor sordide de ce sous-sol. Difficile de savoir si l'un ou l'autre est en mesure de reprendre ses esprits et de garder une forme de lucidité.

Mais Franck, en son for intérieur, refuse de céder.

—Je suis désolé, mais je ne te laisserai pas tuer cet homme… Tu n'iras nulle part.

Au même moment, la porte du garage se relève et la faible lumière de l'ampoule suspendue au plafond vient éclairer la scène. C'est alors que le complice de Walter entre en action et pointe son arme en direction de Franck, qui n'a pas le temps de réagir. Il ne le sait pas à cet instant, mais il s'agit bien de Mario Cavalera, l'homme présenté en photo dans la soirée à Portet, et pour lequel un avis de recherche est en cours.

L'homme a les traits grossiers et anguleux, marqués par le poids des années et des contusions. Une barbe de trois jours et un regard noir lui donnent un air menaçant, stéréotype de ces hommes dont on ne sait dire s'ils sont flics ou voyous mais qui inspirent la crainte.

Franck, positionné de trois quarts après un sursaut, n'a pas le temps de dévisager l'individu qu'il est de nouveau mis en joue par Walter, lequel vient de récupérer de l'arrière de son jean son calibre chargé à bloc.

En une fraction de seconde, la situation est totalement inversée et Franck se retrouve pris en otage. Son cœur s'emballe et son souffle devient irrégulier. Pris au piège, il devient une cible.

— Reste calme, Mario, il ne nous posera pas de problème, n'est-ce pas, Franck ? lance Walter dont le ton montre qu'il est seul maître à bord. Tu sais que je ne veux pas te faire de mal, mais je ne peux pas te laisser partir avec ce que tu sais. Alors on va t'emmener avec lui et tu resteras enfermé quelques jours. Puis on donnera des indications pour que tu puisses être libéré une fois que nous aurons mis les voiles. Tu as ma parole. Maintenant, jette ton arme !

Les secondes défilent alors que la scène reste figée, chacun étant retranché dans une attente interminable, espérant une issue favorable.

Tenaillé par les deux canons, Franck n'ose plus bouger. Il cherche une alternative, une lueur d'espoir, un déclic pouvant le sortir de cet enfer. Puis, il finit par lâcher son calibre et reculer d'un pas, désemparé.

Il lève les mains en l'air en signe de résignation, puis se tourne vers Walter qu'il fixe du regard, sans jamais cligner des yeux. Il cherche à le déstabiliser en affichant désormais un visage sarcastique, presque insolent.

— Tu avais raison, Walter, à mon sujet. Et si ce soir, j'ai découvert une face de ton existence que je n'aurais jamais soupçonnée, j'ai aussi appris quelque chose sur moi-même.

— Explique-toi !

— Tu as raison. En apprenant l'agression de Portet, puis la tienne, j'ai eu peur. J'étais otage de ma propre angoisse. Si j'avais parlé de ton agression, on aurait tout de suite fait le rapprochement entre Portet et toi avec l'affaire Diakité... ce qui indirectement faisait de moi le suivant sur la liste. Dissimuler la vérité, c'était une manière de fuir cette idée et de me cacher derrière autre chose. Je suis naïf et peureux, tu as tellement raison.

Walter écoute attentivement, sans en rajouter pour ne pas accabler celui avec qui il a partagé tant d'aventures à la belle époque. Il se sent même coupable, mais il fallait l'impressionner et le faire taire.

— Par contre, reprend Franck, il y a quelque chose que tu n'as pas su évaluer à sa juste valeur, un détail sur lequel tu es beaucoup trop confiant.

— De quoi tu parles ?

— C'est qu'un flic, naïf mais peureux, ne serait jamais venu seul jusqu'ici...

43

Lundi 27 septembre 2021 – 23 h 15

À ce moment-là, des cris retentissent dans la galerie.

« Bouge plus ! Pose ton arme ! Pose là et recule ! »

Isabelle, sortie de nulle part dans l'obscurité, avance déterminée vers le complice de Walter qui n'a pas le temps de réagir et se retrouve tenu en joue, son arme toujours rivée sur Franck, immobile. Éric, à l'opposé, profite de ce moment de diversion pour se glisser dans le dos de Walter et le menacer de son arme avant de lui intimer de jeter la sienne.

La situation est tendue et atteint son paroxysme lorsque Walter se rend compte qu'il est pris au piège et qu'il ne sera pas possible de négocier quoi que ce soit pour sortir de là vivant ou libre.

Il contemple la scène qui se joue sous ses yeux, tout en

sentant Éric s'agiter dans son dos, imaginant le canon braqué sur l'arrière de son crâne. Franck lui fait face, les mains toujours levées et immobiles, de moins en moins déstabilisé même s'il est encore la cible de deux armes pointées sur lui. Devant l'entrée du garage, Isabelle est à quelques mètres de Mario, légèrement sur le côté, ce qui ne lui permet pas de la distinguer. L'arrivée en force des deux policiers ne l'a pas fait trembler et encore moins sursauter. L'homme ne semble pas perturbé par les cris et les menaces. Il reste concentré sur son objectif. Bras tendus et sans cligner des yeux, il continue de cibler Franck, le regard noir et le doigt sur la queue de détente de son arme.

Walter, sentant les choses lui échapper, tente une dernière approche pour se sortir de là et négocie directement avec Isabelle :

—Réfléchis bien. On a tous à y perdre dans cette histoire. Vous êtes trois et nous deux, mais on ne veut pas que ça finisse en bain de sang. Rappelez-vous qu'à la base, on fait partie de la même maison. Vous êtes flics, et nous aussi. Ça me ferait mal au cœur de tirer sur un collègue. Toi et ton pote, vous vous êtes mis dans la merde en débarquant ici, car je n'avais pas l'intention de faire quoi que ce soit à Franck. Mais maintenant, la donne change...

—Arrête de parler pour ne rien dire ! s'emballe Isabelle, qui n'a nullement l'intention de se laisser endormir. Qu'est-ce que tu proposes ?

—C'est simple. Je vous le laisse, dit Walter qui montre Diakité dans le coffre. Il est complètement *stone* avec ce qu'il a ingurgité. Vous l'emmenez et le laissez dans un coin de rue, il ne se souviendra de rien. Pendant ce temps-là, on disparaît, et vous n'entendrez plus jamais parler de nous.

— Tu n'espères tout de même pas qu'on va accepter un marché pareil ? Tu nous as bien regardés ? Vous êtes des criminels, pas des flics, mais des tueurs !

— Réfléchis un peu ! reprend Walter qui hoche la tête en direction de Franck. Il est aussi mouillé dans cette affaire car j'ai des témoins qui peuvent confirmer qu'on s'est vus dans l'après-midi. Si jamais je tombe, je l'embarque avec moi et je dirai qu'il marche avec nous depuis le début. Tu as l'air d'être une fille intelligente, et je pense que tu tiens à lui sinon vous ne seriez pas venus à deux jusqu'ici sans renfort, et donc j'imagine sans approbation hiérarchique, pour coffrer de potentiels suspects dangereux. Alors je te laisse réfléchir encore une minute. Mais le choix s'arrête là : la liberté pour nous ou la taule pour lui ! Regarde-le droit dans les yeux et donne-moi ta réponse.

— Arrête de nous embrouiller ! hurle Éric qui se trouve toujours dans son dos, prêt à se jeter sur lui.

La situation devient théâtrale et l'atmosphère volcanique. Les uns et les autres ont le sang qui bouillonne, et une respiration de plus en plus saccadée. Intérieurement, une petite mélodie fredonne à chacun les différentes options qui s'offrent pour les secondes, les minutes à venir.

Walter fixe Franck avec insistance, lequel à son tour le dévisage avec stupeur, incapable de prononcer le moindre mot. Ses jambes sont comme tétanisées et son cœur bat à tout rompre.

En plein désarroi, il finit par tourner la tête vers Isabelle, dont le regard agressif s'adoucit lorsqu'elle se retrouve confrontée au sien, cherchant une réponse qui ne vient pas.

En quelques secondes, le jeu s'emballe et prend une tournure dramatique.

Mario, qui voit Isabelle tourner la tête à quatre-vingt-dix degrés, profite de ce moment de flottement pour baisser son arme et se jeter sur elle, envoyant un coup de pied vers son poignet gauche, ce qui la fait sursauter.

Dans le même temps, Walter s'accroupit brusquement avant de se retourner en direction d'Éric, lui aussi totalement distrait suite à l'agression d'Isabelle. Les deux hommes se retrouvent pratiquement au corps-à-corps, chacun tenant une arme et ne parvenant pas à distinguer clairement les faits et gestes de l'adversaire.

Étourdie par le coup, Isabelle perd son arme et se retrouve à la merci de son agresseur qui lui envoie une manchette en plein visage. Elle est projetée en arrière, la tempe en sang, vacillante, mais sans jamais s'écrouler. Elle montre encore là son incroyable force de caractère qui l'empêche de flancher. Au moment où elle parvient enfin à se redresser, elle entend un coup de feu en provenance de la scène de lutte entre Walter et Éric. Les deux masses s'effondrent l'une sur l'autre sur le sol.

Mario, sans hésitation après avoir vu la scène, se retourne vers Isabelle et pointe son canon en direction de son crâne, déterminé à ne lui laisser aucune chance.

« Fais ta prière » sont les derniers mots prononcés par Mario, qui n'entend pas Franck arriver en trombe dans son dos pour se jeter sur lui et lui hurler d'arrêter.

Tout devient confus. Les ombres flottent dans toutes les directions tandis que les corps s'entrelacent et se démêlent.

Un vent de vengeance vient saturer l'air ambiant. Les coups pleuvent, puis des tirs viennent déchirer le silence dans un vacarme assourdissant.

Le sol devient une terre de guerre où les masses sanguinolentes s'effondrent les unes après les autres, comme autrefois les jeunes soldats meurtris après la déflagration des canons.

La haine a réussi à tuer des individus ayant pourtant les mêmes convictions, le même devoir. Ils auraient pu se battre pour la même cause, mais aujourd'hui, c'est la mort qui les a réunis.

ÉPILOGUE

Dimanche 13 février 2022 – 9 h

C'est une matinée d'hiver ensoleillée, une bouffée d'air gratifiante, de celle que la nature sait si bien nous offrir chaque année à cette période. Les rayons viennent délicatement réchauffer les vêtements froids et humides mais aussi les cœurs, et annoncer les beaux jours du printemps qui se profile.

Accroupi au sol, un homme vêtu de noir lève les yeux vers le ciel et respire à pleins poumons le parfum enivrant et si atypique qui embaume l'air ambiant : celui de la rosée du matin, des gouttelettes qui se tombent sur des fleurs parfois fanées, mais aussi l'odeur du froid à la campagne, indescriptible et pourtant si prononcée.

L'individu lève pendant plusieurs secondes les bras en l'air avant de les baisser en reprenant son souffle puis de redescendre vers le sol, un genou à terre. Tout autour de lui, des noms sont gravés sur des plaques ou au-dessus des soubassements et des socles. Les pierres tombales semblent l'observer et monter la garde.

Pas un bruit, pas un sifflement, pas même une légère brise annonciatrice d'un vent de tristesse. Cette cérémonie, ou plutôt ce recueil personnel, se déroulera en huis clos.

À ses pieds, la stèle est discrète, à l'écart des allées, le nom presque caché. Un référencement non assumé, comme pour éviter d'attirer les curieux à l'esprit mal placé.

Tout autour, des vies abandonnées, des corps rendus à l'état de décomposition ou de poussière, dont les âmes survivent peut-être quelque part, sans pour autant se faire connaître. Des existences que leurs proches ont oubliées au fil du temps en venant de moins en moins fréquemment se recueillir, comme pour nier qu'ici se trouve la destination finale que nous atteindrons tous.

Est-ce que quelqu'un l'entend ? Est-ce que d'autres jugeront sa présence ici ?

Ce rapport à la mort est si obscur, si envoûtant. Il inspire la peur mais aussi une forme de résistance.

Ce genou au sol est peut-être un moyen de se souvenir qu'il aurait pu être à cette place, six pieds sous terre, rongé par les vers. Un jour, ce sera son tour, et il n'échappera pas à cette fatalité.

Lorsqu'il se redresse, son épaule lui fait toujours aussi mal. Le moindre mouvement lui fait parfois l'effet d'une décharge électrique. Son chirurgien a dit qu'il faudrait du temps et de la patience. La balle a traversé une partie des os et déchiré la clavicule sur plusieurs centimètres. Même si l'opération a été un succès, la route est encore longue pour espérer retrouver un usage normal de ses membres supérieurs.

Il se sent coupable d'être là, mais aussi coupable de ne pas être venu avant.

Pour inspirer fort sans tousser, il lui faut fermer les yeux et faire le vide. S'empêcher de repenser à cette scène qu'il ne peut s'empêcher de revoir, seconde par seconde, cherchant une parade pour éviter l'issue macabre que son imaginaire ne parviendra jamais à évincer, un flash-back qui le hante chaque jour et se répète en boucle. Il se retrouve pris au piège dans ses tourments intérieurs.

Son esprit appuie de nouveau sur le bouton *Play*.

Il revient à l'instant « T », lorsque tout a basculé, mais ne trouve pas comment changer le scénario.

Franck se revoit figé, incapable de bouger et d'agir, jusqu'au moment où il aperçoit l'arme braquée sur le crâne d'Isabelle. En un court flash, il se remémore tout cet amour écorché, avant de réaliser que l'insupportable va se produire sous ses yeux.

Sa vie n'aura plus jamais la moindre saveur s'il doit se résigner à voir celle qu'il aime abattue de sang-froid sous ses yeux effrayés.

Il se souvient des mots prononcés par Walter quelques minutes auparavant sur la peur… mais une fougue imprévisible vient chasser la lâcheté.

Il hurle en direction de Mario des mots totalement inaudibles, avant de se jeter au sol pour récupérer son arme et lui tirer dessus en position couchée, stoppé net par des cris dans son dos. Une première balle vient lui perforer le haut de la cuisse, ce qui lui fait poser un genou au sol. Torturé par la douleur et la colère, il vocifère des insultes. Le canon de son pistolet vise immédiatement Franck, avant que la tête de Mario n'éclate en morceaux sanguinolents, abattu à bout portant.

Des fragments visqueux de cervelle viennent se coller sur la main d'Isabelle qui n'a pas hésité une seconde à récupérer son arme et à la caler sur le crâne du malfrat lorsque celui-ci a tourné la tête vers Franck.

Avec la violence du choc, le bras de la policière se retrouve projeté en arrière, comme électrocuté. Étourdie, elle tombe violemment sur le sol et perd brièvement connaissance.

Elle ne verra pas l'ampleur du massacre. Mario gît au sol, la bouche dégoulinante d'un sang immonde qui vient se déverser lentement sur le sol transformé en une fresque macabre.

Elle ne verra pas non plus Walter se dégager du corps d'Éric, mort en quelques secondes d'une balle qui lui a perforé la carotide après une lutte au corps-à-corps.

Walter se redresse de manière discrète, déterminé à prendre la fuite après avoir éliminé ceux qui sont venus lui barrer la route.

Franck ne tremble plus. Laissant son émotivité de côté, ses pensées deviennent de glace. La mort n'est plus une option, mais un hôte qui est bien déterminé à remporter la partie.

Tendu mais concentré, il tire à trois reprises sur celui qu'il considérait comme son ami. Trois balles dont la dernière se loge en pleine tête.

La messe est dite.

Les secondes qui suivent ne sont que chaos dans un enfer étourdissant.

Éreinté, Franck vacille en direction d'Éric qui repose à quelques mètres de là, et se jette au sol pour tenter de le secourir. Il cherche à compresser la plaie avec ses doigts mais il est malheureusement trop tard. Éric s'est étouffé au sol avec son propre sang. Cette mort si prématurée ne lui aura pas laissé le temps de réaliser tous ses rêves.

Le silence a repris ses droits et fait peser une atmosphère étrange qui emporte Franck à la frontière de l'intangible. Déboussolé, il ne sait plus si cette vision cauchemardesque n'est qu'une hallucination, un mauvais rêve sur le point de se terminer, ou le début d'un long chemin de croix vers l'enfer.

Il observe tout autour de lui, en faisant des tours sur lui-même, ce qui finit par lui faire perdre le sens de l'orientation et l'équilibre.

Isabelle gémit au sol, inconsciente mais saine et sauve. Walter, Mario et Éric ne sont plus que des cadavres perforés par les impacts de balles, des âmes égarées dont le corps n'est plus qu'une enveloppe insignifiante.

Franck craque. Des spasmes musculaires incontrôlables le tourmentent et le paralysent. Puis il s'effondre et s'arrache les cheveux, hurlant sa colère et son incompréhension. Au loin, les sirènes retentissent et se rapprochent.

Il ne demande qu'à mourir, que sa peau soit arrachée de ses os, qu'on vienne lui fracasser le crâne d'un coup de pieu entre les deux yeux pour stopper la souffrance.

Pendant de longues minutes, il pleure à chaudes larmes, à genoux, en signe de soumission.

Comme pour tenter de comprendre comment ils en sont arrivés là.

Comme pour demander pardon...

Lorsque Franck ouvre de nouveau les yeux, il est toujours dans le cimetière. Les morts n'ont pas daigné se révolter ou le chasser.

Se remémorant cette terrible soirée durant laquelle il a perdu ceux qu'il aimait tant, il examine sous tous les angles la plaque déjà rouillée où est inscrit :

Walter Portaz 1985-2021
Puisses-tu trouver la paix dans l'au-delà

Aucune fleur ni autre marque d'affection. Seulement le nom du défunt dont on ne sait s'il faut l'appeler malheureux ou criminel.

Cette atmosphère froide et morbide rappelle à quel point Walter était un homme incompris, introverti. Parti sans doute avec les secrets de ses tourments intérieurs.

Franck sait qu'il n'a pas su l'aider, qu'il n'a pas perçu sa souffrance. Il n'a pas vu non plus que derrière son silence se cachait une descente aux enfers machiavélique.

Il se demande qui est venu à l'enterrement. Les policiers qui l'ont côtoyé avaient pour consigne de ne pas se présenter. La cérémonie a eu lieu dans un huis clos familial des plus stricts.

Sa mère a dû pleurer toutes les larmes de son corps, et pleure certainement encore.

Est-ce qu'Émilie s'est rendue sur la tombe ? Est-ce que Portet a eu un geste ou même une pensée ?

Peut-on prier pour lui, et si oui, à quoi bon ?

Franck ne peut s'empêcher de se demander s'ils se reverront un jour, et si oui, dans quelles circonstances ?

S'il pouvait rejouer la scène où il braque son arme sur Walter, est ce qu'il ferait différemment ? Y avait-il une autre option ?

Des dizaines, des centaines de questions qui resteront

sans réponse et finiront par se noyer dans le chagrin et la frustration.

Lorsque la tristesse laisse un brin de place à la colère, c'est en serrant les dents qu'il se penche sur la tombe, les poings crispés.

Tu as tué Éric... Tu l'as tué en premier !

La mort d'Éric a provoqué un véritable coup de tonnerre au sein du commissariat.

L'enterrement a été une tout autre cérémonie que celle de son bourreau : une cathédrale pleine à craquer, des hommages nationaux et une veuve effondrée sur le cercueil de son mari, tenant son enfant par la main.

Cette journée était magnifique, le soleil dardant ses rayons sur les gerbes de fleurs qui formaient un immense lit de couleurs, illuminant ces obsèques pourtant si dramatiques.

Que de pleurs, de cris de colère et d'appels à l'aide...

Un moment extrêmement pénible pour Franck, à la limite de l'insoutenable, dont les images restent bien présentes dans un coin de son esprit. Difficile d'appeler cela un souvenir.

Adieu mon ami, et pardon...

Il n'a pas su le dire, mais l'a glissé dans le cercueil sur une feuille de papier.

Les minutes défilent et seuls les corbeaux semblent se montrer bavards. Une forme de pudeur de la nature, incapable de juger ou de briser ce moment de recueillement si différent.

Dans le fond du cimetière, une porte grince et des pas se rapprochent lentement. Franck ne semble pas surpris et reste accroupi, remettant la sangle de son attelle d'immobilisation pour tenir son bras en écharpe.

Peu à peu, la masse formée par le manteau noir se rapproche, dans son dos, légère et déterminée.

Une fois à son niveau, des mains froides viennent se poser sur son cou, ce qui lui déclenche un léger frisson qui se propage ensuite dans tout son corps.

Ces mains se déplacent ensuite et exercent une légère pression sur des points sensibles. La sensation est pourtant si agréable, si envoûtante, tout comme le parfum délicieux qui vient lui chatouiller les narines et chasser l'odeur de la mort.

À ce moment-là, d'autres pensées lui viennent en tête, chaleureuses et réconfortantes.

Il repense à Isabelle…

Il sourit timidement en se rappelant toutes les tentatives maladroites qu'il a ébauchées pour séduire cette femme : les regards mielleux, les rencontres fortuites où il en perdait ses mots, les soirées où elle ne quittait plus ses pensées et la douleur de la regarder le fuir et se renfermer sur elle-même.

Toutes ces situations parfois grotesques sorties tout droit d'un mauvais film à l'eau de rose, ce jeu du chat et de la souris. « Suis-moi je te fuis, fuis-moi je te suis. »

Il s'est longtemps demandé si les flics avaient droit au bonheur d'aimer à deux, de construire une vie ensemble et de laisser éclore leurs sentiments.

Dans l'esprit collectif, les flics ne laissent rien paraître sous leur carapace robuste et imperméable. Ils cognent et crient, dans une société malade et violente. Parfois aussi, ils tuent et meurent… Tel est leur destin.

Mais certains, derrière ce rôle assumé, cachent aussi leurs secrets, leurs désirs et leurs rêves d'un futur meilleur.

Une voix douce et agréable vient chasser ce cadre

funeste. Il laisse à Franck un mauvais goût en bouche et un parfum âcre de transpiration malgré le froid glacial.

— Tu viens ? C'est l'heure…

Il se relève, droit comme un i, avant de fermer les yeux et faire demi-tour. Lorsque la lumière jaillit de nouveau, c'est bien Isabelle qui lui fait face, le visage souriant, à seulement quelques centimètres du sien.

Son arcade est marquée par une cicatrice encore rouge, stigmate de cette soirée abominable durant laquelle sa vie n'a tenu qu'à un fil.

Elle pourrait être loin, et pourtant elle est là et lui sourit.

La main posée sur son ventre, elle couvre de caresses l'enfant qu'elle porte et auquel elle espère offrir une vie radieuse.

Franck ne peut qu'avoir les larmes aux yeux lorsqu'il songe à son fils qui verra le jour dans quelques mois.

Il est temps de partir. Pas seulement pour fuir le passé, mais aussi pour envisager l'avenir sereinement. Cesser de penser que le bonheur, ce n'est que pour les autres…

Il appartient surtout à ceux qui l'ont choisi.

Il l'embrasse tendrement avant de filer bras dessus, bras dessous, comme si la caméra n'attendait qu'un coucher de soleil pour passer la séquence dans une mauvaise télé-réalité.

D'ici quelques heures, ils seront à Espelette, au Pays basque, dans la famille d'Isabelle. Une nouvelle vie loin du quotidien de flic écorché vif. Rénover une maison, créer des chambres d'hôtes, vivre des instants de joie avec ceux qui viendront partager leur foyer.

Un bonheur à la fois si utopique et si accessible.

Mais cette fois, ils sont bien déterminés à décider de la

fin du film. Il n'y aura ni sang ni larme, juste un vent d'espoir.

Le dernier chapitre est sur le point de se refermer.

L'enquête n'a pas réussi pour le moment à démontrer formellement l'identité des complices ayant suivi Walter, Mario et Stéphane Roche dans leur périple vengeur insensé.

Les perquisitions et saisies ont montré la présence de pseudos, de faux papiers, d'adresses e-mail d'individus dont personne ne sait s'ils existent vraiment. Il faudra des mois, voire des années pour espérer une avancée significative et un hypothétique procès pour les familles des victimes.

Le commandant Portet s'est vu contraint de présenter ses excuses à la famille d'Ibrahima Diakité, retrouvé à la limite de l'étouffement et hospitalisé plusieurs semaines suite au traitement de choc subi durant son rapt.

L'officier a ensuite choisi de se faire muter dans les D.O.M.-T.O.M., une manière de tourner définitivement la page. C'est le seul protagoniste proche des victimes qui a fait le choix de rester dans la police.

Aujourd'hui, certains criminels ont été punis, mais d'autres innocents en ont subi les conséquences. Il sera difficile de composer les paroles de la morale de l'histoire.

Juste avant de refermer la porte du cimetière, Franck regarde la tombe une dernière fois.

Il s'estime fautif, sans parvenir à nommer la faute.

Il ne sait pas s'il pourra pardonner, mais en regardant une dernière fois le nom sur la pierre tombale, il sait que chaque jour de son existence, il devra tenter de vivre avec cette conviction : « Non, je ne l'ai pas tué... »

FIN

ET MAINTENANT ?

Toute l'équipe des éditions de L'Oiseau Noir tient à vous remercier pour cette lecture et espère de tout cœur que vous l'avez appréciée. N'hésitez pas à publier un avis et une note à propos de ce roman dès maintenant, alors que vos souvenirs sont encore frais !

Prenez également quelques secondes de plus pour en parler sur vos réseaux sociaux ou sur des sites spécialisés comme **Babelio, Goodreads** ou **Bepolar.**

D'un côté, vous aiderez les éventuels lecteurs·ices à faire leur choix et d'un autre, vous permettrez à une petite structure indépendante comme la nôtre de bénéficier d'un peu plus de visibilité dans cet océan de livres où les grandes maisons d'édition et les auteurs célèbres tiennent le haut du pavé.

Merci d'avance et à très vite pour votre prochain thriller.

REMERCIEMENTS

Je tiens à remercier mon agent Nelly Burglin Razik, qui m'a accompagné tout au long de la conception de ce roman. Merci pour ton soutien, tes corrections et tes conseils.

Je tiens à remercier toutes les personnes qui ont lu ce roman en avant-première, en particulier Gilberte et Mylène, toujours motivées pour me suivre dans mes aventures.

Je remercie tous les lecteurs et proches qui me suivent depuis bientôt six ans. Vos sourires et encouragements sont ma première source de motivation.

Enfin, un énorme merci à Florian et aux équipes de l'Oiseau Noir pour la confiance qu'ils m'ont accordée.

Ce roman est avant tout un cri de colère et une invitation à réfléchir sur la justice et l'injustice qui nous entourent.

Prenons garde à ne pas nous retrouver encerclés !

POLARS & THRILLERS

L'OISEAU
NOIR
465 route d'Epagny, 74320 Sevrier

www.loiseaunoireditions.com

Achevé d'imprimer en Pologne
Dépôt légal octobre, 2024